미드나잇 라이브러리

THE MIDNIGHT LIBRARY

미드나잇 라이브러리

매트 헤이그
노진선 옮김

모든 의료인과 간병인에게

이 책을 바칩니다.

감사합니다.

나는 결코 되고 싶은 사람이 다 될 수 없고, 원하는 삶을 모두 살아볼 수도 없다. 원하는 기술을 모두 배울 수도 없다. 그런데도 왜 그러길 바라는가? 난 내 삶에서 일어날 수 있는 정신적 육체적 경험의 모든 음영과 색조와 변주를 살아내고 느끼고 싶다.

—실비아 플라스

일러두기

본문의 주는 모두 옮긴이가 독자의 이해를 돕기 위해 붙인 것입니다.

비 오는 날의 대화

죽기로 결심하기 19년 전, 노라 시드는 베드퍼드에 있는 헤이즐딘 스쿨의 아늑하고 작은 도서관에 앉아 있었다. 노라는 낮은 테이블 앞에 앉아 체스판을 응시했다.

"얘, 노라, 미래가 걱정되는 건 당연해." 도서관 사서인 엘름 부인이 햇빛을 받은 서리처럼 눈을 반짝이며 말했다.

그러고는 첫수를 두었다. 흰 폰이 일렬로 반듯하게 늘어선 줄을 나이트가 훌쩍 뛰어넘었다. "물론 시험이 걱정될 거야. 하지만 넌 원하는 건 뭐든 될 수 있어, 노라. 그 모든 가능성을 생각해봐. 얼마나 신나니."

"네. 그러네요."

"넌 앞날이 창창해."

"창창하죠."

"뭐든 할 수 있고, 어디서든 살 수 있어. 덜 춥고 덜 축축한 곳에서 말이야."

노라는 폰을 앞으로 두 칸 밀었다.

자꾸만 엘름 부인을 엄마와 비교하게 되었다. 엄마는 노라를 바로잡아야 할 실수처럼 대했다. 이를테면, 노라가 갓난아기였을 때 엄마는 노라의 왼쪽 귀가 오른쪽 귀보다 더 튀어나올까 봐 너무 걱정한 나머지 왼쪽 귀에 스카치테이프를 붙이고 그 위로 털모자를 씌워서 가리고 다녔다.

"난 춥고 축축한 날씨가 싫다." 엘름 부인이 강조하기 위해 덧붙였다.

희끗희끗한 머리칼을 짧게 자른 엘름 부인은 암녹색 터틀넥 스웨터를 입었고, 상냥한 계란형 얼굴에는 살짝 주름이 있었다. 나이가 꽤 많았지만 학교 전체에서 노라와 주파수가 가장 잘 맞는 사람이기도 했다. 비가 오지 않는 날에도 노라는 이 작은 도서관에서 점심시간을 보내곤 했다.

"추위와 습기가 늘 함께 하는 건 아니죠. 남극은 지구상에서 가장 건조한 대륙이에요. 엄밀히 말하면 사막이죠." 노라가 말했다.

"네가 좋아할 만한 곳이구나."

"하지만 영국에서 별로 멀지 않아요."

"음, 그렇다면 넌 우주 비행사가 되는 게 좋겠다. 우주 비행사가 돼서 은하계를 여행하는 거야."

노라는 빙그레 웃었다. "다른 행성은 비가 더 많이 와요."

"베드퍼드보다 더?"

"금성에서는 산성비가 내리는걸요."

엘름 부인은 소매에서 화장지를 꺼내 살며시 코를 풀었다. "그거 봐라. 너처럼 똑똑한 아이는 뭐든 할 수 있어."

노라보다 두 학년 아래인 금발 남학생이 빗방울이 튄 창문 밖으로 쏜살같이 지나갔다. 누군가를 쫓아가거나 쫓기는 것이리라. 오빠가 졸업한 뒤로 노라는 다른 학생들과 함께 있으면 약간 무방비 상태인 느낌이 들었다. 이 도서관만이 문명화된 작은 은신처였다.

"아빠는 내가 절호의 기회를 날린다고 생각해요. 수영을 그만두겠다고 했거든요."

"참견하고 싶지는 않지만, 이 세상에는 빠르게 수영하는 거 말고도 할 일이 많단다. 네게는 다른 가능성이 많아. 지난주에 말했듯이 넌 빙하학자도 될 수 있어. 내가 알아봤는데—"

그때 전화벨이 울렸다.

"잠깐만. 전화 좀 받아야겠다." 엘름 부인이 부드럽게 말했다.

잠시 뒤, 노라는 전화를 받는 엘름 부인을 지켜봤다. "네, 지금 여기 있어요." 엘름 부인의 얼굴이 충격받은 표정으로 바뀌더니 노라에게 등을 돌렸다. 하지만 조용한 도서관을 가로질러 그녀의 말이 들렸다. "세상에. 어쩌다 그런 일이. 물론이죠……."

19년이 흐른 뒤

문 앞의 남자

죽기로 결심하기 스물일곱 시간 전, 노라 시드는 낡아 빠진 소파에 앉아 휴대전화로 다른 사람들의 행복한 삶을 들여다보며 무슨 일이든 생기기를 기다렸다. 그러자 느닷없이, 정말로 일이 생겼다.

알 수 없는 이상한 이유로 누군가 그녀의 집 초인종을 누른 것이다.

노라는 잠시 문을 열어주지 말까 고민했다. 아직 저녁 9시밖에 안 됐지만 이미 잠옷으로 갈아입은 터였다. 'ECO WORRIER'◆라고 적힌 헐렁한 티셔츠와 타탄체크 무늬의 파자마 바지가 부끄러웠다.

노라는 조금이라도 예의를 갖추려고 슬리퍼를 신고 현관문을 열었다. 문밖에 서 있는 남자는 그녀도 아는 사람이었다.

키가 크고 말랐으며 소년 같아 보이는 남자의 얼굴은 다정했으나 반짝이는 눈은 날카로워 보였다. 마치 모든 걸 꿰뚫어 볼 수 있다는 듯이.

◆ 환경 지킴이라는 뜻의 Eco Warrior를 걱정 많은 사람이라는 뜻의 Worrier로 바꾼 것.

남자를 보니 반가웠다. 약간 놀라기는 했지만. 특히 그가 운동복 차림이었기 때문이다. 비가 내리는 추운 날씨인데도 그는 더워 보였고 땀까지 흘렸다. 둘의 대조적인 모습 때문에 노라는 5초 전보다 훨씬 더 게으름뱅이가 된 느낌이었다.

하지만 노라는 외로웠다. 실존 철학을 공부한 덕에 본질적으로 무의미한 우주에서 인간으로 존재하려면 외로움이 필수 요소라고 믿었지만, 그래도 그를 보니 반가웠다.

"애쉬. 이름이 애쉬 맞죠?" 노라가 미소를 지으며 말했다.

"네, 맞아요."

"어쩐 일이세요? 다시 보니 반갑네요."

몇 주 전 노라가 디지털 피아노 앞에 앉아 연주하고 있을 때 밴크로프트 대로를 뛰어가고 있던 그가 이 집 창문 너머로 그녀를 보고 살짝 손을 흔들었다. 몇 년 전에는 노라에게 함께 커피를 마시자고 청한 적도 있었다. 어쩌면 또 커피를 마시자고 하려는지도 모른다.

"저도요." 애쉬는 그렇게 말했지만 긴장한 그의 이마에는 반가운 기색이 전혀 드러나지 않았다.

악기점에서 그녀와 이야기할 때는 늘 느긋한 목소리였는데 지금은 무거웠다. 애쉬는 눈썹을 긁적이고는 딱히 말이라고 할 수 없는 소리를 냈다.

"조깅하는 중이었어요?" 쓸데없는 질문이었다. 그는 당연히 조깅하는 중이었다. 하지만 애쉬는 사소한 이야깃거리가 생겼다는 사실에 잠시 안도하는 듯했다.

"네. 베드퍼드 하프 마라톤 대회에 출전할 거라서요. 이번 주 일요일에 열리죠."

"아 그렇군요. 멋지네요. 나도 하프 마라톤에 출전할까 생각했는데 내가 달리기를 싫어하더라고요."

마음속으로 생각할 때는 웃긴 말 같았는데 막상 입 밖에 내고 보니 별로였다. 심지어 노라는 달리기를 싫어하지도 않았다. 그래도 애쉬의 심각한 표정이 마음에 걸렸다. 둘 사이에 흐르는 침묵은 어색한 정도를 넘어서서 무슨 일이 있다는 느낌이 들게 했다.

"고양이를 기른다고 하셨죠?" 마침내 애쉬가 말했다.

"네. 반려묘가 있어요."

"그 고양이 이름이 기억나네요. 볼테르. 갈색 얼룩무늬였죠?"

"네. 전 볼츠라고 불러요. 볼츠는 '볼테르'가 약간 허세를 부리는 이름이라고 생각하거든요. 알고 보니까 18세기 프랑스 철학과 문학도 별로 안 좋아하더라고요. 꽤나 현실적인 성격이라서요. 그러니까 고양이치고는요."

애쉬는 노라의 슬리퍼를 내려다보았다.

"유감이지만 볼츠가 죽은 것 같습니다."

"네?"

"지금 길가에 꼼짝도 하지 않고 누워 있어요. 목걸이에 달린 이름표를 봤습니다. 아무래도 차에 치인 것 같아요. 유감이에요, 노라."

노라는 그 순간에 급작스럽게 변하는 감정이 너무 두려워서 계속 미소 지었다. 마치 계속 미소를 지으면 조금 전의 세상, 그러니까 볼츠가 살아 있고 그녀가 일하는 악기점에서 기타 악보집을 사 간 이 남자가 다른 이유로 초인종을 누른 세상에 남아 있을 수 있다는 듯이.

그녀는 애쉬가 의사라는 사실이 기억났다. 그것도 수의사가 아니라 사람을 치료하는 의사였다. 그러니까 그가 죽었다고 한다면 정말로 죽은 것이다.

"정말 유감입니다."

노라는 익숙한 슬픔을 느꼈다. 요새 복용하는 항우울제 덕분에 눈물이 나지 않을 뿐이었다. "맙소사."

노라는 숨을 죽인 채 밴크로프트 대로의 비에 젖고 금이 간 석판 위로 발을 내디뎠다. 연석 옆, 빗물에 번들거리는 아스팔트 도로에 가여운 연갈색 털북숭이 동물이 누워 있었다. 머리는 보도 옆에 살짝 닿았고, 보이지 않는 새를 쫓아 달려가는 중인 듯이 네 다리는 모두 뒤쪽으로 향했다.

"아, 볼츠. 안 돼. 맙소사."

노라는 자신의 반려묘를 보며 동정과 절망을 느껴야 마땅했고, 실제로도 그랬다. 하지만 다른 감정도 있다는 것을 인정하지 않을 수 없었다. 고통이라고는 전혀 없이, 미동도 하지 않는 볼테르의 평화로운 표정을 보고 있으니 어두운 마음 한구석에서 외면할 수 없는 감정이 우러나왔다.

질투였다.

스트링 시어리

어릴 때 아빠는 수영장 밖에 서서 입을 굳게 다문 채 최고 기록을 경신하려는 딸과 스톱워치를 번갈아 보고는 했다. 있는 힘껏 수영하고 난 뒤에 종종 마주했던 아빠의 그 못마땅한 표정. 오후 교대 시간이 지나 헐레벌떡 스트링 시어리에 들어선 노라는 오래전에 봤던 아빠의 그 표정이 떠올랐다.

"죄송해요." 노라는 창문도 없이 작고 지저분한 상자 같은 사무실에 앉아 있는 사장 닐에게 말했다. "고양이가 죽었어요. 어젯밤에요. 고양이를 묻어줄 사람이 저밖에 없었어요. 누가 도와주기는 했지만요. 그러고 나서 집에 혼자 있었더니 잠도 안 오고, 알람을 켜두는 걸 깜빡했어요. 정오까지 자다가 부랴부랴 뛰어왔어요."

모두 사실이었고, 노라는 자신의 차림새—화장 안 한 얼굴이며 대충 엉성하게 묶어 올린 머리, 중고품 가게에서 구입해 이번 주 내내 입고 있는 초록색 코르덴 점퍼 원피스, 거기에 고명처럼 얹은 지치고 절망적 분위기까지—가 그 말을 뒷받침할 거라고 생각했다.

닐은 컴퓨터에서 눈을 들더니 의자에 등을 기댔다. 그러고는 양

손을 맞잡아 두 검지를 뾰족하게 세워 턱 밑에 댔다. 지각한 직원을 상대해야 하는 악기점 사장이라기보다 마치 우주의 심오한 철학적 진리를 숙고하는 공자라도 된다는 듯이. 그의 뒤쪽 벽에는 록밴드 플리트우드 맥의 대형 포스터가 붙어 있었는데 오른쪽 맨 위 모서리가 벽에서 떨어져 축 늘어져 있었다. 접힌 책 모서리처럼.

"저기, 노라. 난 자넬 좋아해."

닐은 악의가 없는 사람이다. 50대의 기타 마니아로 썰렁한 농담을 즐겨하고, 가게에서 밥 딜런의 옛 노래를 직접 연주하곤 했는데 그럭저럭 들을 만했다.

"자네의 정신 건강에 문제가 있다는 것도 알아."

"정신 건강에 문제가 없는 사람은 없어요."

"무슨 뜻인지 알잖아."

"요즘엔 한결 나아졌어요." 노라는 거짓말을 했다. "제 우울증은 병적인 게 아니에요. 의사 말이 상황으로 인한 우울증이라고 했어요. 제가 처한 환경이…… 계속 바뀌니까 그런 거라고요. 그래도 그 일로 병가를 낸 적은 한 번도 없어요. 엄마가…… 그랬을 때만 제외하고요. 네. 그때만 제외하면요."

닐은 한숨을 내쉬었다. 그럴 때마다 그의 코에서 쌕 소리가 났다. 불길한 B플랫이었다. "노라, 자네가 여기서 일한 지 얼마나 됐지?"

"12년……." 노라는 너무 잘 알고 있었다. "……하고 11개월 사흘요. 중간에 가끔 쉬기는 했지만요."

"긴 시간이야. 자넨 더 나은 일을 해야 해. 이제 겨우 30대 후반이잖아."

"저 서른다섯이에요."

"자넨 재능이 많아. 피아노도 가르치고……."

"한 명뿐이에요."

닐은 스웨터에 붙은 부스러기를 털어냈다.

"고향에 틀어박혀 가게에서 일하는 게 자네가 상상했던 모습이야? 열네 살 때 꿈꿨던 미래냐고. 그땐 커서 뭐가 되려고 했지?"

"열네 살 때요? 수영 선수요." 당시 노라는 전국의 열네 살 소녀 중에서 평영 속도가 제일 빠르고, 자유형은 두 번째로 빨랐다. 국내 수영 대회에서 시상대에 섰던 기억이 났다.

"그런데 왜 수영 선수가 안 됐지?"

노라는 긴 설명을 생략하고 간단히 대답했다. "압박감이 너무 컸어요."

"하지만 바로 그 압박감이 우릴 만드는 거야. 석탄이 압력을 받으면 다이아몬드가 되는 거라고."

노라는 다이아몬드에 대한 닐의 잘못된 지식을 바로잡아주지 않았다. 석탄과 다이아몬드는 둘 다 탄소이기는 해도 석탄은 불순물이 너무 많이 섞여서 아무리 압력을 가해도 다이아몬드가 될 수 없다. 광물학에 따르면 한 번 석탄은 영원한 석탄이다. 어쩌면 그게 현실적인 교훈일 것이다.

노라는 석탄처럼 새까만 머리카락 한 가닥이 흘러내린 것을 알아차리고, 묶은 머리 사이로 밀어 넣었다.

"무슨 말을 하는 거예요, 닐?"

"꿈을 좇기에 너무 늦은 나이는 없어."

"완전히 늦은 것 같은데요?"

"자네는 자격이 차고 넘쳐, 노라. 철학 학위도 있지……."

노라는 왼손에 있는 작은 사마귀를 내려다봤다. 그 사마귀는 그녀가 경험한 일을 모두 함께 겪었고, 무심하게 그냥 그 자리에 남아 있었다. 그냥 사마귀로. "솔직히 말해서 베드퍼드는 철학 전공자의 수요가 엄청나게 많지는 않아요, 닐."

"자넨 대학에 입학했고, 런던에서 1년 살다가 돌아왔어."

"선택의 여지가 많지 않았어요."

노라는 돌아가신 엄마 이야기를 꺼내고 싶지 않았다. 댄은 말할 것도 없고. 왜냐하면 닐은 결혼식 이틀 전에 파혼을 선언한 노라의 사연이 커트 코베인과 코트니 러브 커플 이래로 가장 흥미로운 러브 스토리라고 생각했기 때문이다.

"사람은 누구나 선택의 여지가 있어, 노라. 자유의지라는 게 있잖아."

"결정론자라면 다르죠."

"근데 왜 하필 여기지?"

"여기 아니면 동물보호센터에서 일해야 했는데 여기가 월급이 더 많았어요. 게다가 음악과 관련한 일이기도 하고요."

"자네 밴드에 있었지? 오빠하고."

"네. 라비린스라는 밴드였죠. 별로 잘되진 않았지만."

"조는 얘기가 다르던데."

노라는 깜짝 놀랐다. "우리 오빠요? 오빠를 어떻게—"

"우리 가게에서 앰프를 사 갔어. 마셜 DSL40."

"언제요?"

"금요일에."

"오빠가 베드퍼드에 왔어요?"

"내가 본 게 홀로그램이 아니라면. 투팍처럼 말이야."◆

아마 라비를 만나러 왔을 거라고 노라는 생각했다. 라비는 오빠의 단짝 친구였다. 조가 기타를 포기하고 런던으로 가서 싫어하는 IT 회사에 취업한 반면, 라비는 베드퍼드에 남았다. 지금은 '슬로터하우스 포'라는 커버 밴드에 들어가 펍을 전전하며 공연을 했다.

"네. 그랬군요."

금요일에는 그녀가 비번이라는 사실을 오빠는 알고 있을 것이다. 그 사실이 뾰족한 못처럼 그녀의 마음을 콕콕 찔렀다.

"전 행복해요."

"아니, 그렇지 않아."

닐의 말이 맞았다. 그녀 안에서는 자괴감이 곪아 터졌다. 마음은 계속 토하고 있었다. 노라는 더 활짝 웃었다.

◆ 미국 코첼라 뮤직 페스티벌에서 사망한 투팍을 홀로그램으로 재현해 공연을 올렸다.

"제 말은 이 일을 하는 게 행복하다고요. 만족한다는 의미의 행복이요. 닐, 전 이 일이 필요해요."

"자넨 좋은 사람이야. 세상을 걱정하고, 노숙자와 환경문제에 신경 쓰지."

"전 일이 필요해요."

닐은 다시 공자 포즈로 돌아갔다. "자네에게 필요한 건 자유야."

"자유는 필요 없어요."

"여긴 비영리 단체가 아냐. 급속도로 그렇게 되어가긴 하지만."

"저기, 닐, 지난주에 내가 한 말 때문에 그래요? 가게를 현대적으로 바꿔야 한다는 말 때문에요? 제게 젊은 사람들을 끌어들일 아이디어가—"

"아니." 닐이 그녀의 말을 자르며 방어적으로 말했다. "옛날에는 여기서 기타만 팔았어. 가게 이름이 스트링 시어리◆잖아. 그러다가 다른 악기도 들여놓았고 성공적으로 운영했지. 하지만 지금은 형편이 어려워서 시들시들한 얼굴로 손님을 쫓아내는 자네에게 돈을 줄 수가 없어."

"네?"

"미안해, 노라." 닐은 대략 도끼를 들어 올릴 정도의 시간만큼 말을 멈췄다. "자네를 해고해야겠어."

◆ String Theory. '끈 이론'이라고 하며, 만물의 최소 단위가 입자가 아니라 진동하는 끈이라는 물리 이론. 'string'은 기타 줄을 뜻하기도 한다.

삶은 끝없는 고통

죽기로 결심하기 아홉 시간 전, 노라는 베드퍼드 시내를 정처 없이 걸어 다녔다. 이 소도시는 눈을 돌리는 곳마다 절망이었다. 돌아가신 아빠가 한때 수영장을 왕복하는 그녀를 지켜봤던, 자갈 섞인 시멘트로 만든 스포츠센터, 댄을 데려가서 파히타를 먹었던 멕시코 식당, 엄마가 투병 생활을 했던 병원.

어제 댄에게서 문자를 받았다.

노라, 목소리가 듣고 싶어. 통화할 수 있을까? D x

노라는 미친 듯이 바쁘다고 문자를 보냈다(바쁘기는 개뿔). 그 외에 다른 말은 쓸 수가 없었다. 댄에게 아무런 감정도 남아 있지 않아서가 아니라 오히려 남아 있기 때문이었다. 그에게 또 상처를 줄 수 없었다. 노라는 댄의 인생을 망쳐놓았다. 내 인생은 카오스야. 노라가 결혼식을 이틀 앞두고 취소해버린 직후에 술에 취한 댄은 그렇게 문자를 보냈다.

원래 우주는 카오스와 엔트로피로 향하는 경향이 있다. 그게 열역학의 기본이다. 어쩌면 존재의 기본일 수도 있다.

해고되면 더 끔찍한 일들이 일어난다.

나무 사이로 바람이 속삭였다.

비가 내리기 시작했다.

노라는 상황이 더 나빠질 거라는 강한—사실은 '정확한'이었지만—예감이 들었고, 비를 피하기 위해 잡화점으로 걸어갔다.

여러 개의 문

죽기로 결심하기 여덟 시간 전, 노라는 신문과 잡지를 파는 잡화점으로 들어갔다.

"비를 피하려고요?" 계산대 뒤에 앉은 여자가 물었다.

"네." 노라는 고개를 들지 않았다. 절망감이 더는 지고 다닐 수 없는 짐처럼 커졌다.

진열대에《내셔널 지오그래픽》이 있었다.

표지에 실린 블랙홀을 바라보면서 노라는 깨달았다. 자신이 바로 저 블랙홀임을. 저절로 무너지며 죽어가는 별.

예전에 아빠는《내셔널 지오그래픽》을 구독했다. 북극해에 있는 노르웨이 영토, 스발바르제도의 기사를 보고 전율했던 기억이 났다. 그렇게 별세상 같은 곳은 본 적이 없었다. 노라는 빙하와 얼어붙은 피오르, 바다오리 사이를 돌아다니며 연구하는 과학자들에 대해 읽었고, 엘름 부인의 부추김을 받아 빙하학자가 되고 싶다고 생각했다.

그때 꾀죄죄한 차림새로 음악 잡지 진열대 옆에 구부정하게 서 있는 오빠의 친구를 보게 되었다. 예전에 그들 남매와 함께 밴드 활동을 했던 라비였다. 그는 정신없이 잡지를 읽고 있었다. 노라는 아주 잠깐 거기 서 있었다고 생각했는데 아니었나 보다. 왜냐하면 그 자리를 뜨려고 하는 순간, 라비가 그녀를 불렀기 때문이다. "노라?"

"라비, 안녕? 며칠 전에 오빠가 베드퍼드를 다녀갔다면서?"

라비는 고개를 살짝 끄덕였다. "응."

"오빠가, 음, 오빠 만났어?"

"만났어."

노라는 정적이 고통스러웠다. "나한테는 온다고 말 안 했는데."

"잠깐 들른 거야."

"오빠는 잘 지내?"

라비는 머뭇거렸다. 한때 노라는 라비와 친했고, 라비는 조의 충직한 친구였다. 하지만 조와 그랬듯이 라비와 그녀 사이에는 벽이 생겼다. 둘은 좋게 헤어지지 않았다. (노라가 밴드를 그만두겠다고 했을 때 라비는 드럼 스틱을 연습실 바닥에 내던지고 밖으로 나가버렸다.)

"좀 우울한 것 같더라."

오빠도 자신과 비슷한 처지라고 생각하자 노라는 마음이 무거웠다.

"상태가 안 좋아." 말을 잇는 라비의 목소리는 분노에 차 있었다. "셰퍼드 부시에 있는 좁아터진 집에서 나가야 한대. 성공한 록 밴드에서 리드 기타를 연주하지 못하니까 그렇게 된 거지. 나도 빈털터리야. 요즘은 펍에서 공연해도 돈을 별로 못 벌어. 화장실 청소까지 해주는데도. 펍 화장실 청소해본 적 있어, 노라?"

"누가 더 불행한지 겨루고 싶다면 나도 꽤나 엿같이 살고 있어."

라비는 기침과 웃음이 섞인 소리를 내더니 곧 냉랭한 표정이 되었다. "눈물 없이는 못 들어주겠네."

노라는 싸울 기분이 아니었다. "라비린스 때문에 이러는 거야? 아직도?"

"내게 밴드는 아주 각별했어. 조에게도 그랬고. 우리 모두에게 그랬지. 유니버설 뮤직과의 계약을 코앞에 두고 있었잖아. 앨범도 내고, 싱글도 내고, 순회공연도 하고, 홍보도 할 예정이었어. 지금쯤이면 콜드플레이가 됐을 수도 있다고."

"콜드플레이 싫어하잖아."

"그게 중요한 게 아니잖아. 우린 말리부에 있을 수 있었어. 베드퍼드가 아니라. 그러니까 당연히 조는 널 만날 준비가 되지 않았지."

"그때 난 공황장애가 있었어. 결국에는 모두를 실망시켰을 거야. 음반 회사 측에는 나 빼고 두 사람하고만 계약하라고 말했어. 노래는 내가 계속 작곡하겠다고 했고. 약혼한 게 잘못은 아니잖아. 내겐 댄이 있었어. 댄과 헤어질 수는 없었다고."

"아, 그러셔? 그래서 댄하고 어떻게 됐지?"

"라비, 그건 반칙이야."

"반칙. 좋은 단어네."

계산대 뒤의 여자가 관심을 보이며 그들을 빤히 바라보았다.

"밴드는 오래가지 못했을 거야. 우린 그냥 유성우였을 거라고.

시작도 하기 전에 끝났을 거야."

"유성우가 얼마나 아름다운데."

"그만해. 너한테는 아직 엘라가 있잖아."

"엘라뿐 아니라 성공한 밴드에서 활동하며 돈까지 벌 수 있었지. 우리에겐 그럴 기회가 있었어. 손안에 들어왔다고." 라비는 손가락으로 자신의 손바닥을 쿡쿡 찔렀다. "우리 노래는 굉장했어."

노라는 '우리 노래가 아니라 내 노래지'라고 생각하는 자신이 싫었다.

"네 문제는 무대 공포증이 아닌 거 같아. 결혼 공포증도 아니고, 그냥 인생 공포증이야."

"그러는 네 문제는 거지 같은 인생을 다른 사람 탓으로 돌린다는 거야." 노라가 떨리는 목소리로 맞받아쳤다.

라비는 뺨이라도 맞은 듯이 고개를 끄덕이더니 잡지를 제자리에 내려놓았다.

"갈게, 노라."

"오빠에게 안부 전해줘." 빗속으로 걸어가는 라비를 향해 노라가 말했다. "부탁이야."

《유어 캣》 잡지 표지가 노라의 눈에 띄었다. 연갈색 얼룩무늬 고양이. 질풍노도◆ 시기에 작곡된 교향곡처럼 마음이 시끄러웠다. 마치 독일 작곡가의 유령이 그녀의 마음속에 갇혀서 혼란스럽고 요란한 곡을 연주하는 듯했다.

◆ Sturm und Drang, 18세기 후반 독일에서 일어난 문학 운동.

계산대 뒤에 앉아 있던 여자가 노라에게 말을 걸었으나 노라는 듣지 못했다.

"뭐라고요?"

"노라 시드 맞냐고."

금빛 단발머리에 태닝 로션을 발라 피부가 가무잡잡한 여자는 만족스럽고 태평하고 느긋해 보였다. 노라로서는 두 번 다시 돌아갈 수 없는 상태였다. 그녀는 마치 노라가 동물원의 여우원숭이라도 된다는 듯이 계산대에 팔을 올린 채 몸을 앞으로 내밀고 있었다.

"맞는데요."

"난 케리 앤이야. 너랑 같은 학교 다녔어. 너 수영 선수였잖아. 엄청 똑똑하고. 그 누구냐, 블랜드퍼드 선생님이 너 때문에 조회까지 열지 않았어? 네가 올림픽에 출전할 거라고 그랬는데."

노라는 고개를 끄덕였다.

"그래서 출전했니?"

"음, 포기했어. 그때는…… 음악에 더 관심이 있어서. 그러다 이런저런 일이 생겼고."

"지금은 무슨 일 해?"

"그냥…… 이것저것."

"그럼 결혼은 했어? 남편은? 아이는?"

노라는 고개를 저었다. 머리가 바닥으로 떨어져버리면 좋으련만. 그러면 다시는 낯선 사람과 대화를 나눌 필요가 없을 텐데.

"그럼 서둘러야지. 시간이 얼마 남지 않았어."

"서른다섯인데 뭐." 이지가 곁에 있다면 좋을 텐데. 이지는 이런 모욕적인 말을 들으면 절대 참지 않는다. "그리고 난 별로—"

"나랑 제이크도 가볍게 연애만 했는데 결국에는 아기를 가졌어. 말썽꾸러기 아이가 둘이나 돼. 하지만 그럴 만한 가치가 있어. 이제야 온전해진 기분이야. 사진 보여줄까?"

"난 휴대전화를 보면…… 머리가 아파."

댄은 아이를 낳고 싶어 했지만 노라는 확신이 없었다. 엄마가 된다는 게 겁이 났다. 우울증이 더 심해질까 두려웠다. 자기 자신도 제대로 돌보지 못하는데 어떻게 다른 사람을 돌본단 말인가.

"그럼 아직 베드퍼드에 있는 거야?"

"응."

"넌 여길 떠날 줄 알았는데."

"떠났다가 돌아왔어. 엄마가 편찮으셔서."

"어머, 안됐다. 이젠 좀 괜찮으셔?"

"그만 가야겠다."

"아직 비 안 그쳤어."

가게를 나오며 노라는 앞에 여러 개의 문이 있으면 좋겠다고 생각했다. 하나씩 통과할 때마다 모든 걸 남겨두고 갈 수 있도록.

블랙홀이 되는 법

죽기로 결심하기 일곱 시간 전, 노라는 한없이 추락하고 있었고 이야기를 나눌 사람이 아무도 없었다.

그녀의 마지막 희망은 단짝이었던 이지뿐이었다. 이지는 지금 머나먼 오스트레일리아에 있었고, 둘 사이도 예전 같지 않았다.

노라는 휴대전화를 꺼내 이지에게 문자를 보냈다.

안녕 이지, 오랜만이다. 보고 싶어, 친구야. 그동안 밀린 얘기 나누면 너무 좋을 것 같아. X

노라는 'X'를 하나 덧붙인 뒤 문자를 보냈다.◆

이제 곧 이지는 문자를 볼 것이다. 노라는 대화창에 점 세 개가 나타나기를 기다렸으나 허사였다.

영화관 앞을 지나니 라이언 베일리의 새 영화가 상영 중이었다. 〈라스트 찬스 살룬〉이라는 유치한 카우보이 로맨틱 코미디물이었다.

라이언 베일리의 얼굴은 늘 심오하고 중요한 진리를 아는 듯했

◆ 편지나 문자 말미에 적는 X는 키스를 보낸다는 의미.

다. 노라는 그가 〈아테네 사람들〉이라는 드라마에서 사색에 잠긴 플라톤을 연기한 후로, 인터뷰에서 철학을 공부했다고 말한 후로 그를 열렬히 좋아했다. 웨스트 할리우드에 있는 김이 피어오르는 그의 집 야외 욕조에 그와 함께 앉아 헨리 데이비드 소로에 대해 허심탄회하게 대화하는 모습을 상상하곤 했다.

"꿈을 향해 당당히 나아가라. 상상했던 삶을 살아라." 노라가 가장 좋아하는 철학자인 소로는 그렇게 말했다. 하지만 정말로 꿈을 향해 당당히 나아가는 사람이 있을까? 뭐, 소로는 제외하고. 그는 숲으로 들어가서 외부 세상과 단절한 채 살았다. 그저 숲속에 앉아 있고, 글을 쓰고, 장작을 패고, 낚시를 하면서. 하지만 2세기 전, 매사추세츠주 콩코드에서의 삶은 베드퍼드주 베드퍼드의 현대적인 삶보다 더 단순했으리라.

아닐 수도 있고.

어쩌면 그냥 그녀가 사는 데 젬병인지 모른다.

몇 시간이 흘렀다. 노라는 삶의 목적을, 이 세상에 존재해야 하는 이유를 찾고 싶었다. 하지만 아무것도 없었다. 하다못해 이틀 전처럼 배너지 씨를 대신해 약국에서 약을 타오는 사소한 목적조차 없었다. 노라는 노숙자에게 돈을 주려다가 돈이 한 푼도 없다는 걸 깨달았다.

"기운 내요. 아무 일 없을 거예요." 지나가던 사람이 노라의 근심 어린 얼굴을 보며 말했다.

평생 아무 일도 없었어. 그게 문제야. 노라는 생각했다.

반물질

죽기로 결심하기 다섯 시간 전, 집으로 걸어가는 노라의 손에 쥐어 있던 휴대전화가 울렸다.

이지일지 모른다. 아니면 라비가 오빠에게 연락해보라고 말했을 수도 있고.

다 아니었다.

"아, 안녕하세요, 도린."

짜증 난 목소리가 말했다. "대체 어디 있는 거예요?"

까맣게 잊고 있었다. 지금 몇 시지?

"오늘 너무 힘든 일이 있었어요. 정말 죄송합니다."

"선생님 집 앞에서 한 시간이나 기다렸어요."

"지금이라도 가서 수업할 수 있어요. 5분이면 도착해요."

"너무 늦었어요. 리오는 지금 아빠랑 함께 있어요. 앞으로 사흘간 아빠와 함께 지낼 거예요."

"아, 정말 죄송해요. 드릴 말씀이 없네요."

노라는 폭포수처럼 사과를 쏟아냈다. 그 속에 빠져서 익사하고 있었다.

"솔직히 말해서 노라, 피아노를 그만둘까 고민 중이에요."

"하지만 리오는 피아노를 잘 쳐요."

"아이도 좋아하기는 해요. 하지만 너무 바빠서요. 시험에, 친구에, 축구에. 하나는 포기를 해야……."

"리오는 소질이 있어요. 심지어 쇼팽도 치기 시작했다고요. 제발—"

땅이 꺼질 듯한 한숨이 그녀의 말을 잘랐다. "그만 끊을게요, 노라."

노라는 땅이 벌어지며 자신이 떨어지는 모습을 상상했다. 암석권을 통과하고 맨틀을 지나 계속 떨어지다가 마침내 내핵에 도달해 아무 감정도 없는 단단한 광물로 압축되는 모습을.

★

죽기로 결심하기 네 시간 전, 노라는 옆집에 사는 배너지 씨를 지나쳤다.

올해 여든넷인 배너지 씨는 쇠약했지만 고관절 수술 후로 조금 더 잘 움직이게 되었다.

"날씨가 끔찍하지?"

"네." 노라가 웅얼거렸다.

배너지 씨는 화단을 힐끗 보았다. "그래도 아이리스가 피었어."

노라는 보라색 꽃 무더기를 바라보며 억지로 미소를 지었다. 저

꽃이 대체 무슨 위안이 된다는 건지 의아했다.

안경 뒤로 보이는 배너지 씨의 눈은 피곤해 보였다. 배너지 씨는 열쇠를 찾아 뒤적거리며 현관 앞에 서 있었다. 비닐봉지에 든 우유 한 병이 그가 들기에는 너무 무거워 보였다. 집 밖으로 나온 배너지 씨를 보기란 흔치 않은 일이었다. 이 집으로 이사 온 첫 달에 노라는 배너지 씨 댁을 방문해서 인터넷으로 식료품 주문하는 법을 알려드렸다.

"아, 그리고 좋은 소식이 있네." 배너지 씨가 말했다. "이젠 자네가 약국에 가서 내 약을 타오지 않아도 돼. 약국에서 일하는 청년이 근처로 이사 왔거든. 내 약을 가져다주겠다고 했네."

노라는 대답하려고 했지만 말이 나오지 않았다. 그래서 대신 고개만 끄덕였다.

배너지 씨는 간신히 문을 열고 죽은 아내의 사당인 집으로 들어간 다음, 문을 닫았다.

그걸로 끝이었다. 이제 아무도 그녀를 필요로 하지 않았다. 그녀는 이 우주에서 불필요한 존재였다.

집 안으로 들어가자 정적이 소음보다 더 컸다. 고양이 사료 냄새. 볼테르의 밥그릇이 아직 나와 있었다. 반쯤 남은 사료와 함께.

노라는 물을 마시고 항우울제 두 알을 삼킨 다음, 남은 약을 바라보며 곰곰이 생각했다.

죽기로 결심하기 세 시간 전, 노라의 온몸이 후회로 욱신거렸다. 마치 마음속 절망이 상반신을 거쳐 사지까지 퍼진 듯이. 몸 구석

구석까지 점령한 듯이.

자신이 사라지는 편이 모두에게 좋다는 생각이 들었다. 누구든 블랙홀 근처에 가면 중력에 의해 그 안의 황량하고 어두운 현실로 빠져버리는 법이다.

생각은 멈추지 않는 마음의 경련 같다. 너무 불편해서 참을 수 없지만 무시하기에는 너무 강력하다.

노라는 자신의 SNS를 살펴봤다. 메시지도, 댓글도, 새로운 팔로워도, 친구 요청도 없었다. 그녀는 자기 연민이 더해진 반물질이었다.

인스타그램으로 들어가서 그녀를 제외한 모든 사람의 살맛 나는 인생을 구경하고는 요즘에는 잘 사용하지 않는 페이스북 계정에 횡설수설하는 포스팅을 하나 올렸다.

죽기로 결심하기 두 시간 전, 노라는 와인 한 병을 땄다.

오래된 철학 교재들이 그녀를 내려다보았다. 인생에 아직 가능성이 있었던 대학 시절의 유령이었다. 유카 화분과 조그만 사각형 선인장 화분 세 개. 지각없는 생명체로 하루 종일 화분에 앉아 있으면 세상에 존재하기가 더 쉬우리라.

노라는 작은 디지털 피아노 앞에 앉았지만 연주하지 않았다. 리오 옆에 앉아 쇼팽의 전주곡 E 마이너를 가르치던 때를 생각했다. 행복했던 순간도 시간이 흐르면 아픔이 될 수 있다.

예부터 음악가들이 상투적으로 하는 말이 있다. 피아노에 잘못된 음은 없다는 말. 하지만 노라의 삶은 무의미한 불협화음이었다. 훌륭해질 수도 있었지만 지금은 망해버린 작품이었다.

시간이 흘렀고, 노라는 허공을 응시했다.

와인을 마시고 나니 또렷하게 깨달을 수 있었다. 그녀는 이번 삶에 적합하지 않았다.

그녀가 둔 모든 수는 실수였고, 모든 결정은 재앙이었으며, 매일 자신이 상상했던 모습에서 한 걸음씩 멀어졌다.

수영 선수. 뮤지션. 철학가. 배우자. 여행가. 빙하학자. 행복하고 사랑받는 사람.

그중 어느 것도 되지 못했다.

심지어 '고양이 주인'이라는 역할조차 제대로 해내지 못했다. 혹은 '일주일에 한 시간짜리 피아노 레슨 선생님'도. 혹은 '대화가 가능한 인간'도.

약이 효과가 없었다.

노라는 와인을 다 비웠다. 남김없이.

"보고 싶다." 그녀는 마치 사랑했던 사람들의 영혼이 자신과 함께 있다는 듯이 허공에 대고 말했다.

그러고는 오빠에게 전화했다. 조가 전화를 받지 않자 음성 메시지를 남겼다.

"사랑해, 오빠. 그냥 그 말을 하고 싶었어. 오빠가 할 수 있는 일은 없었어. 이건 다 나 때문이야. 내 오빠로 태어나줘서 고마워. 사랑해. 잘 있어."

다시 비가 내리자 노라는 블라인드를 걷고 창문에 떨어지는 빗방울을 바라보았다.

이제 11시 22분이었다.

한 가지 사실만은 확실했다. 노라는 내일을 맞이하고 싶지 않았다. 자리에서 일어나 펜과 종이를 꺼냈다.

죽기에 딱 좋은 때였다.

이 글을 보시는 분께

내게는 멋진 삶을 살 기회가 있었지만 난 그 기회를 모두 날려버렸어요. 내 부주의한 행동과 불운 때문에 세상은 내게서 멀어졌죠. 그러니 이제는 내가 세상에서 멀어지는 게 도리예요.

여기 남는 게 가능하다고 느꼈다면 그랬을 거예요. 하지만 그런 느낌이 전혀 들지 않아요. 그래서 남을 수가 없어요. 난 사람들을 힘들게 할 뿐이에요.

줄 게 아무것도 없네요. 미안해요.

서로에게 친절을 베푸세요.

안녕.

노라.

00:00:00

처음에는 사방에 안개가 깔려 있어서 아무것도 보이지 않았다. 그러다 서서히 양쪽으로 늘어선 기둥이 보였다. 노라가 서 있는 곳은 줄기둥이 있는 회랑으로 일종의 통로였다. 기둥은 새파란 알갱이가 보이는 회백색 돌로 만들었다. 마치 사람 눈에 띄기를 원치 않는 유령처럼 안개가 말끔히 걷히더니 어떤 형체가 드러났다.

단단한 직사각형 형체였다.

교회나 작은 슈퍼마켓 크기의 건물이었다. 석조로 된 건물 앞면은 기둥과 같은 색으로 중앙에 큼직한 나무 문이 달렸으며, 섬세한 장식의 지붕은 웅장한 분위기를 풍기려는 포부가 엿보였다. 앞쪽 박공에는 위엄 있는 시계가 걸렸는데 검은색 로마 숫자가 적혔고, 두 바늘은 자정을 가리켰다. 앞쪽 벽에는 가장자리에 벽돌을 두른, 긴 아치형의 불 꺼진 창문들이 똑같은 간격으로 뚫려 있었다. 노라가 처음에 봤을 때는 네 개였는데 잠시 뒤에 다시 보니 틀림없이 다섯 개였다. 잘못 센 모양이었다.

이 건물을 제외하고는 주위에 아무것도 없었고, 딱히 갈 데도 없었으므로 노라는 조심스럽게 건물 쪽으로 걸어갔다.

손목에 찬 디지털시계를 보았다.

00:00:00

자정이었다.

노라는 초를 나타내는 숫자가 1로 넘어가기를 기다렸지만 그대로였다. 심지어 건물에 가까이 다가가 나무 문을 열고, 건물 안으로 들어갔는데도 시간은 바뀌지 않았다. 시계가 고장 났거나 시간이 잘못된 것이다. 이렇게 이상한 상황에서는 둘 중 하나다.

왜 이러지? 대체 무슨 영문이야? 노라는 생각했다.

어쩌면 이 건물에서 답을 찾을 수 있을지도 모른다고 생각하면서 안으로 들어갔다. 실내는 불이 환히 켜졌고, 바닥에는 밝은색 돌이 깔려 있었는데 연노란색과 연갈색의 중간쯤 되었다. 하지만 밖에서는 보였던 창문이 안에서는 보이지 않았다. 사실 건물 안으로 서너 걸음 들어섰을 때부터 벽은 전혀 보이지 않았다. 대신 서가가 있었다. 노라가 걷고 있는 넓고 탁 트인 복도에서 뻗어나간 서가는 끝없이 이어졌고 천장까지 닿을 듯 높았다. 노라는 서가 사이로 들어가 걸음을 멈추고, 셀 수 없이 많은 책을 당황스럽게 바라보았다.

사방이 책이었고, 선반은 너무 얇아서 잘 보이지 않았다. 책은 모두 초록색이었다. 온갖 다양한 색조의 초록색. 어떤 책은 탁한 녹색이고, 어떤 책은 밝고 환한 연초록색이고, 어떤 책은 선명한 에메랄드색이고, 나머지는 여름 잔디의 파릇파릇한 색이었다.

여름 잔디 이야기가 나왔으니 말인데 책들은 오래되어 보이는 반면 도서관 안의 공기는 신선했다. 책에 쌓인 두껍고 오래된 먼지 냄새가 아니라 진한 풀 냄새, 야외에 있는 듯한 냄새가 났다.

서가는 정말로 끝없이 이어진 듯했다. 미술 시간에 배웠던 1점 투시도법을 나타낸 선처럼 저 먼 지평선을 향해 곧고 길게 뻗어 있었고, 가끔씩 복도가 등장할 때만 끊어졌다.

노라는 아무 복도나 선택해 걸었다. 방향을 바꿀 기회가 오자 왼쪽으로 꺾었다가 잠시 길을 잃었다. 나가는 길을 찾았지만 출구 표시는 어디에도 없었다. 왔던 길을 되돌아 입구로 가려고 했지만 그것도 불가능했다.

마침내 도저히 출구를 찾을 수 없다는 결론을 내릴 수밖에 없었다.

"이건 비정상이야." 노라는 중얼거렸다. 자신의 목소리를 들으니 위안이 되었다. "비정상이고말고."

노라는 걸음을 멈추고 서가에 꽂힌 책에 다가갔다.

책등에는 제목이나 작가 이름이 없었다. 색의 농담을 제외하고 유일하게 다른 점은 크기였다. 높이는 비슷했으나 두께는 제각각이었다. 어떤 책은 두께가 5센티미터 정도였고, 나머지는 훨씬 더 얇았다. 한두 개는 팸플릿이라고 해도 될 정도로 얇았다.

노라는 한 권 꺼내 보기로 마음먹고 팔을 뻗어 중간 크기에 약간 칙칙한 올리브색 책을 골랐다. 책에는 먼지가 살짝 내려앉았고 낡아 보였다.

서가에서 책을 다 빼기도 전에 뒤에서 목소리가 들리자 노라는 움찔했다.

“조심해라.” 목소리가 말했다.

노라는 누구인지 보려고 뒤를 돌았다.

녹색 스웨터를 입은 사서

"제발 조심해서 만지렴."

여자는 하늘에서 떨어졌거나 땅에서 솟아난 듯했다. 세련된 차림에 희끗희끗한 머리카락은 짧게 잘랐고, 암녹색 터틀넥 스웨터를 입었다. 나이를 추정해보자면 예순 살쯤 되어 보였다.

"누구세요?"

하지만 노라는 질문을 마치기도 전에 자신이 이미 그 답을 알고 있음을 깨달았다.

"내가 바로 그 사서야." 여자가 새침하게 말했다.

여자의 얼굴은 상냥했으나 엄격하고 현명해 보였다. 늘 하고 다니던 단정한 쇼트커트, 노라의 마음속에 남아 있는 얼굴 그대로였다.

노라의 눈 앞에 옛날 그녀가 다닌 학교의 도서관 사서가 서 있었다.

"엘름 부인."

엘름 부인은 희미하게 미소 지었다. "아마 그럴 거야."

노라는 그녀와 체스를 두곤 했던 비 오는 오후를 떠올렸다.

아빠가 돌아가시고, 도서관에서 엘름 부인이 그 소식을 조심스럽게 전해주었던 날도 기억했다. 남자 기숙학교 교사였던 아빠는 교내 럭비 경기장에서 갑자기 심장마비로 돌아가셨다. 노라는 그 소식을 듣고 30분 정도 망연자실했고, 아직 게임이 끝나지 않은 체스판만 멍하니 바라보았다. 처음에는 현실을 받아들이기가 너무 벅찼다. 그러더니 현실이 그녀를 옆으로 세게 밀치며 지금까지 그녀가 달려왔던 선로에서 벗어나게 했다. 노라는 엘름 부인을 꼭 끌어안고 그녀의 터틀넥 스웨터에 얼굴을 묻은 채 울었다. 눈물에 젖은 스웨터 때문에 얼굴이 따끔거릴 때까지.

엘름 부인은 노라를 껴안은 채 아기를 대하듯이 그녀의 뒤통수를 쓰다듬었고, 어떤 진부한 말이나 거짓 위로도 하지 않았다. 그저 노라를 걱정할 뿐이었다. 그때 엘름 부인이 했던 말이 생각났다. "다 잘될 거야, 노라. 괜찮을 거야."

한 시간이 넘은 뒤에야 엄마가 그녀를 데리러 왔다. 뒷좌석에는 멍한 표정의 오빠가 앉아 있었다. 노라는 말없이 몸을 떠는 엄마 옆 조수석에 앉으며 엄마에게 사랑한다고 말했지만 아무 대답도 듣지 못했다.

"여긴 어디죠? 지금 제가 어디에 있는 건가요?"

엘름 부인은 매우 형식적인 미소를 지었다. "당연히 도서관이지."

"학교 도서관은 아닌데요. 출구가 없어요. 전 죽은 건가요? 여긴 사후세계예요?"

"그렇진 않아." 엘름 부인이 말했다.

"무슨 말인지 모르겠어요."

"자, 내가 설명해주마."

자정의 도서관

그렇게 말하는 엘름 부인의 눈동자가 생기를 띠며 달빛을 받은 웅덩이처럼 반짝거렸다.

"삶과 죽음 사이에는 도서관이 있단다." 그녀가 말했다. "그 도서관에는 서가가 끝없이 이어져 있어. 거기 꽂힌 책에는 네가 살 수도 있었던 삶을 살아볼 기회가 담겨 있지. 네가 다른 선택을 했다면 어떻게 달라졌을지 볼 수 있는 기회인 거야……. 후회하는 일을 되돌릴 수 있는 기회가 생긴다면 하나라도 다른 선택을 해보겠니?"

"그러니까 제가 죽은 건가요?" 노라가 물었다.

엘름 부인은 고개를 저었다. "아니. 잘 들으렴. 여긴 삶과 죽음의 중간 지대야." 그러고는 통로를 따라 저쪽을 슬쩍 가리켰다. "죽음은 밖에 있단다."

"그럼 전 거기로 가야겠네요. 전 죽고 싶거든요." 노라는 걸음을 뗐다.

하지만 엘름 부인은 고개를 저었다. "그런다고 죽을 수는 없어."

"왜죠?"

"네가 죽음에게 가는 게 아니야. 죽음이 널 찾아와야 해."

보아하니 노라는 죽는 것도 제대로 못 한 듯했다.

익숙한 감정이 밀려왔다. 모든 면에서 자신이 불완전하다는 느낌이었다. 미완성된 인간 퍼즐. 불완전한 삶과 불완전한 죽음.

"그럼 왜 제가 안 죽은 거죠? 왜 죽음이 제게 오지 않았죠? 전 죽음에게 초대장을 보냈어요. 죽고 싶었다고요. 하지만 아직 살아서 여기 있어요. 여전히 사물을 인식하고 있다고요."

"글쎄, 위로가 될지 모르겠지만 넌 곧 죽을 가능성이 아주 커. 이 도서관을 거쳐 가는 사람들은 여기 오래 머물지 않는단다. 죽든지 살든지 곧 끝날 거야."

생각해보면—요즘에는 점점 더 그랬다—노라는 자신이 되지 못한 사람, 이루지 못한 일들의 관점으로만 자신을 보았다. 정말이지 한두 개가 아니었다. 마음속에서 후회가 끝없이 반복되었다.

난 올림픽에 출전하지 못했어. 빙하학자가 되지 못했어. 댄의 아내가 되지 못했어. 엄마가 되지 못했어. 라비린스의 리드 보컬도 되지 못했어. 정말로 좋은 사람 혹은 행복한 사람이 되지 못했어. 볼테르도 제대로 보살피지 못했어.

그리고 이제 마지막으로 제대로 죽지도 못했다. 그녀가 허비한 그 많은 가능성을 생각하니 정말로 한심했다.

"자정의 도서관이 존재하는 동안 넌 죽음으로부터 보호받을 거다. 이제 어떻게 살고 싶은지 결정해야 해."

움직이는 선반

노라 양옆에서 서가의 선반이 움직이기 시작했다. 각도가 바뀌는 게 아니라 그저 수평으로 계속 이동했다. 어쩌면 선반은 전혀 움직이지 않고 책만 움직이는 것인지도 모른다. 왜 그리고 어떻게 움직이는지는 확실하지 않았다. 선반을 움직이게 하는 기계도 보이지 않았고, 선반 끝이나 앞에서 떨어지는 책도 없었고, 떨어지는 소리도 나지 않았다. 책들은 어느 선반에 놓여 있느냐에 따라 각기 다른 속도로 지나갔지만 하나같이 느리게 움직였다.

"무슨 일이죠?"

엘름 부인의 표정이 굳어지더니 등을 곧추세우고 턱을 안으로 살짝 잡아당겼다. 그러고는 노라에게 한 걸음 다가가 손을 잡았다.

"이제 시작할 때가 됐구나, 얘야."

"괜찮으시다면 좀 물어봐도 될까요? 뭘 시작한다는 거죠?"

"모든 삶에는 수백만 개의 결정이 수반된단다. 중요한 결정도 있고, 사소한 결정도 있지. 하지만 둘 중 하나를 선택할 때마다 결과는 달라져. 되돌릴 수 없는 변화가 생기고 이는 더 많은 변화로 이어지지. 이 책들은 네가 살았을 수도 있는 모든 삶으로 들어가는 입구야."

"뭐라고요?"

"너에겐 선택의 경우만큼이나 많은 삶이 있어. 네가 다른 선택을 한 삶들이 있지. 그리고 그 선택은 다른 결과로 이어져. 하나만 달라져도 인생사가 달라진단다. 자정의 도서관에는 그런 인생들이 모두 존재해. 너의 이번 삶만큼이나 실재하지."

"평행 인생인가요?"

"꼭 평행은 아냐. 평행이라기보다는…… 직각에 가깝지. 네가 살 수도 있었던 인생을 살아보고 싶니? 뭔가 다른 선택을 하고 싶어? 바꿔보고 싶은 게 있니? 잘못한 게 있어?"

이건 쉬운 질문이었다. "네. 전부 다요."

그 대답이 엘름 부인의 코를 간질인 듯했다.

엘름 부인은 얼른 스웨터 소매 속으로 손을 집어넣어 화장지를 꺼내더니 재빨리 거기에 대고 재채기를 했다.

"감기 조심하세요." 노라는 그렇게 말하며 엘름 부인이 다 쓴 화장지가 기묘하고 위생적인 마법인 양 그녀의 손에서 사라지는 걸 바라보았다.

"걱정 마라. 화장지는 인생과 같아. 늘 더 있는 법이야." 엘름 부인은 하던 말로 돌아갔다. "하나만 달라져도 종종 전부가 달라지는 셈이란다. 인생을 사는 동안에는 아무리 애를 써도 한번 한 행동을 되돌릴 수 없어……. 하지만 넌 이제 인생 안에 있지 않아. 밖으로 튕겨 나왔어. 이건 네 인생이 어떻게 달라졌을지 볼 수 있는 기회야, 노라."

이게 현실일 리 없어. 노라는 속으로 생각했다.

엘름 부인은 노라가 무슨 생각을 하는지 아는 듯했다.

"아니, 현실이야, 노라 시드. 다만 네가 생각하는 현실과는 약간 다르단다. 아쉬운 대로 표현하자면 중간 지대라고 할 수 있어. 삶도 아니고, 죽음도 아니지. 전통적인 의미에서의 현실 세계는 아니야. 하지만 꿈도 아니지. '이것 아니면 저것'의 개념이 아냐. 한마디로 여기는 자정의 도서관이란다."

천천히 움직이던 선반이 정지했다. 노라는 오른쪽 어깨높이의 선반에서 제법 큰 공간을 발견했다. 주위의 다른 선반에는 책이 빽빽하게 꽂혀 있는데 여기에는 얇고 하얀 선반에 책 한 권이 옆으로 쓰러져 있었다.

게다가 이 책은 다른 책과 달리 초록색이 아니라 회색이었다. 안개 속에서 본 건물의 석조 앞면처럼.

엘름 부인은 이 책을 집어 들어 노라에게 건넸다. 마치 크리스마스 선물이라도 건네듯이 자부심과 기대가 뒤섞인 표정이었다.

엘름 부인이 들고 있을 때는 가벼워 보였는데 막상 받으니 보기보다 무거웠다. 노라가 책을 펼치려 하자 엘름 부인이 고개를 저으며 말했다.

"내가 허락할 때까지 기다려야 해."

"왜요?"

"여기 있는 책들, 이 도서관에 있는 책들은 전부 너의 다른 삶이야. 이 책만 제외하고. 이 도서관은 네 도서관이거든. 널 위해 존재하지. 사람의 삶에는 무수히 많은 결말이 있어. 이 서가에 있는 책들은 모두 네 삶이고, 같은 시간에 시작해. 바로 지금, 4월 28일 화요일 자정에. 하지만 이 자정의 가능성이 모두 똑같지는 않아. 비슷한 삶들도 있지만 아주 다르기도 해."

"말도 안 돼요. 이것만 제외하고요? 이 책만?" 노라는 회색 책을 엘름 부인 쪽으로 내밀었다.

엘름 부인은 한쪽 눈썹을 치켜세웠다. "그래. 그 책만 제외야. 그건 네가 한 글자도 쓰지 않고서 쓴 책이지."

"네?"

"네 모든 문제의 근원과 해답이 담겨 있는 책이란다."

"이게 무슨 책인데요?"

"《후회의 책》이야."

후회의 책

노라는 책을 바라보았다. 그제야 표지에 돋을새김된 작은 글자가 눈에 들어왔다.

후회의 책

"네가 태어난 후로 했던 후회들이 전부 여기 기록되어 있지." 엘름 부인이 손가락으로 표지를 톡톡 쳤다. "이제 열어봐도 된다. 내가 허락하지."

책이 너무 무거웠기 때문에 책을 펼치려면 돌바닥에 책상다리를 하고 앉아야만 했다. 노라는 안을 훑어보았다.

책은 여러 장으로 나누어졌는데 나이 순서대로 정리되어 있었다. 0부터 시작해서 1, 2, 3장을 거쳐 35장까지. 뒤로 갈수록, 해가 지날수록 각각의 장이 점점 더 길어졌다. 하지만 꼭 그 해에 해당하는 후회만 적혀 있지는 않았다.

"후회는 시간 순서를 무시하지. 마구 떠다닌단다. 이 목록은 배열 순서가 늘 바뀌어."

"그렇군요, 네, 일리가 있는 거 같아요."

노라는 책에 적힌 후회들이 사소하고 일상적인 것(오늘 운동을 안 한 게 후회돼)에서 중요한 것(아빠가 돌아가시기 전에 사랑한다고 말하지 않은 게 후회돼)의 순서대로 배열되어 있음을 금세 깨달았다.

뒤쪽에 계속 등장하는 후회도 있었는데 여러 페이지에 걸쳐서 반복되었다. '라비린스 밴드를 탈퇴한 게 후회돼. 오빠를 실망시켰으니까.' '환경을 위해 더 많이 노력하지 못한 게 후회돼.' 'SNS에 할애한 시간이 후회돼.' '이지와 오스트레일리아에 안 간 게 후회돼.' '어릴 때 더 많이 놀지 못한 게 후회돼.' '아빠랑 말다툼했던 게 후회돼.' '동물 관련 일을 하지 않은 게 후회돼.' '대학에서 철학 대신 지질학을 공부하지 않은 게 후회돼.' '더 행복한 사람이 되는 법을 배우지 못한 게 후회돼.' '죄책감을 너무 많이 느낀 게 후회돼.' '스페인어를 계속 공부하지 않은 게 후회돼.' 'A레벨◆ 과목으로 과학을 선택하지 않은 게 후회돼.' '빙하학자가 안 된 게 후회돼.' '결혼하지 않은 게 후회돼.' '케임브리지에서 철학 석사 과정을 공부하지 않은 게 후회돼.' '꾸준히 건강 관리를 하지 않은 게 후회돼.' '런던으로 이사한 게 후회돼.' '파리로 가서 영어를 가르치지 않은 게 후회돼.' '대학 때 썼던 소설을 끝내지 못한 게 후회돼.' '런던을 떠난 게 후회돼.' '아무 전망도 없는 직업을 선택한 게 후회돼.' '더 나은 동생이 되어주지 못한 게 후회돼.' '대학을 졸업하고 갭이어(gap year)를 가지지 않은 게 후회돼.' '아빠를 실망시킨

◆ 영국에서 대입 준비생들이 치르는 시험.

게 후회돼.' '피아노 연주보다 가르치는 데 더 많은 시간을 보낸 게 후회돼.' '돈 관리를 제대로 못 한 게 후회돼.' '시골에 살지 않은 게 후회돼.'

다른 것보다 약간 더 희미한 후회도 있었고, 어떤 후회는 노라가 보고 있는 동안 사라졌다가 또렷한 글씨로 다시 나타났다. 마치 불이 꺼졌다 켜지듯이. '아직 아이가 없는 게 후회돼'라는 후회였다.

"이건 어떨 때는 후회하다가 어떨 때는 후회하지 않는 후회지. 그런 게 몇 개 있어." 이번에도 독심술을 부린 듯이 엘름 부인이 설명했다.

책의 맨 끝에 있는 가장 긴 장은 서른네 살부터 시작됐는데 댄과 관련된 후회가 많았다. 꽤 진한 볼드체로 적혀 있었고, 하이든 협주곡에서 계속 연주되는 포르티시모(매우 세게) 화음처럼 머릿속에서 계속 맴돌았다.

'댄에게 매정하게 군 게 후회돼.' '댄과 헤어진 게 후회돼.' '시골에서 댄과 펍을 하면서 살지 않는 게 후회돼.'

책장을 내려다보며 노라는 결혼 직전까지 갔던 댄을 생각했다.

넘치는 후회

노라는 이지와 함께 투팅에 살 때 댄을 만났다. 환하게 웃고, 수염을 짧게 기른 그는 텔레비전의 동물 프로그램에 나오는 수의사처럼 생겼다. 재미있고 호기심이 많았으며 술을 꽤 많이 마셨지만 숙취에 시달리는 법이 없었다.

미술사를 전공했고, 루벤스와 틴토레토에 관한 깊이 있는 지식을 잘 활용해 프로틴 바 회사의 홍보 담당자가 되었다. 하지만 댄에게는 꿈이 있었다. 언젠가 시골에서 펍을 운영하겠다는 꿈이었고, 그는 노라와 함께 그 꿈을 이루고 싶어 했다.

노라는 그의 열정에 끌렸고 약혼을 했다. 하지만 불현듯 그와 결혼하고 싶지 않다는 걸 깨달았다.

마음 깊은 곳에서는 엄마처럼 될까 두려웠다. 부모님 같은 결혼 생활을 하고 싶지 않았다.

《후회의 책》을 계속 멍하니 바라보며 노라는 부모님이 서로를 사랑한 적이 있는지, 아니면 그저 결혼 적령기가 되자 가장 가까이에 있던 사람하고 결혼한 것인지 의문이 들었다. 음악이 멈출 때 가장 옆에 있는 사람을 붙잡는 게임처럼.

노라는 늘 그 게임이 싫었다.

버트런드 러셀은 "사랑을 두려워하는 것은 인생을 두려워하는 것이고, 인생을 두려워하는 사람은 이미 4분의 3이 죽어 있는 상태다"라고 했다. 어쩌면 그게 노라의 문제인지도 모른다. 노라는 그냥 사는 게 두려운 건지 모른다. 하지만 버트런드 러셀은 밥 먹듯이 결혼하고 불륜을 저지른 사람이었으니 저런 충고를 할 처지가 못 되리라.

결혼식을 석 달 앞두고 엄마가 돌아가시자 노라는 엄청난 슬픔에 빠졌다. 노라는 결혼식 날짜를 미루자고 넌지시 말했지만 어찌된 일인지 미뤄지지 않았다. 노라의 슬픔에는 우울과 불안 그리고 자신의 삶을 통제할 수 없다는 기분이 뒤섞여 있었다. 결혼이 이 혼란스러운 기분의 증후 같아서 기차선로에 밧줄로 묶여 있는 듯했고, 결혼을 취소해야만 밧줄에서 벗어나 자유로워질 수 있을 듯했다. 하지만 베드퍼드에 남아 싱글로 살면서, 함께 오스트레일리아에 가기로 했던 이지를 실망시키고 스트링 시어리에서 일하면서 고양이를 키우는 현실은 자유와 거리가 멀었다.

"저런. 너무 힘들었겠구나." 노라의 생각을 방해하며 엘름 부인이 말했다.

갑자기 노라는 그 모든 회한, 그리고 다른 사람들과 자신을 실망시킨 고통, 채 한 시간도 되기 전에 벗어나려고 했던 그 고통을 다시 느꼈다. 후회가 모여들었다. 이 책을 펼쳐서 보고 있으니 베드퍼드를 정처 없이 돌아다닐 때보다 더 고통스러웠다. 이 책에서 동시에 발산되는 모든 후회가 너무나 강력해서 고통스러웠다. 죄책감과 회한, 슬픔의 무게가 너무 컸다. 노라는 무거운 책을 내려놓으며 몸을 뒤로 비스듬히 눕혀 양쪽 팔꿈치로 바닥을 짚은 채 눈을 꼭 감았다. 보이지 않는 손이 목을 조이는 듯 숨쉬기가 힘들었다.

"멈춰주세요!"

"당장 책을 덮어라." 엘름 부인이 말했다. "눈만 감지 말고 책을 덮어. 얼른. 네가 직접 해야 해."

노라는 당장이라도 기절할 것 같았지만 몸을 일으켜 표지 밑으로 손을 집어넣었다. 이제는 표지마저도 무겁게 느껴졌지만 노라는 책을 덮고 안도의 숨을 내쉬었다.

모든 삶이 지금, 시작된다

"어떠니?"

엘름 부인은 가슴 앞으로 팔짱을 끼고 있었다. 그녀는 노라가 알던 엘름 부인과 똑같이 생겼지만 태도는 살짝 더 퉁명스러웠다. 엘름 부인이었지만 묘하게 엘름 부인이 아니었다. 꽤 헛갈렸다.

"뭐가요?" 노라는 여전히 숨을 헐떡였고, 모든 후회를 동시에 느끼지 않아도 된다는 사실이 여전히 다행스러웠다.

"어떤 게 제일 후회되지? 어떤 결정을 되돌리고 싶니? 어떤 인생을 고를래?"

엘름 부인은 정확히 이 단어를 썼다. **고르다**. 마치 여기가 옷 가게고 티셔츠를 고르듯 인생을 쉽게 고를 수 있다는 듯이. 잔인한 게임처럼 느껴졌다.

"너무 고통스러웠어요. 질식할 것 같았다고요. 이걸 왜 해야 하죠?"

고개를 든 노라의 눈에 처음으로 빛이 보였다. 평범해 보이는 연회색 천장에서 내려온 전선에 알전구들이 매달려 있었다. 다만 이 천장도 벽과 만나지 않았다. 바닥처럼 끝없이 이어져 있었다.

"너의 원래 삶이 끝났을 가능성이 크기 때문이지. 넌 죽고 싶어 했고, 아마 그렇게 될 거야. 넌 다른 곳으로 가야 해. 정착할 수 있는 곳, 다른 삶으로. 그러니까 잘 생각하렴. 이 도서관은 자정의 도서관이야. 왜냐하면 이 도서관에서 제공하는 새로운 삶은 모두 지금 시작하거든. 그리고 지금은 자정이야. 여기 있는 모든 미래는 지금 시작할 거야. 여기에 그 미래가 있어. 이 책들이 의미하는 게 그거야. 너의 또다른 현재와 네가 살았을 수도 있는, 계속 진행 중인 미래."

"그럼 여기에 과거는 없나요?"

"없어. 모든 과거의 결과뿐이야. 하지만 과거가 적힌 책들도 있기는 해. 난 그 내용을 모두 알고 있지. 다만 넌 읽을 수 없어."

"각 삶은 언제 끝나죠?"

"몇 초가 될 수도 있고 몇 시간, 며칠, 몇 달이 될 수도 있어. 그보다 더 오래 걸릴 수도 있고. 네가 진정으로 살고 싶은 삶을 발견하면 늙어서 죽을 때까지 그 삶을 살게 될 거야. 정말로 그 삶을 살고 싶다면 걱정할 것 없어. 넌 늘 거기 있었던 사람처럼 그 세계에 머물게 될 거야. 왜냐하면 하나의 우주에서 넌 늘 거기 있었으니까. 다시 말해서 그 책은 반납할 수 없어. 책은 빌린 물건이라기보다 선물이 될 거다. 그 삶을 살고 싶다고 결정하는 순간, 진정으로 그런 마음이 드는 순간에 지금 네 머릿속에 있는 모든 기억은 이 자정의 도서관을 포함해서 아주 희미해질 거야. 너무 아련해서 거의 기억나지 않을 정도로."

머리 위에서 전구 하나가 깜빡거렸다.

"다만 네가 여기, 삶과 삶 사이에 있을 때가 위험해. 만약 이 체험을 계속하겠다는 의지가 사라지면 그게 네 원래 삶에 영향을 미칠 거야. 그러면 이 도서관이 무너질 수 있어. 넌 영원히 사라질 거야. 죽는 거지. 다른 삶에 접근할 수 있는 기회도 사라질 거고."

"그게 제가 원하는 거예요. 죽는 거. 그리고 그렇게 될 거예요. 왜냐하면 그러고 싶으니까요. 그래서 약도 먹었고요. 전 죽고 싶어요."

"그럴 수도 있고, 아닐 수도 있지. 어쨌든 넌 아직 여기 있어."

노라는 이 상황을 이해하려고 애썼다. "그럼 이 도서관에 다시 돌아오려면 어떻게 해야 해요? 제가 조금 전에 떠나온 삶보다 더 나쁜 삶을 살게 되면요?"

"좀 애매하게 들리겠지만 네가 정말로 실망하는 순간 다시 여기로 돌아오게 될 거야. 실망감은 서서히 느껴질 수도 있고, 한꺼번에 밀려들 수도 있어. 실망감이 전혀 느껴지지 않으면 넌 계속 거기 남아서 행복하게 살 거야. 실망감이 없는 상태가 곧 행복이니까. 아주 간단해. 그러니까 네가 바꾸고 싶은 걸 골라보렴. 그럼 내가 그 책을 찾아줄게. 다시 말해서, 다른 인생을 말이야."

노라는 황갈색 바닥에 놓여 있는 《후회의 책》을 내려다보았다.

시골에서 복고풍의 작은 펍을 운영하고 싶다는 댄의 꿈에 대해 밤늦게까지 그와 이야기를 나눈 기억이 났다. 노라는 댄의 열정에 전염된 나머지 그게 자신의 꿈처럼 느껴질 정도였다. "댄과 헤어지지 말걸 그랬어요. 아직도 댄과 사귀는 사이라면 좋겠어요. 우리가 계속 사귀면서 그 꿈을 이루려고 노력하지 않는 게 후회돼요. 우리가 아직 사귀는 인생이 있나요?"

"물론이지." 엘름 부인이 말했다.

도서관 안의 책들이 다시 움직이기 시작했다. 마치 서가의 선반이 컨베이어 벨트인 듯이. 다만 이번에는 웨딩마치를 할 때처럼 천천히 움직이지 않고 점점 더 속도가 빨라져서 급기야 전혀 책으로 보이지도 않았다. 그저 초록색 물결이 윙윙 돌아가는 듯했다.

그러다 갑자기 선반이 멈췄다.

엘름 부인은 쪼그리고 앉더니 왼쪽 제일 아래 선반에서 책을 꺼냈다. 어두운 초록색 책이었다. 부인은 그 책을 노라에게 건넸다. 《후회의 책》과 크기는 비슷했지만 훨씬 가벼웠다. 이번에도 책등에는 제목이 적혀 있지 않았지만 표지에 책과 아주 똑같은 색깔로 돋을새김한 제목이 적혀 있었다.

나의 인생

"하지만 이건 내 인생이 아닌데……."

"여기 있는 책이 전부 네 인생이란다, 노라."

"그럼 이제 어떻게 해야 하죠?"

"첫 장을 펼치렴."

노라는 그렇게 했다.

"좋아." 엘름 부인이 조심스럽게 말했다. "이제 첫 줄을 읽어봐라."

노라는 책을 내려다보며 읽었다.

그녀는 펍에서 나와 차가운 밤공기 속으로 걸어갔다…….

노라가 '펍?'이라고 생각하자마자 이상한 일이 벌어졌다. 글자가 빠른 속도로 빙글빙글 돌아가며 도저히 읽을 수 없게 되었고, 노라의 몸에서 힘이 빠졌다. 분명히 손에서 책을 놓지 않았는데도 어느새 그녀는 더 이상 책을 읽고 있지 않았고, 다음 순간 책도 도서관도 모두 사라져버렸다.

펍 주인의 꿈을 이루다

노라는 청량하고 깨끗한 공기 속에 서 있었다. 하지만 베드퍼드와 달리 여기는 비가 오지 않았다.

"여기가 어디지?" 노라는 중얼거렸다.

부드럽게 구부러진 길 반대편에는 작고 고풍스러운 석조 테라스하우스들◆이 일렬로 짧게 늘어서 있었다. 마을 가장자리에는 불이 다 꺼진, 고요하고 오래된 집들이 자리 잡았고 그 뒤로는 아무것도 없이 전원의 정적만 감돌았다. 별들이 점점이 박힌 맑고 광활한 하늘, 이지러지는 초승달. 들판 냄새. 황갈색 올빼미 두 마리가 쌍방으로 부엉부엉 울어대더니 다시 조용해졌다. 존재감 있는 정적, 힘이 느껴지는 정적이었다.

'이상하네.'

노라는 베드퍼드에 있었다. 그러다 이상한 도서관에 있었고, 이제는 여기, 예쁜 시골길에 서 있었다. 손가락 하나 까딱하지 않고서.

그녀가 서 있는 쪽으로 1층 창문을 통과한 황금빛 불빛이 쏟아졌다. 노라는 고개를 들어 바람결에 부드럽게 삐걱대는 펍 간판을

◆ 한쪽 벽면을 옆집과 공유하는 다층 구조의 집.

올려다보았다. 겹쳐진 말편자 세 개가 세련되게 그려져 있었고, 그 아래에 공들인 이탤릭체로 이렇게 적혀 있었다.

The Three Horseshoes

그녀 앞쪽 보도에 칠판이 세워져 있었는데 거기 적힌 글씨가 최대한 단정하게 쓴 자신의 필체임을 알아볼 수 있었다.

더 쓰리 호스슈즈

화요일, 퀴즈의 밤

8:30 p.m.

"참된 앎이란 자신의 무지를 아는 것이다."

—소크라테스(가 우리 펍의 퀴즈 게임에서 지고 난 후에 한 말!!!!)

이번 삶에서 그녀는 느낌표를 연달아 네 개나 썼다. 아마도 더 행복하고 덜 경직된 사람이 하는 행동이리라.

조짐이 좋았다.

노라는 자신이 입은 옷을 내려다보았다. 팔꿈치까지 소매를 걷은 데님 셔츠에 청바지를 입었고, 웨지힐 구두를 신었다. 원래 삶에서는 없는 옷과 신발이었다. 추워서 몸에 소름이 끼쳤다. 확실히 밖에 오래 있을 옷차림은 아니었다.

넷째 손가락에 반지 두 개를 끼고 있었다. 사파이어가 박힌 오래된 약혼반지—노라는 1년도 더 전에 몸을 부들부들 떨고 울면서 이 반지를 손에서 뺐다—와 은으로 된 심플한 결혼반지였다.

'맙소사.'

손목에는 시계를 찼는데 이번 삶에서는 디지털시계가 아니었다. 로마 숫자가 적힌 우아하고 날렵한 아날로그 시계였다. 자정에서 1분쯤 지난 시각이었다.

'어떻게 된 거지?'

손도 더 부드러웠다. 아마도 핸드크림을 발랐나 보다. 투명한 광택제를 바른 손톱이 반짝거렸다. 눈에 익은 왼손의 작은 사마귀를 보자 위안이 되었다.

자갈 위를 걷는 발소리가 들렸다. 누군가 진입로를 걸어 그녀에게 다가오고 있었다. 펍 창문으로 새어 나오는 불빛과 하나 있는 가로등 덕분에 남자라는 걸 알 수 있었다. 장밋빛 뺨에 디킨스 소설에 나오는 듯한 회색 구레나룻을 기르고, 왁스 재킷◆을 입었다. 토비 주전자◆가 사람이 된 듯했다. 지나치게 조심스러운 걸음걸이로 보아 살짝 취한 모양이었다.

"잘 있게, 노라. 금요일에 다시 오지. 포크 가수 노래를 들으러 말이야. 댄 말로는 노래를 아주 잘한다던데."

이 삶을 사는 노라는 아마 저 남자의 이름을 알 것이다. "네. 그래요. 금요일에 오세요. 좋은 공연이 될 거예요."

◆ 왁스를 녹여 겉감에 발라 옷이 젖지 않게 방수 처리한 점퍼.
◆ 사람 모양의 도자기 주전자.

적어도 목소리는 똑같았다. 남자는 지나다니는 차량이 전혀 없는 데도 좌우를 몇 번씩 번갈아 본 다음에야 길을 건넜고, 집들 사이로 사라졌다.

정말로 현실이 되었다. 바로 이거다. 펍을 운영하면서 사는 삶. 꿈이 실현되었다.

"정말 너무 많이 이상하다. 너무. 많이. 이상해." 노라는 어둠에 대고 말했다.

그때 또 세 사람이 펍에서 나왔다. 여자 둘과 남자 하나. 그들은 노라를 지나치며 그녀에게 미소 지었다.

"다음에는 우리가 이길 거예요." 여자가 말했다.

"네. 기회는 늘 있죠." 노라가 대꾸했다.

그러고는 펍으로 걸어가 창문을 들여다보았다. 안에는 아무도 없는 듯했으나 불은 여전히 켜져 있었다. 틀림없이 아까 그 사람들이 마지막 손님이었다.

펍은 한 번쯤 들어가보고 싶은 분위기로 아늑하면서도 개성이 넘쳤다. 작은 테이블과 목제 기둥이 보였고, 벽에 마차 바퀴가 붙어 있었다. 바닥에는 진한 빨간색 카펫이 깔렸고, 나무 패널로 만든 바에는 지하실 술통에서 맥주를 끌어올리는 여러 개의 펌프가 늘어서 있었다.

노라는 창문에서 물러났다. 펍 바로 너머, 보도가 풀밭으로 변하는 지점에 표지판이 있었다.

노라는 얼른 표지판으로 다가가 뭐라고 적혀 있는지 읽어보았다.

리틀워스

신중한 운전자들을 환영합니다!

표지판 중앙 꼭대기에 작은 문장이 있었고, '옥스퍼드주 카운티 의회'라는 말이 문장 주위를 맴돌았다.

"우리가 해냈구나. 정말로 해냈어." 노라는 시골 공기에 대고 중얼거렸다.

그녀가 댄과 함께 파리의 생미셸 대로에서 구입한 마카롱을 먹으며 센 강을 따라 걸을 때 댄은 펍을 운영하고 싶다는 자신의 꿈을 이야기했다.

파리가 아닌 영국 시골에서 둘이 함께 사는 꿈.

옥스퍼드주 시골에서 펍을 운영하는 꿈.

노라의 엄마가 암이 심하게 재발해 림프절까지 퍼지며 급속도로 몸을 점령해가자 그 꿈은 뒤로 미뤄졌고, 댄은 노라를 따라 런던에서 베드퍼드로 왔다. 노라의 엄마는 둘의 약혼 사실을 알고 있었고, 결혼식을 올릴 때까지 꼭 살아 있겠다고 했다. 하지만 예정된 시한보다 넉 달이나 빨리 돌아가시고 말았다.

어쩌면 이것인지 모른다. 이것이 노라가 바랐던 삶인지 모른다. 초심자의 행운, 혹은 두 번째로 시도하는 사람의 행운인지 모른다.

노라는 걱정스러운 미소를 지었다.

다시 길을 따라 걷다가 으득으득 소리를 내며 자갈밭을 지나, 아까 구레나룻을 기르고 술에 취한 남자가 나왔던 옆문 쪽으로 걸어갔다. 심호흡을 하고 펍 안으로 들어갔다.

실내는 따뜻했다.

그리고 조용했다.

그녀는 바닥에 테라코타 타일이 깔린 복도 혹은 현관 같은 곳에 서 있었다. 벽 아래쪽은 나무 패널을 덧댔고, 위쪽은 시카모어 잎사귀가 잔뜩 그려진 벽지를 발랐다.

이 좁고 짧은 복도를 지나 아까 창문으로 엿보았던 펍의 메인 홀로 들어섰다. 그때 갑자기 고양이가 나타나는 바람에 노라는 깜짝 놀랐다.

우아하고 깡마른 초콜릿색 버마고양이가 갸르릉거렸다. 노라는 허리를 숙여 고양이를 쓰다듬다가 고양이 목에 달린 동그란 인식표에 새겨진 이름을 보게 되었다. 볼테르.

다른 고양이인데 이름은 같았다. 그녀가 사랑하는 연갈색 얼룩무늬 볼테르와 달리 이 볼테르는 유기묘 같았다. 고양이가 계속 갸르릉거렸다. “안녕, 2번 볼테르. 넌 여기서 행복해 보이는구나. 우리 둘 다 너처럼 행복하니?”

고양이가 그렇다고 말하듯이 갸르릉거리더니 노라의 다리에 머리를 문질렀다. 노라는 고양이를 안아 올린 다음, 바로 걸어갔다. 수제 맥주 펌프가 일렬로 늘어서 있었다. 흑맥주, 사과주, 페일 에일, IPA 등. 이름도 가지각색이었다. 목사님이 제일 좋아하는 맥주, 분실물 보관소, 미스 마플, 잠자는 레몬, 깨져버린 꿈.

바 테이블에는 나비 보존을 위한 기금 마련 통이 놓여 있었다.

그때 유리가 딸그락거리는 소리가 났다. 식기세척기에 그릇을 넣는 듯한 소리였다. 노라는 불안해서 가슴이 조였다. 익숙한 감각이었다. 바 뒤쪽에서 헐렁한 럭비 셔츠를 입고 젓가락처럼 마른 20대 남자가 튀어나오더니 노라에게 눈길도 주지 않은 채 마지막으로 남아 있던 맥주잔을 모아서 식기세척기에 집어넣었다. 그러고는 식기세척기 스위치를 켜고, 고리에 걸려 있던 코트를 집어서 입고는 주머니에서 자동차 키를 꺼냈다.

"그만 갈게요, 노라. 의자 정리 다 했고, 테이블도 다 닦았어요. 식기세척기도 켜놨고요."

"아, 고마워요."

"목요일에 봐요."

"그래요." 노라는 정체가 들통나기 직전의 스파이가 된 심정으로 대답했다. "다음에 봐요."

남자가 떠나고 잠시 뒤에 아래쪽 어딘가에서 올라오는 발소리가 들렸다. 발소리는 아까 그녀가 지났던 복도를 가로지르더니 펍 뒤쪽으로 갔고, 이내 그가 모습을 나타냈다.

그는 달라 보였다.

수염이 사라졌고 눈가에 주름이 늘고 다크 서클이 있었다. 손에는 파인트 잔을 들고 있었는데 짙은 색 맥주가 조금 남아 있었다. 여전히 텔레비전에 나오는 수의사처럼 생겼다. 다만 몇 시즌이 방영된 후의 얼굴이었다.

"댄." 노라가 말했다. 마치 그가 누구인지 확인해야 한다는 듯이. 길가의 토끼를 보며 "토끼다"라고 말하듯이. "당신이 너무 자랑스럽다는 말을 하고 싶어. 우리가 너무 자랑스러워."

댄은 멍한 표정으로 그녀를 바라보았다. "방금 냉각기를 껐어. 내일 라인을 청소해야 해. 안 한 지 2주나 됐어."

노라는 댄이 무슨 말을 하는지 알 수 없었고, 그래서 그냥 고양이를 쓰다듬으며 말했다. "응, 그래. 물론이지. 라인을 청소해야지."

남편은—이 삶에서 댄은 남편이었다—테이블 위로 모두 올려둔 의자와 테이블을 둘러보았다. 그는 빛바랜 조스 티셔츠를 입고 있었다. "블레이크랑 소피는 집에 갔어?"

노라는 머뭇거렸다. 펍에서 일하는 직원들을 말하는 듯했다. 아까 럭비 셔츠를 입은 남자가 블레이크일 것이다. 주위에 다른 사람은 없는 듯했다.

"응." 지금 이 상황이 너무 기이하게 느껴졌지만 그래도 노라는 애써 자연스러운 말투로 대답했다. "그런 것 같아. 둘 다 일을 꽤 잘해."

"잘됐네."

노라는 댄의 스물여섯 살 생일에 저 티셔츠를 사준 기억이 났다. 10년 전이었다.

"오늘 밤에 기상천외한 대답이 많이 나왔어. 한 팀이, 피트와 졸리가 속한 팀 말이야, 시스티나 성당의 천장화를 그린 사람이 마라도나라고 했다니까."

노라는 고개를 끄덕이며 2번 볼츠를 쓰다듬었다. 마치 피트와 졸리가 누구인지 잘 안다는 듯이.

“솔직히 말해서 오늘 밤은 문제가 까다로웠어. 다음번에는 다른 웹사이트에 있는 문제를 낼까 봐. 카라 뭐라는 산맥에서 제일 높은 산이 뭔지 누가 알겠냐고.”

“카라코람 산맥? 그럼 K2지.” 노라가 대답했다.

“그래, 당신은 아네.” 댄이 약간 퉁명스럽게 대답했다. 술에 꽤 취한 듯했다. “당신이야 알겠지. 사람들이 록(rock) 음악에 빠져 있을 때 당신은 진짜 바위(rock) 같은 거에 빠져 있었으니까.”

“이거 왜 이래. 나 밴드 활동했던 사람이야.”

노라는 그제야 기억이 났다. 댄은 그녀가 밴드에서 노래하는 걸 싫어했다.

댄이 웃었다. 노라는 그 웃음소리가 기억났지만 썩 마음에 들지는 않았다. 둘이 사귈 때 댄이 상대를 비하하는 농담, 특히 노라를 상대로 그런 농담을 자주 했다는 사실을 잊고 있었다. 당시 노라는 그의 그런 면을 그냥 넘기려 했다. 댄에게는 장점이 훨씬 많았다. 아픈 노라의 엄마에게 극진히 대했고, 어떤 주제에 관해서든 편안히 이야기할 수 있었고, 미래에 대한 꿈으로 가득 찼으며, 매력적이고 함께 있으면 편안했다. 또한 예술을 열렬히 사랑했고, 길에서 노숙자를 보면 늘 걸음을 멈추고 얘기를 나눴다. 세상에 관심을 가졌다. 사람은 도시와 같아서 마음에 덜 드는 부분이 몇 개 있다고 해서 전체를 거부할 순 없다. 위험해 보이는 골목길이나 교외 등 마음에 안 드는 부분이 있을지라도 다른 장점이 그 도시를 가치 있게 만들어준다.

댄은 짜증 나는 팟캐스트를 많이 들었는데 노라도 함께 들어야 한다고 생각했고, 노라의 신경에 거슬리게 웃어댔으며, 가글할 때 유달리 큰 소리를 냈다. 잘 때는 이불을 독차지했고, 예술과 영화, 음악 이야기를 할 때 가끔씩 거만하게 굴기는 했지만 크게 잘못된 구석은 없었다. 이제 생각해보니 댄은 그녀의 음악 활동을 지지해준 적이 한 번도 없었다. 라비린스의 멤버가 되어 음반 계약을 하면 정신 건강에 문제가 생길 것이며, 오빠가 약간 이기적으로 군다고 충고했다. 하지만 당시 노라는 그걸 위험 신호로 보지 않고 좋은 신호로 보았다. 그가 자신을 염려해주며, 누군가가 자신을 염려해주는 것은 좋은 일이라고 생각했다. 더군다나 명성과 세속적인 것에 휘둘리지 않고 인생의 물살을 헤쳐나갈 수 있도록 도와주는 사람이라고. 따라서 댄이 런던 옥소 타워 꼭대기 층에 있는 칵테일 바에서 청혼했을 때 노라는 승낙했고, 아마 그건 옳은 일이었으리라.

댄은 홀 안쪽으로 좀 더 들어오더니 파인트 잔을 내려놓고 휴대전화를 꺼내 다음에 낼 퀴즈를 찾아보았다.

노라는 댄이 오늘 밤에 얼마나 마셨는지 궁금했다. 펍을 운영하고 싶다는 꿈이 사실은 끝없이 술을 마시고 싶다는 꿈의 연장선이었을까?

"변이 스무 개인 다각형을 뭐라고 하게?"

"모르겠는데." 노라는 거짓말했다. 조금 전에 댄이 보였던 반응을 또 겪고 싶지 않았다.

댄은 휴대전화를 주머니에 집어넣었다.

"그래도 잘 끝났어. 오늘 밤에 다들 엄청 마셔댔어. 화요일 매상 치고는 나쁘지 않아. 점점 좋아지고 있어. 내일 은행에 가서도 할 말이 있겠어. 어쩌면 대출 기한을 늘려줄지도 몰라……."

댄은 잔 속의 맥주를 바라보다가 잔을 빙빙 돌린 다음, 다 마셔 버렸다.

"그래도 A.J에게 점심 메뉴를 바꾸라고 해야겠어. 리틀워스에서 누가 점심으로 설탕에 조린 비트와 콩 샐러드에 옥수수 케이크 같은 고급 음식을 먹겠어. 여기가 런던의 피츠로비아도 아니고. 그리고 잘 팔리긴 하지만 당신이 고른 와인은 별로 돈이 안 되는 것 같아. 특히 캘리포니아 와인."

"알았어."

댄이 몸을 돌려 뒤를 돌아보았다. "안 가져왔어?"

"뭘?"

"칠판 말이야. 아까 들여놓은 줄 알았는데."

애초에 그녀가 밖에 나간 이유가 그것이었나 보다.

"아니, 아니. 지금 가져오려고."

"아까 당신이 나가는 거 봤는데."

노라는 불안한 마음을 미소로 감췄다. "응, 나가기는 했는데 그때는…… 우리 고양이가 걱정돼서 나간 거야. 볼츠. 볼테르 말이야. 녀석을 찾을 수가 없어서 나가봤더니 밖에 있더라고."

댄은 다시 바 뒤로 가서 스카치위스키를 한 잔 더 따랐다.

그러고는 곱지 못한 노라의 눈길을 눈치챘는지 이렇게 말했다. "겨우 세 잔째야. 네 잔짼가? 오늘은 퀴즈의 밤이었어. 사회를 보는 동안 내가 얼마나 긴장하는지 알잖아. 그리고 술을 마시면 유머 감각을 발휘하는 데도 도움이 돼. 나 좀 웃겼지? 당신도 느꼈어?"

"응. 정말 웃겼어. 완전 코미디언이었지."

댄의 얼굴이 심각해졌다. "아까 당신이 에린에게 말 거는 거 봤어. 에린이 뭐래?"

노라는 어떻게 대답해야 할지 알 수 없었다. "별말 아니었어. 늘 하는 말이지 뭐. 당신도 에린이 어떤지 알잖아."

"늘 하는 말이라고? 당신이 에린에게 말을 건 건 이번이 처음 아니야?"

"사람들이 늘 하는 말이라고. 에린이 늘 하는 말이 아니라. 보통 사람들이 하는 말……."

"윌은 어떻대?"

"어, 아주 잘 지낸대." 노라는 짐작해서 말했다. "안부 전해달라고 했어."

댄이 놀라서 눈을 휘둥그렇게 떴다. "정말이야?"

노라는 뭐라고 말해야 할지 몰랐다. 어쩌면 윌은 아기인지도 모른다. 코마 상태일 수도 있고. "미안, 아냐. 그런 말은 하지 않았어. 미안해, 내가 생각이 짧았어. 어쨌든…… 이제 가서 칠판을 가져올게."

노라는 고양이를 바닥에 내려놓고 뒤쪽으로 갔다. 아까 들어올 때 못 봤던 액자가 눈에 들어왔다.

액자 속에는 《옥스퍼드 타임스》에서 오려낸 신문 기사가 들어 있었는데 이 펍 앞에 서서 찍은 노라와 댄의 사진이 실려 있었다. 한쪽 팔로 그녀를 감싼 댄은 노라가 한 번도 본 적이 없는 양복을 입었고, 노라 역시 원래 삶에서 한 번도 입은 적이 없는 세련된 원피스를(원래 원피스는 거의 입지 않았다) 입고 있었다.

펍 주인의 꿈을 이루다

기사에 따르면 그들은 허름한 펍을 싸게 인수한 다음, (댄이 물려받은) 약간의 유산과 저축한 돈, 은행에서 받은 대출을 합쳐서 펍을 개조했다. 기사는 그들을 성공 사례로 소개했다. 비록 2년 전이기는 했지만.

노라는 밖으로 나가면서 생각했다. 과연 화요일 자정 넘어 몇 분간 살아본 것만으로 그 삶을 평가할 수 있을까? 어쩌면 충분할지 모른다.

바람이 거세졌다. 노라는 조용한 거리에 서 있었다. 칠판이 돌풍에 밀려 조금 이동하더니 하마터면 넘어질 뻔했다. 노라가 칠판을 집어 들려는데 주머니에서 휴대전화가 진동했다. 주머니에 휴대전화가 든 줄도 몰랐다. 전화를 꺼내 보니 이지가 보낸 문자 메시지가 와 있었다.

액정 속 바탕화면은 그녀가 댄과 함께 휴양지에서 찍은 사진이었다.

노라는 얼굴 인식으로 잠금 상태를 해제하고 문자를 확인했다. 고래 한 마리가 바다에서 뛰어오르는 사진으로 샴페인이 터지듯 흰 물보라가 흩어졌다. 멋진 사진이었고, 보기만 해도 미소가 지어졌다.

이지가 문자를 치는 중이었다

그러더니 또 다른 문자가 도착했다.

어제 배에서 찍은 사진이야.

이어서 또 다른 문자가 올라왔다.

엄마 혹등고래.

그러더니 다시 사진이 떴다. 이번에는 고래가 두 마리였는데 등으로 수면을 가르며 나아가고 있었다.

새끼랑 함께.

마지막 문자에는 고래와 파도 이모티콘도 첨가되었다.

노라는 마음이 따뜻해졌다. 사진 때문만이 아니라—고래가 정말 사랑스럽기는 했지만—이지와 계속 연락하고 있다는 사실 때문이었다.

노라가 댄과의 결혼을 취소했을 때 이지는 그녀에게 함께 오스트레일리아에 가자고 했다.

그들은 모두 계획을 세워둔 터였다. 바이런베이 근처에 살면서 고래 크루즈에서 일할 예정이었다.

그들은 이 새로운 모험에 들떠서 혹등고래 사진을 엄청 많이 공유했다. 하지만 노라는 주춤거리며 그 계획에서 발을 뺐다. 수영을 그만두고, 밴드를 탈퇴하고, 결혼을 취소했을 때처럼. 하지만 앞의 셋과 달리 이번에는 이유도 없었다. 물론 스트링 시어리에서 일하고 있었고, 부모님 묘지를 관리해야 하기는 했다. 하지만 베드퍼드에 계속 남는 게 더 나쁜 선택임을 알고 있었다. 그런데도 그걸 선택했다. 오스트레일리아에 가면 향수병에 걸릴 것만 같았고, 그녀 안에서 곪아터진 우울증이 넌 행복해질 자격이 없다고 말했기 때문이다. 넌 댄에게 상처를 주었고, 따라서 그 벌로 고향에서 이슬비와 우울증 속에서 살아야 한다고. 네게는 어떤 일을 할 의지나 명료한 정신은커녕 기운조차 없다고.

사실상 노라는 단짝 친구를 고양이와 바꾼 셈이었다.

원래 삶에서 노라는 이지와 사이가 틀어진 적이 없었다. 극적인 사건도 없었다. 하지만 이지가 오스트레일리아로 떠난 후에 둘 사이는 소원해졌고, 둘의 우정은 가끔씩 페이스북과 인스타그램에 '좋아요'를 눌러주고 이모티콘으로 가득한 생일 축하 메시지만 남기는 정도가 되었다.

노라는 그녀와 이지 사이에 오간 문자를 훑어보며 둘이 여전히 떨어져 있기는 해도 이번 삶에서는 사이가 훨씬 좋다는 걸 알 수 있었다.

칠판을 들고 안으로 들어가니 댄은 보이지 않았다. 노라는 뒷문을 잠근 뒤에 잠시 복도에 서서 계단이 어디에 있는지 알아내려 했다. 취한 남편을 따라 정말로 2층으로 올라가고 싶은지 확신이 서지 않았다.

'직원 외 출입 금지'라고 적힌 문을 통과하자 건물 뒤쪽에 계단이 있었다. 계단 앞까지 깔린 베이지색 라피아 카펫을 걸어가 〈어둠 속에서 배우는 것들〉—그녀가 좋아하는 라이언 베일리의 영화로 댄과 함께 베드퍼드에 있는 극장에서 봤다—이라는 영화 포스터 액자를 지나자 예쁜 창틀에 놓인 작은 사진이 눈에 들어왔다.

보도사진처럼 흑백으로 인화한 둘의 결혼사진이었다. 교회에서 걸어 나와 종이 꽃가루를 온몸으로 맞는 두 사람. 얼굴이 잘 보이지 않았지만 둘 다 웃고 있었다. 같은 마음으로 웃는 웃음이었다. 사진으로만 보면 두 사람은 서로를 사랑하는 듯했다. 노라는 엄마가 댄에 대해 했던 말이 생각났다. ("댄은 좋은 남자야. 넌 정말 운이 좋은 거야. 절대 놓치지 마라.")

사진 속에는 머리를 삭발한 오빠 조도 있었다. 손에 샴페인 잔을 든 조는 정말로 행복해 보였다. 오빠 옆에는 예전에 잠깐 사귀다 헤어졌던, 인베스트먼트 뱅커로 일하는 끔찍한 남자 친구 루이스가 있었다. 이지도 있었고, 라비도 있었다. 드러머라기보다 회계사처럼 보이는 라비는 안경 쓴 여자와 함께 있었는데 노라가 한 번도 본 적이 없는 여자였다.

댄이 욕실에 있는 동안 노라는 침실을 찾아냈다. 두 사람이 돈 문제로 고민하는 건 확실했지만—은행과의 약속을 두고 긴장하는 걸 보니—침실은 비싼 가구로 채워져 있었다. 자동 블라인드. 편안해 보이는 널찍한 침대. 새하얗고 깨끗하고 보송보송한 이불.

침대 머리맡 양쪽 테이블에는 책이 놓여 있었다. 원래 삶에서는 적어도 6개월간 노라의 침대 옆에는 책이 한 권도 놓여 있지 않았다. 6개월간 그녀는 아무것도 읽지 않았다. 이번 삶에서는 집중력이 더 좋은가 보다.

노라는 쌓여 있는 책 중에서 한 권을 집어 들었다.《초급자를 위한 명상》. 그 밑에는 그녀가 좋아하는 철학자 헨리 데이비드 소로의 전기가 있었다. 댄의 머리맡 테이블에도 책이 쌓여 있었다. 노라의 기억 속에서 댄이 마지막으로 읽었던 책은 툴루즈 로트렉의 전기,《작은 거인》이었다. 하지만 이번 삶에서 댄은《흙수저에서 금수저로: 내가 하는 일에서 성공 쟁취하기》《놀이와 인생》 같은 비즈니스 서적과《분위기 좋은 펍 가이드 북》 최신판을 읽었다.

몸이 다르게 느껴졌다. 좀 더 건강하고 좀 더 힘이 셌지만 긴장되어 있었다. 배를 만져보니 이번 삶에서는 운동을 더 많이 한 모양이었다. 머리카락도 달랐다. 앞머리가 이마를 다 덮었고, 등에 닿는 머리카락이 더 길게 내려왔다. 머리가 띵한 걸로 보아 적어도 와인 두어 잔은 마신 모양이었다.

잠시 뒤에 변기 물 내려가는 소리가 들리더니 가글하는 소리가 들렸다. 필요 이상으로 요란했다.

"당신 괜찮아?" 댄이 침실로 들어오며 물었다. 그의 목소리는 노라가 기억하는 것과 달랐다. 더 공허했다. 약간 더 차가웠다. 피곤해서일 것이다. 스트레스 때문일 것이다. 맥주 때문일 것이다. 결혼 생활 때문일 것이다.

아니면 다른 무언가가 있을지도 모른다.

전에는 댄의 목소리가 정확히 어땠는지, 댄이 정확히 어땠는지 잘 기억나지 않았다. 하지만 그게 기억의 속성이다. 대학에 다닐 때 노라는 '홉스 학설로 본 기억과 상상의 원칙'이라는 무미건조한 제목의 에세이를 쓴 적이 있다. 토머스 홉스는 기억과 상상을 거의 같다고 보았고, 그 사실을 알게 된 이후로 노라는 절대 자신의 기억을 전적으로 믿지 않았다.

창문 밖에서는 가로등의 노란 불빛이 고적한 마을 길을 비췄다.

"노라? 당신 오늘 이상해. 왜 방 한가운데 우두커니 서 있는 거야? 곧 잠자리에 들 준비를 하는 거야? 아니면 서서 하는 명상이라도 하는 거야?"

댄은 자기 말이 웃긴다고 생각했는지 웃음을 터뜨렸다.

그러고는 창가로 걸어가 커튼을 쳤고, 청바지를 벗어서 의자 등받이에 걸쳐놓았다. 노라는 댄을 바라보며 예전에 그토록 강하게 느꼈던 그의 매력을 다시 느껴보려 했다. 하지만 좀처럼 느껴지지 않았다. 전혀 예상치 못한 일이었다.

사람의 삶에는 무수히 많은 결말이 있어.

댄은 바다에 뛰어드는 고래처럼 침대에 털썩 누웠다. 그러고는 《흙수저에서 금수저로》를 집어 들고 책에 집중하려 했다. 하지만 곧 내려놓더니 침대 옆에 있던 노트북을 집어 들고, 이어폰을 귀에 밀어 넣었다. 팟캐스트를 들으려는 모양이었다.

"그냥 뭐 좀 생각하는 중이었어."

노라는 기절할 것 같았다. 마치 절반만 여기에 있는 듯했다. 그 삶에 실망하면 다시 도서관으로 돌아온다고 했던 엘름 부인의 말이 기억났다. 2년 동안 본 적이 없는 남자와 같은 침대에 누우려니 기분이 너무 이상했다.

디지털시계의 시간이 눈에 들어왔다. 12:23.

댄은 이어폰을 낀 채 다시 그녀를 바라보았다. "있잖아, 오늘 밤에 아기를 만들고 싶으면 말해."

"뭐라고?"

"오늘 아니면 다음 배란일까지 한 달을 더 기다려야 하잖아……."

"우리가 아기를 가지려는 중이었어? 내가 아기를 낳고 싶대?"

"노라, 대체 왜 그래? 오늘 왜 이렇게 이상해?"

노라는 신발을 벗었다. "내가 뭐가 이상해."

저 조스 티셔츠와 관련된 기억 하나가 떠올랐다.

사실은 멜로디였다. 〈뷰티풀 스카이〉.

댄에게 조스 티셔츠를 사줬던 날 노라는 라비린스를 위해 작곡한 곡을 댄에게 들려주었다. 〈뷰티풀 스카이〉는 그녀가 쓴 곡 중에서 단연 최고라고 자부하는 곡이었다. 뿐만 아니라 당시 그녀의 낙천주의가 반영된 행복한 노래이기도 했다. 댄과의 새로운 연애에서 영감을 받은 곡이었다. 하지만 그 노래를 들은 댄은 어깨를 으쓱일 뿐 별다른 관심을 보이지 않았고, 당시 노라는 그런 반응에 상처를 받았다. 그날이 댄의 생일만 아니었다면 한 소리 했을 것이다.

"응. 괜찮네." 댄은 그렇게 말할 뿐이었다.

노라는 묻혀 있던 그 기억이 왜 지금, 댄의 빛바랜 티셔츠 속 거대한 백상어처럼 떠오르는지 알 수 없었다.

떠오르는 기억은 또 있었다. 가끔씩 악보집을 사러 스트링 시어리에 들르는 의사이자 취미로 기타를 연주하는 애쉬가 노라에게 언제 커피나 한잔 마시자고 가볍게 말한 적이 있는데 그 이야기를 들은 댄은 한바탕 난리를 쳤다. ("당연히 거절했지. 그러니까 소리 좀 그만 질러.")

하지만 그보다 더 끔찍한 일도 있었다. 큰 음반 회사(더 정확히 말하면 유니버설에서 인수한 소규모 인디 음악 전문 음반 회사)에서 신인을 발탁하는 담당자가 라비린스와 계약을 맺고 싶어 했을 때였다. 그 이야기를 들은 댄은 그러면 둘의 관계가 오래가지 못할 거라고 말했고, 또 대학 친구가 예전에 밴드를 하다가 음반 회사와 계약했는데 사기를 당해서 멤버들이 전부 알코올 중독에 빠진 백수처럼 되었다고 말했다.

"당신도 우리랑 함께 다닐 수 있어. 계약서에 조항을 넣으면 돼. 우리 밴드가 어딜 가든 당신도 함께 가는 거야." 노라가 말했다.

"미안하지만 노라, 밴드는 당신 꿈이지 내 꿈이 아냐."

돌이켜보니 그 말은 한층 더 마음이 아팠다. 결혼 전에 노라는 옥스퍼드주 시골에서 펍을 운영하고 싶다는 댄의 꿈을 자신의 꿈으로 만들려고 노력했기 때문이다.

댄은 늘 자기가 노라의 밴드 활동을 걱정하는 건 그녀를 위해서라고 말했다. 밴드 활동을 하던 시절에 노라는 공황장애를 겪었는데 특히 무대 근처에만 가면 그랬기 때문이다. 하지만 이제 생각해보니 댄의 그 걱정에는 적어도 약간은 그녀를 조종하려는 의도가 있었다.

"당신이 날 다시 믿어주는 줄 알았는데." 침대에 누워 있던 댄이 말했다.

"당신을 믿어? 댄, 내가 왜 당신을 불신하겠어?"

"알잖아."

"물론 알지." 노라는 거짓말했다. "그래도 당신 입으로 말해봐."

"에린과의 일 때문이지."

노라는 로르샤흐 검사에서 도무지 무슨 모양인지 알 수 없는 잉크 반점을 바라보듯이 댄을 바라보았다.

"에린? 오늘 밤에 내가 말을 걸었던 사람?"

"술김에 바보 같은 실수 한 번 저질렀다고 내가 평생 죄인처럼 살아야 해?"

밖에서는 바람이 점점 더 거세지며 나무 사이에서 울부짖었다. 마치 무슨 말이라도 하려는 듯이.

이것이 그녀가 살지 못해서 슬퍼했던 삶이었다. 살지 못해서 자책했던 삶이었다. 존재하지 못해서 후회했던 순간이었다.

"바보 같은 실수 한 번?" 노라는 댄의 말을 반복했다.

"그래, 알았어, 두 번."

갑자기 두 배로 늘어났다.

"두 번?"

"그때 내가 좀 힘들었잖아. 이 펍 문제로 스트레스도 많이 받았고. 게다가 많이 취해 있었어."

"당신은 다른 여자랑 바람을 피우고도 별로…… 뉘우치지 않는 모양이네."

"대체 이 얘기를 왜 다시 꺼내는 거야? 이미 다 지난 일이잖아. 상담 선생님이 한 말 명심해. 우리가 지나온 곳 말고 앞으로 가고 싶은 곳에 초점을 맞추라는 말."

"우리가 인연이 아닐지도 모른다는 생각, 해본 적 있어?"

"뭐?"

"난 당신을 사랑해, 댄. 당신은 아주 상냥한 사람이야. 우리 엄마한테도 잘했고. 대화도 잘 통했지. 물론 지금도 그래. 하지만 우리의 좋은 시절은 끝났다고 생각한 적 없어? 우리가 변했다고 생각한 적 없냐고."

노라는 댄에게서 가장 멀리 떨어진 침대 구석에 앉으며 말을 이었다.

“나와 결혼해서 행운이라고 생각한 적 없어? 내가 결혼식 이틀 전에 하마터면 당신과 헤어질 뻔했다는 거 알아? 내가 결혼식장에 나타나지 않았더라면 당신이 얼마나 폐인처럼 살았을지 아냐고.”

“와, 정말로 그렇게 생각해? 자존감이 대단하네, 노라.”

“당연한 거 아니야? 사람은 누구나 자존감이 높아야지. 자존감이 높은 게 뭐 어때서. 게다가 그건 사실이야. 어떤 우주에서는 당신이 내가 없어서 폐인처럼 살고 있다는 메시지를 보냈다고. 거기서는 아주 술독에 빠져버렸지. 그런데 나랑 함께 살아도 당신은 여전히 술만 마시는 거 같네. 당신은 내 목소리가 듣고 싶다는 문자도 보냈다고.”

댄은 웃음과 끙 하는 소리의 중간쯤 되는, 그만하라는 소리를 냈다. “지금 이 순간은 확실히 당신 목소리가 전혀 그립지 않아.”

노라는 신발 외에 다른 것은 벗을 수가 없었다. 댄 앞에서 옷을 벗기가 힘들었다. 불가능했다.

“그리고 나 술 마시는 얘기 좀 그만해.”

“당신이 술을 핑계로 다른 여자랑 잔다면, 난 술 얘기를 계속할 수밖에 없어.”

“난 펍 주인이야.” 댄이 코웃음 쳤다. “원래 펍 주인들은 그래야 해. 명랑하고 유쾌하게 굴면서 펍에서 파는 여러 종류의 술을 기꺼이 손님과 함께 마셔야 한다고. 참 나.”

댄이 언제부터 저런 식으로 말했지? 원래 저렇게 말했나?

"개소리하지 마, 댄."

댄은 그녀의 말에 개의치 않는 듯했다. 자신이 사는 우주에 어느 정도 만족한 듯이 보였다. 그녀가 현실로 만들지 못해서 그토록 죄책감을 가졌던 우주. 댄은 이불 위에 여전히 노트북을 둔 채 휴대전화를 집어 들었다. 노라는 댄이 스크롤을 내리는 모습을 지켜보았다.

"이게 당신이 상상했던 미래야? 꿈이 실현되어가는 중이야?"

"노라, 심각한 얘기는 그만하자. 그냥 잠이나 자자고."

"행복해, 댄?"

"이 세상에 행복한 사람은 없어, 노라."

"행복한 사람도 있어. 당신도 전에는 행복했어. 이 얘기를 할 때면 얼굴이 환해졌다고. 펍 말이야. 펍을 운영하기 전에는 그랬지. 이 삶이 당신이 꿈꿨던 삶이야. 당신은 나와 결혼하고 싶어 했고, 펍을 운영하고 싶어 했어. 이번 삶에서 그걸 다 이뤘는데도 바람을 피우고 술고래가 됐네. 당신은 내가 곁에 없을 때만 내 존재를 고마워하나 봐. 그건 별로 좋은 습성이 아니지. 내 꿈은 어쩌고?"

댄은 듣는 둥 마는 둥 했다. 혹은 안 듣는 척하려고 했다.

"캘리포니아에 큰 산불이 났대." 댄이 혼잣말하듯 말했다.

"적어도 우린 거기 없잖아."

댄은 휴대전화를 내려놓고 노트북을 덮었다. "잘 거야, 말 거야?"

지금까지 노라는 그의 비위를 계속 맞춰주었는데도 댄은 그녀가 더 많이 맞춰주기를 원하는 듯했다. 더는 못했다.

"아이코사곤(Icosagon)." 노라가 말했다.

"뭐?"

"아까 말한 퀴즈. 변이 스무 개인 다각형. 변이 스무 개인 다각형을 아이코사곤이라고 해. 난 답을 알고 있었지만 말하지 않았어. 당신이 날 조롱하는 게 싫었거든. 하지만 이젠 상관없어. 당신이 모르는 걸 내가 안다고 해서 당신 눈치를 볼 필요는 없으니까. 그리고 난 이제 욕실에 갈 거야."

노라는 입을 딱 벌리고 있는 댄을 남겨둔 채 널찍한 마룻널을 부드럽게 밟아 침실에서 나갔다.

욕실에 도착해 불을 켰다. 팔다리와 상반신이 따끔거렸다. 마치 살갗에서 라디오 채널을 찾아 지직거리는 잡음이 나는 듯했다. 확실히 그녀는 점점 흐려지고 있었다. 곧 여기를 떠날 것이다. 철저히 실망스러웠다.

멋진 욕실이었다. 거울에 비친 자신의 모습을 본 노라는 숨을 헉 들이쉬었다. 더 건강해 보였지만 더 나이 들어 보였다. 머리 때문에 낯선 사람 같았다.

이건 그녀가 상상했던 삶이 아니었다.

노라는 거울 속 자신에게 행운을 빌어주었다.

다음 순간, 그녀는 다시 자정의 도서관 어딘가에 있었고 엘름 부인이 약간 떨어진 곳에서 호기심 어린 미소를 지으며 그녀를 바라보고 있었다.

"어땠니?"

노라가 삶과 죽음 사이에 있기 전 마지막에서 두 번째로 포스팅한 글

한 번이라도 '내가 어쩌다 이렇게 됐을까?'라고 생각해본 적 있는가? 미로 속에서 완전히 길을 잃었을 때처럼. 모든 건 당신 잘못이다. 왜냐하면 매번 어느 쪽으로 갈지 당신이 선택했기 때문이다. 여기서 빠져나갈 수 있는 길이 많다는 것도 안다. 미로 밖에서 미로를 빠져나간 사람들이 미소 짓고 웃는 소리가 들리니까. 가끔은 미로를 이룬 산울타리 사이로 그들의 모습이 얼핏 보이기도 한다. 나뭇잎 너머로 스쳐 가는 형체가 보이기도 한다. 그들은 여기를 빠져나가서 아주 행복한 듯하다. 당신은 그들에게 화나는 게 아니라 여기서 나갈 능력이 없는 자신에게 화가 난다. 안 그런가? 아니면 나만 미로에 갇힌 걸까?

추신: 내 고양이가 죽었다.

체스판

자정의 도서관은 다시 고요했다. 애초에 선반이 움직이는 건 불가능하다는 듯이.

노라는 지금 그들이 있는 곳이 도서관의 다른 구역이라는 느낌이 들었다. 그렇다고 해서 다른 방에 있다는 뜻은 아니었다. 이곳은 그저 끝없이 거대한 하나의 공간인 듯했기 때문이다. 책이 다 초록색이었기 때문에 정말로 다른 구역인지도 분간하기 어려웠다. 아까보다는 복도와 더 가까워진 듯했지만. 꽂혀 있는 책들 너머로 무언가 새로운 형체가 보였다. 사무용 책상과 컴퓨터였다. 마치 서가 사이의 통로에 임시방편으로 간단한 사무실이라도 차린 것 같았다.

엘름 부인은 책상 앞에 앉아 있지 않았다. 노라 바로 앞에 있는 나지막한 목제 테이블 앞에 앉아서 체스를 두고 있었다.

"제 상상과 달랐어요." 노라가 말했다.

게임은 절반쯤 진행된 듯했다.

"예측하기 힘들지?" 엘름 부인은 멍하니 앞을 바라보며 그렇게 말하더니 검은 비숍을 들어 체스판 반대쪽으로 가져가 흰 폰을 잡았다. "무엇이 우리를 행복하게 해줄지 말이야."

엘름 부인은 체스판을 180도 돌렸다. 자기 자신과 게임을 하는 듯했다.

"네. 맞아요. 하지만 그 여자는, 전 어떻게 되는 거죠? 그 여자는 어떤 결말을 맞이하나요?"

"난들 알겠니? 난 그저 오늘만 알 뿐이야. 오늘에 대해서는 많이 알지. 하지만 내일 무슨 일이 일어날지는 모른단다."

"하지만 그 여자는 욕실에 있을 거고, 어쩌다 거기 가게 됐는지 모를 거예요."

"너도 그런 적 있지 않니? 방에 들어갔는데 네가 왜 거기 갔는지 기억이 안 나던 때 말이야. 방금 네가 한 일을 잊어버린 적 없어? 갑자기 머릿속이 하얘지거나 방금 하던 일을 잘못 기억한 적 없어?"

"있죠. 하지만 전 거기 30분이나 있었어요."

"또 다른 너는 그걸 모를 거야. 그 여자는 조금 전에 네가 한 행동과 말을 기억할 거다. 마치 자신이 행동하고 말한 것처럼."

노라는 땅이 꺼져라 한숨을 내쉬었다. "댄이 달라졌어요."

"사람은 변해." 엘름 부인이 계속 체스판을 바라보며 말했다. 손이 비숍 위를 맴돌았다.

노라는 다시 생각해봤다. "아니면 원래 그런 사람이었는데 제가 몰랐을 수도 있죠."

"그래, 네 기분은 어떠니?" 엘름 부인이 노라를 바라보며 물었다.

"여전히 죽고 싶어요. 전 꽤 오랫동안 죽고 싶었어요. 제가 곰곰이 생각해봤는데 '노라 시드'라는 빌어먹을 재앙 같은 존재로 살아가는 고통이 제가 죽었을 때 다른 사람이 받게 될 고통보다 훨씬 커요. 사실 제가 죽으면 다들 안도할 거예요. 전 쓸모없는 사람이에요. 직장에서도 그렇죠. 전 모든 사람을 실망시켰어요. 솔직히 말해서 탄소발자국만 남기는 쓰레기 같은 존재라고요. 전 사람들에게 상처를 줬고, 주위에 아무도 안 남았어요. 심지어 가여운 볼츠마저 떠났죠. 제가 제대로 보살피지 않았기 때문에 죽은 거예요. 전 죽고 싶어요. 제 삶은 재앙이고, 전 그만 끝내고 싶어요. 전 사는 데 적합하지 않아요. 이런 체험도 아무런 의미가 없어요. 다른 삶에서도 틀림없이 불행할 운명일 테니까요. 그게 나예요. 난 세상에 아무런 도움도 되지 않아요. 자기 연민에 빠져 있죠. 그냥 죽고 싶어요."

엘름 부인은 노라를 뚫어지게 바라보았다. 마치 예전에 읽었지만 방금 새로운 의미를 찾아낸, 책의 한 구절을 읽고 있다는 듯이. 그러고는 신중한 어조로 말했다. "'—하고 싶다'는 건 재미있는 말이야. 그건 결핍을 의미하지. 가끔씩 그 결핍을 다른 걸로 채워주면 원래 욕구는 완전히 사라져. 어쩌면 넌 무언가를 원한다기보다 무언가가 결핍된 것일지 몰라. 네가 정말로 살고 싶은 삶이 있을 거다."

"이번 삶이 그럴 줄 알았어요. 댄과 함께하는 삶이요. 하지만 그렇지 않았어요."

"그래. 하지만 그건 네게 가능한 여러 삶 중 하나일 뿐이야. 무한대 중 하나는 아주 작은 파편일 뿐이지."

"제가 살았을 수도 있는 모든 삶에는 제가 있어요. 그러니까 사실은 모든 삶이 가능한 건 아니죠."

엘름 부인은 그녀의 말을 듣고 있지 않았다. "자, 말해보렴. 이제 어디로 가고 싶니?"

"아무 데도 가고 싶지 않아요."

"《후회의 책》을 한 번 더 볼래?"

노라는 코를 찡그리며 머리를 살짝 저었다. 많은 후회가 한꺼번에 밀려와 숨이 막힐 뻔했던 느낌이 기억났다. "아뇨."

"네 고양이는 어때? 이름이 뭐라고 했지?"

"볼테르요. 좀 허세를 부리는 이름인데 사실 볼테르는 허세를 부리는 고양이가 아니에요. 그래서 그냥 줄여서 볼츠라고 불러요. 가끔은 볼치라고도 하고요. 제가 기분이 아주 좋을 때만요. 물론 그런 경우는 드물죠. 전 고양이 이름 하나도 결정을 못 한다니까요."

"넌 네가 고양이를 잘 키우지 못했다고 했는데 다시 돌아간다면 뭘 다르게 해보겠니?"

노라는 생각했다. 지금 엘름 부인이 자신과 게임을 한다는 느낌이 강하게 들었지만 그저 이름만 같은 고양이가 아니라 진짜 볼테르를 다시 보고 싶었다. 사실 무엇보다도 그걸 원했다.

"전 볼테르가 집 밖으로 나가지 않은 삶을 보고 싶어요. 나의 볼테르요. 내가 자살을 시도하지 않고, 고양이를 잘 키우면서 간밤에 볼테르가 집 밖으로 나가지 못하게 한 삶을 보고 싶어요. 잠깐이라도 좋으니 그런 삶을 살고 싶어요. 그런 삶도 존재하는 거죠?"

살아봐야만 배울 수 있다

주위를 둘러본 노라는 자신이 침대에 누워 있는 걸 깨달았다.

손목시계를 확인해보니 자정에서 1분이 지난 시각이었다. 불을 켰다. 그녀의 원래 삶과 똑같았지만 더 나을 것이다. 여기에는 볼테르가 살아 있을 테니까. 진짜 볼테르.

그런데 볼테르가 어디 있지?

"볼츠?"

노라는 침대에서 내려왔다.

"볼츠?"

집 안을 다 뒤졌지만 볼테르는 어디에도 없었다. 유리창에 후드득 빗방울이 떨어졌다. 비가 내리는 건 여전했다. 조리대에 새 항우울제 한 갑이 놓여 있었다. 디지털 피아노는 벽 옆에 조용히 서 있었다.

"볼치?"

그녀가 키우던 유카 화분과 조그만 선인장 화분 세 개가 그대로 있었다. 책꽂이와 거기 꽂힌 책도 그대로였다. 철학책과 소설책, 아직 따라 해보지 않은 요가 안내서와 록스타 전기, 과학책. 표지에 상어가 있는 《내셔널 지오그래픽》 과월호와 라이언 베일리 인터뷰를 읽고 싶어서 산, 5개월 전에 발행된 《엘르》까지. 오랫동안 최신호를 사지 않았다.

아직 사료가 가득 든 고양이 밥그릇도 있었다.

노라는 볼츠의 이름을 부르며 사방을 둘러보았다. 다시 침실로 돌아와 침대 아래를 들여다봤을 때 비로소 볼츠를 발견했다.

"볼츠!"

고양이는 움직이지 않았다.

팔이 닿지 않아서 노라는 침대를 밀었다.

"볼치. 이리 오렴, 볼치." 노라가 속삭였다.

하지만 고양이의 차가운 몸을 만진 순간 노라는 깨달았고, 슬픔과 혼란이 밀려왔다. 다음 순간 노라는 다시 자정의 도서관으로 돌아가 엘름 부인을 마주 보고 있었다. 엘름 부인은 이번에는 안락한 의자에 앉아 독서에 푹 빠져 있었다.

"이해가 안 가요." 노라가 말했다.

엘름 부인은 읽고 있는 책에서 눈을 떼지 않았다. "네가 이해할 수 없는 게 많을 거다."

"전 볼테르가 계속 살아 있는 삶을 살고 싶었어요."

"아니, 그렇지 않아."

"네?"

엘름 부인은 책을 내려놓았다. "넌 볼테르를 집 밖으로 내보내지 않는 삶을 살아보고 싶다고 했어. 그 두 개는 완전히 다르단다."

"그래요?"

"그래. 완전히 달라. 네가 만약 볼테르가 계속 살아 있는 삶을 살고 싶다고 했다면 난 안 된다고 했을 거야."

"왜요?"

"그런 삶은 존재하지 않으니까."

"모든 삶이 존재하는 줄 알았는데요."

"가능한 모든 삶이 존재하는 거지. 사실 볼테르는 심각한……" 엘름 부인은 조심스럽게 책을 읽었다. "제한심근병을 앓고 있었어. 선천적인 병이지. 그 병 때문에 단명할 운명이었어."

"하지만 볼테르는 차에 치여 죽은 걸요."

"길에서 죽은 거랑 차에 치여서 죽은 건 다르단다, 노라. 네 원래 삶에서 볼테르는 다른 어떤 생에서보다 오래 살았어. 방금 네가 다녀온 그 생만 제외하고. 거기서는 세 시간 전에 죽었지. 처음 몇 년간 볼테르가 고생하기는 했어도 넌 볼테르에게 최고의 삶을 선물해줬어. 볼테르에게는 그보다 훨씬 더 힘든 삶도 많이 있단다. 정말이야."

"선생님은 1분 전까지만 해도 볼테르의 이름조차 몰랐잖아요. 그런데 이제는 볼테르에게 제한 어쩌고 하는 병이 있었다는 걸 안다고요?"

"난 볼테르의 이름을 알고 있었어. 그리고 그건 1분 전이 아니라 지금이었지. 네 시계를 보려무나."

"왜 거짓말하셨죠?"

"거짓말하지 않았다. 난 네게 고양이 이름이 뭐냐고 물었지 내가 고양이 이름을 모른다고 말하지 않았어. 이제 그 차이를 알겠니? 난 그저 네가 고양이 이름을 말하고, 거기서 무언가 느끼기를 바랐다."

이제 노라는 짜증이 치밀었다. "그건 더 나빠요! 선생님은 볼츠가 죽을 걸 알면서 절 그 삶으로 보냈잖아요. 게다가 그 삶에서도 볼츠는 죽었어요. 그러니까 바뀐 게 없다고요."

엘름 부인의 눈이 다시 반짝거렸다. "네가 바뀌었잖니."

"무슨 말이죠?"

"넌 이제 자신이 형편없는 고양이 주인이었다고 생각하지 않아. 넌 볼테르를 최고로 잘 보살폈어. 네가 볼테르를 사랑한 만큼 볼테르도 널 사랑했지. 그래서 너에게 죽는 모습을 보여주고 싶지 않았을 거야. 고양이들은 안단다. 자신이 죽을 때가 다가왔다는 걸 알지. 볼테르는 죽을 때가 다가왔다는 걸 알고 밖으로 나간 거야."

노라는 이 사실을 받아들이려고 했다. 곰곰이 생각해보니 볼테르의 몸에 외상은 전혀 없었다. 그녀는 그저 애쉬가 내렸던 성급한 결론을 그대로 믿었을 뿐이었다. 길에서 죽은 고양이는 아마 차에 치여서 죽었을 거라고. 의사가 그렇게 착각할 수 있다면 노라 같은 일반인은 더 그럴 것이다. 2 더하기 2는 교통사고라고.

"가여운 볼츠." 노라가 슬픔에 잠겨 중얼거렸다.

엘름 부인은 이제야 수업 내용을 이해한 학생을 바라보는 교사처럼 미소 지었다.

"볼테르는 널 사랑했어, 노라. 넌 누구 못지않게 볼테르를 잘 보살폈다. 이제 《후회의 책》 마지막 페이지를 보렴."

노라는 바닥에 놓여 있는 그 책 옆에 가서 무릎을 꿇었다.

"다시 펼치고 싶지 않아요."

"걱정 마라. 이번에는 더 안전할 거야. 그냥 마지막 페이지만 봐."

책 마지막 장으로 넘기자 '난 볼테르를 제대로 돌보지 못했어'라는 후회가 책장에서 서서히 사라졌다. 안개 속으로 물러서는 낯선 사람처럼 글자가 희미해졌다.

노라는 나쁜 일이 생기기 전에 얼른 책을 덮었다.

"봤지? 어떤 후회는 전혀 사실에 기반하지 않는단다. 가끔은 그냥……." 엘름 부인은 적합한 표현을 찾아 머릿속을 뒤지다가 마침내 찾아냈다. "완전 개구라야."

노라는 학교 다닐 때 엘름 부인이 '개구라' 같은 말을 한 적이 있는지 생각해봤지만, 그런 적은 없다고 확신했다.

"하지만 아직도 이해가 안 가요. 어차피 볼츠가 죽을 걸 아셨으면서 왜 절 거기로 보내신 거죠? 제게 말해줄 수도 있었잖아요. 그냥 제게 넌 나쁜 주인이 아니었다고 말해줄 수 있었잖아요. 왜 안 그러셨어요?"

"왜냐하면 노라, 때로는 살아봐야만 배울 수 있으니까."

"어렵네요."

"자리에 앉으렴. 제대로 앉아. 네가 바닥에 무릎을 꿇는 건 옳지 않아." 노라가 뒤를 돌아보니 좀 전에는 미처 보지 못한 의자가 있었다. 마호가니로 만든 고풍스러운 의자였는데—아마 에드워드 왕조 스타일일 것이다—가죽을 씌운 등받이는 단추가 박혀서 올록볼록했고, 한쪽 팔걸이에는 놋쇠로 만든 독서대가 달려 있었다.

"잠깐 쉬려무나."

노라는 의자에 앉았다.

손목시계를 보았다. 아무리 시간이 흘러도 시계는 늘 자정에 머물렀다.

"전 여전히 이 일이 싫어요. 슬픈 인생을 한 번 산 걸로 충분하다고요. 더 위험을 무릅써야 할 이유가 뭐죠?"

"알았다." 엘름 부인이 어깨를 으쓱였다.

"네?"

"그럼 아무것도 하지 말자꾸나. 서가에서 대기 중인 저 많은 삶 중에서 아무것도 고르지 말고 그냥 여기에 있으렴."

노라는 엘름 부인이 또 게임을 하고 있다고 느꼈지만 장단을 맞춰주기로 했다.

"좋아요."

엘름 부인이 다시 책을 집어 드는 동안 노라는 우두커니 앉아 있었다.

엘름 부인은 책 속으로 빨려 들어가지 않고도 책을 읽을 수 있다는 게 노라에게는 부당하게 느껴졌다.

시간이 흘렀다.

물론 엄밀히 말하면 흐르지 않았지만.

노라는 허기나 갈증, 피로를 느끼지 않고서 여기 영원히 머물 수 있을 것이다. 다만 지루할 듯했다.

시간이 정지해 있는 동안 노라는 주위의 다른 삶들이 점점 궁금해졌다. 도서관에 머물면 서가에서 책을 꺼내 보고 싶은 게 인지상정이다.

"어떤 게 좋은 삶인지 그냥 선생님이 알려주시면 안 돼요?" 노라가 불쑥 말했다.

"이 도서관은 그렇게 돌아가지 않아."

"대부분 삶에서 지금 저는 자고 있겠죠?"

"대부분은 그렇지."

"그럼 제가 가면 어떻게 되나요?"

"계속 자다가 그 삶에서 깨어나지. 걱정할 것 없단다. 하지만 걱정된다면 다른 시간대의 삶을 시도해보렴."

"무슨 말이죠?"

"지금 이 지구에는 밤이 아닌 곳도 있겠지?"

"네?"

"네가 살고 있는 우주는 무수히 많단다. 그 우주가 전부 그리니치 표준시 안에만 존재할까?"

"당연히 아니죠." 노라는 그렇게 말하며 자신이 지루함에 항복해 다른 삶을 선택하려 한다는 걸 깨달았다. 혹등고래가 떠올랐다. 답을 받지 못한 문자도 떠올랐다. “이지와 오스트레일리아에 함께 못 간 게 후회돼요. 그 삶을 경험해보고 싶어요.”

“아주 훌륭한 선택이다.”

“네? 그게 좋은 삶인가요?”

“그런 말은 안 했어. 그저 네 선택이 점점 나아지고 있다는 뜻이야.”

“그럼 나쁜 삶인가요?”

“그런 말도 안 했는데.”

선반이 다시 움직이더니 몇 초 후에 멈췄다.

“아, 그래, 여기 있다.” 엘름 부인이 밑에서 두 번째 선반에서 책을 꺼냈다. 신기하게도 부인은 그 책을 단번에 알아보았다. 옆의 책들과 거의 똑같아 보였는데도.

부인은 마치 생일 선물을 건네듯 다정하게 책을 건넸다.

“여기 있다. 어떻게 해야 하는지 알지?”

노라는 머뭇거렸다.

“만약 제가 죽었으면요?”

“뭐라고?”

“다른 삶에서 말이에요. 분명 오늘 전에 제가 죽은 삶도 있을 거잖아요.”

엘름 부인은 재미있어하는 표정이었다. “하지만 그게 네가 원하는 거 아니었니?”

“그거야 그렇죠. 하지만—”

“넌 오늘 이전에 죽은 적이 숱하게 많아, 맞아. 교통사고, 약물 과다 복용, 익사, 치명적인 식중독으로 죽었지. 사과를 먹다가 질식사하기도 하고, 쿠키를 먹다가 질식사하기도 하고, 비건 핫도그를 먹다가 질식사하기도 하고, 일반 핫도그를 먹다가 질식사하기도 하고, 걸릴 수 있는 모든 병에 걸려서 죽어봤지……. 가능한 모든 시간에 가능한 모든 방법으로 죽었어."

"그러니까 저 책을 펼쳤다가 그냥 죽어버리면요."

"아니. 그렇게 즉각적으로 죽지는 않아. 볼테르의 경우처럼 이 도서관에 있는 삶은, 뭐랄까, 삶이야. 네가 그 삶에서 죽을 수는 있지만 그 삶에 들어가기 전에 이미 죽은 경우는 없어. 이 자정의 도서관은 유령의 도서관이 아니니까. 여긴 죽은 자들의 도서관이 아니야. 가능성의 도서관이지. 그리고 죽음은 가능성의 반대고. 이해하겠니?"

"대충요."

노라는 건네받은 책을 바라보았다. 전나무색이었다. 부드러운 질감의 표지에는 역시나 짜증이 날 정도로 무의미한 제목이 큼직하게 돋을새김으로 적혀 있었다.

나의 인생

노라는 책을 펼쳐 빈 페이지를 보고는 다음 페이지로 넘기며 이번에는 무슨 일이 일어날까 생각했다.

수영장은 평소보다 좀 더 붐볐다…….

다음 순간, 그녀는 거기에 있었다.

불

노라는 숨을 헉 들이쉬었다. 갑자기 물이 느껴지고, 시끌벅적한 소리가 들렸다. 입을 벌리니 숨이 막혔다. 톡 쏘는 소금물이 입안으로 왈칵 밀려들었다.

발로 수영장 바닥을 디디려고 했지만 닿지 않았다. 그래서 재빨리 평영으로 헤엄쳤다.

수영장이었으나 물은 염수였다. 바닷가 옆 야외 수영장. 해안가의 튀어나온 바위를 깎아서 만든 듯했다. 수영장 너머로 바다가 보였고, 하늘에서 햇살이 쏟아졌다. 물은 차가웠지만 머리 위의 뜨거운 열기 탓에 시원하게 느껴졌다.

아주 오래전 노라는 베드퍼드주에 사는 열네 살 소녀 중에서 수영을 제일 잘했다.

국내 유소년 수영 대회에서는 중등부 2관왕이었다. 자유형 400미터와 자유형 200미터. 아빠는 매일 동네 수영장까지 그녀를 차로 데려다주었다. 방과 후는 물론 어떨 때는 등교 전에도. 그러다 조가 기타로 너바나 곡을 연주하며 록에 심취하자 노라의 관심도 수영에서 음악으로 옮겨갔고, 독학으로 쇼팽뿐 아니라 〈렛

잇 비(Let it be)〉나 〈레이니 데이스 앤드 먼데이스(Rainy days and mondays)〉 같은 유명한 곡들도 연주하게 되었다. 또한 조가 라비린스라는 밴드를 결성하는 걸 상상하기 전부터 음악을 작곡했다.

그렇다고 수영이 싫어진 것은 아니었다. 그저 스트레스를 받는 게 싫었을 뿐이었다.

노라는 수영장 가장자리에 도달했다. 수영을 멈추고 주위를 둘러봤다. 저 멀리 야트막한 곳에 해변이 보였다. 해변은 반원 형태로 구부러져 모래사장을 찰싹거리는 바다를 맞이했다.

해변 너머 내륙에는 잔디밭이 펼쳐졌다. 야자수와 개를 데리고 산책하는 사람들이 보이는 공원이었다.

공원 너머에는 주택과 저층 아파트 단지, 도로를 지나다니는 차들이 있었다. 노라는 바이런베이의 사진을 본 적이 있었는데 이런 풍경은 아니었다. 여기가 어디인지는 몰라도 건물이 좀 더 많았다. 서퍼들이 있기는 해도 도심이었다.

다시 수영장으로 주위를 돌리니 물안경을 고쳐 쓰던 한 남자가 그녀를 보며 미소 지었다. 아는 남자일까? 이번 삶에서 그녀는 저 미소가 달가울까? 알 수가 없어서 노라는 그저 예의상 살짝 미소만 지었다. 낯선 화폐를 사용하면서 팁을 얼마나 줘야 할지 모르는 관광객이 된 기분이었다.

그때 수영 모자를 쓴 노부인이 평영으로 물을 가르며 노라를 향해 다가오더니 그녀에게 미소 지었다.

"안녕, 노라." 팔을 계속 휘저으며 노부인이 말했다.

"안녕하세요." 노라도 인사를 건넸다.

어색한 대화를 피하기 위해 노라는 바다를 바라봤다. 점처럼 조그맣게 보이는, 아침 서핑을 즐기는 서퍼들 한 무리가 사파이어 빛깔의 큰 파도를 맞이하며 보드 위에서 헤엄치고 있었다.

이 정도면 오스트레일리아에서의 삶으로 조짐이 좋은 시작이었다. 노라는 손목시계를 바라봤다. 싸구려로 보이는 밝은 오렌지색 카시오였다. 행복해 보이는 이 시계가 행복한 삶을 암시하기를 바랐다. 이곳은 오전 9시가 막 넘은 시각이었다. 손목시계 옆에는 열쇠가 달린 플라스틱 밴드가 있었다.

그러니까 여기서는 아침마다 해변 옆 야외 수영장에서 수영하는 모양이었다. 이 수영장에는 혼자 왔을까? 노라는 이지가 있기를 바라는 마음으로 주위를 훑어봤지만 보이지 않았다.

노라는 좀 더 수영했다.

한때 그녀가 좋아했던 수영의 장점은 사라진다는 것이었다. 물속에 있으면 오로지 수영에만 집중하게 돼서 다른 일은 전혀 생각할 수 없었다. 학교나 집에서의 걱정은 모두 사라졌다. 수영의 기술은 다른 모든 기술과 마찬가지로 순도에 달려 있다. 그 일에 집중하면 할수록 다른 일은 안중에도 없어진다. 더는 자신으로 존재하지 않고 지금 하는 일 그 자체가 된다.

하지만 노라는 팔과 가슴이 아파서 더는 수영에 집중하기 힘들었다. 오랫동안 수영한 듯했고, 아마도 그만 수영장에서 나가야 할 것이다. 간판이 보였다. 브론테 해변 수영장. 갭이어에 오스트레일리아에 다녀왔던 댄에게 이곳에 대해 들은 기억이 희미하게 났다. 그 후로 브론테 해변이라는 이름이 머리에 박혀버렸다. 기억하기 쉽기 때문이다. 서프보드를 타는 제인 에어.

하지만 그걸로 그녀의 의심이 맞는다는 걸 알 수 있었다.

브론테 해변은 시드니에 있기는 했지만 틀림없이 바이런베이 지역은 아니었다.

이는 두 가지 의미였다. 이번 삶에서는 이지가 바이런베이에 없거나, 노라가 이지와 함께 있지 않거나.

노라는 자신의 몸이 온통 옅은 캐러멜색으로 그을렸음을 깨달았다.

물론 문제는 옷을 어디에 두었는지 모른다는 것이다. 그때 손목에 차고 있던 플라스틱 밴드가 떠올랐다.

밴드에 달린 열쇠에는 57이라고 적혀 있었다. 그녀의 사물함은 57번이었다. 노라는 탈의실을 찾아가서 사각형 사물함을 열었다. 이번 삶에는 시계뿐 아니라 옷도 좀 더 화려한 색을 좋아하는 취향이었다. 티셔츠는 파인애플 무늬였다. 파인애플이 수두룩했다. 거기에 분홍빛이 도는 보라색 데님 반바지와 바둑판무늬 슬립온 슈즈가 있었다.

난 무슨 일을 하는 거지? 텔레비전에서 방영하는 어린이 프로그램 사회자? 노라는 생각했다.

자외선 차단제. 히비스커스 색깔의 립밤. 그 외의 다른 화장품은 없었다.

티셔츠를 입는 동안 팔에 있는 두 개의 상처가 눈에 들어왔다. 흉터 자국이었다. 순간적으로 자해한 것일까 하는 의문이 들었다. 어깨 바로 밑에 문신이 있었는데 불사조와 불꽃이었다. 최악의 문신이었다. 이번 삶에서는 확실히 미적 감각이 전혀 없었다. 하지만 언제부터 미적 감각이 행복과 상관이 있었던가.

노라는 옷을 다 입고 반바지 주머니에서 휴대전화를 꺼냈다. 댄과 결혼해서 펍을 운영하며 살았을 때보다 더 구형 모델이었다. 다행히 이번에는 엄지 지문만으로 잠금 해제가 가능했다.

노라는 탈의실을 나와 해안가 보도를 따라 걸었다. 날씨가 따뜻했다. 태양이 하늘에서 자신감 넘치게 빛나는 4월이라면 인생은 저절로 살 만해질 것이다. 영국보다 모든 게 더 선명하고 다채롭고 살아 있는 듯했다.

벤치 등받이에는 오색청해앵무새 한 마리가 앉아 있었고, 관광객 커플이 앵무새의 사진을 찍고 있었다. 서퍼처럼 생긴 남자가 오렌지 스무디를 손에 든 채 자전거를 타고 지나가며 "G'day"◆라고 인사했다.

여긴 절대 베드퍼드가 아니었다.

노라는 자신의 얼굴이 변하는 걸 알아차렸다. 미소 짓고 있었다. 어떻게 그럴 수가 있지? 그것도 자연스러운 미소였다. 웃어야 한다는 다른 사람의 기대에 못 이긴 미소가 아니었다.

그러다 낮은 담에 적힌 그라피티가 눈에 들어왔다. 하나는 '세

◆ Good day의 줄임말로 호주에서 많이 쓰는 인사말.

상이 불타고 있다'였고, 다른 하나는 '하나의 지구=한 번의 기회'라고 적혀 있었다. 그걸 보자 노라의 미소가 옅어졌다. 다른 생이라고는 해도 다른 행성에 태어나는 것은 아니었다.

노라는 자신이 어디에 사는지, 무슨 일을 하는지, 수영 후에 어디로 가는지 알 수 없었지만 한편으로는 그런 사실이 자유롭게 느껴지기도 했다. 어떤 기대도 없이, 심지어 자신의 기대도 없이 그저 존재하기 때문이다. 걸어가는 동안 노라는 구글에 자신의 이름과 '시드니'를 넣고 검색해보았다.

결과를 보기 전에 고개를 들었더니 맞은편에서 한 남자가 미소 지으며 그녀를 향해 걸어왔다. 키가 작고 살갗이 그을린 남자였는데 눈동자가 다정했다. 숱이 없는 긴 머리를 느슨하게 올려서 묶었으며 셔츠는 단추가 잘못 채워져 있었다.

"안녕, 노라."

"안녕." 노라는 어리둥절한 티를 내지 않으려 노력하며 말했다.

"오늘은 몇 시에 시작이야?"

이 질문에는 뭐라고 대답해야 할까? "아, 맙소사. 기억이 안 나."

남자는 웃었다. 마치 그렇게 잊어버리는 게 그녀답다는 듯이. 어련하겠어, 라고 말하는 듯한 웃음이었다.

"아까 근무표에서 봤는데 아마 11시일 거야."

"오전?"

다정한 눈동자가 웃음을 터뜨렸다. "약이라도 했어? 같이 좀 하자."

"하, 아냐." 노라는 뻣뻣하게 대답했다. "아무것도 안 했어. 아침을 안 먹어서 그래."

"그래, 이따 오후에 봐……."

"그래…… 거기서 봐. 근데 거기가 어디라고 했지?"

남자는 얼굴을 찌푸린 채 웃으며 계속 걸어갔다. 어쩌면 그녀는 시드니에 있는 고래 크루즈에서 일할지 모른다. 이지도 함께.

노라는 그녀가 (혹은 그들이) 어디에 사는지 전혀 몰랐고, 구글에서 검색해봐도 아무것도 나오지 않았다. 하지만 바다와 반대 방향으로 가는 게 맞는 듯했다. 어쩌면 여기서 현지인처럼 살고 있을지 모른다. 수영장까지 걸어왔을지 모른다. 수영장 카페 앞에 자물쇠가 채워져 있던 자전거 중 하나가 그녀의 것인지도 모른다. 노라는 열쇠를 찾아 잠금쇠가 달린 지갑과 주머니를 뒤졌지만 집 열쇠는 나오지 않았다. 자동차 열쇠도, 자전거 열쇠도 없었다. 그러니까 버스를 탔거나 아니면 걸어온 것이다. 설사 집 열쇠가 나온다고 해도 그것만으로는 아무 정보도 얻을 수 없다. 그러니 목덜미에 햇볕이 사정없이 쏟아지는 벤치에 앉아 문자를 뒤져볼 수밖에.

다 모르는 사람들 이름뿐이었다.

에이미. 로드리. 벨라. 루시 P. 케멀라. 루크. 루시 M.

이 사람들은 다 누구지?

그저 '직장'이라고만 적혀 있어 별로 도움이 안 되는 연락처도 있었는데 최근에 거기서 온 메시지는 딱 하나뿐이었다.

어디야?

이윽고 그녀가 아는 이름이 나왔다.

댄.

그에게서 마지막으로 온 메시지를 읽는 동안 노라는 가슴이 철렁 내려앉았다.

안녕 노라! 오스트레일리아에서 즐겁게 지내고 있기를. 유치하거나 징그럽게 들리겠지만 그래도 용기 내서 말할게. 어젯밤에 우리가 함께 펍을 운영하는 꿈을 꿨어. 정말 멋진 꿈이었지. 우린 아주 행복했어! 어쨌든 이상한 얘기는 무시하고, 문자를 보낸 이유는 이 말을 하고 싶어서야. 내가 5월에 어디 가게? 오스트레일리아야. 10년 만에 다시 가게 됐어. 일 때문이지. 시드니 현대미술관과 함께 일하고 있거든. 널 만나서 그동안 밀린 이야기 나누면 너무 좋을 거야. 커피 한 잔만 마셔도 좋아. D x

기분이 너무 이상해서 노라는 웃음을 터뜨릴 뻔했다. 하지만 대신 기침이 나왔다. (지금 생각해보니 어쩌면 이번 삶에서는 별로 건강하지 않을지도 모른다.) 이 세상에는 댄처럼 실제로 이루고 나면 싫어하게 될 꿈을 꾸는 사람이 얼마나 될까? 또한 행복이라고 착각하는 자신의 망상 속으로 타인을 밀어넣는 사람은 얼마나 될까?

이번 삶에서 SNS는 인스타그램만 하는 듯했는데 시가 적힌 사진만 포스팅하는 모양이었다.

노라는 그중 하나를 읽어보았다.

불

학교 운동장에서 들리는 웃음소리 때문에
혹은 어른들의 충고 때문에
변하고
긁힌
그녀의 구석구석은
오래전에 사라졌다.
이미 죽어버린
친구들의 고통도.
그녀는 대팻밥처럼 바닥에 떨어진
그 파편들을 모았다.
그걸 연료로 만들었다.
불로 만들었다.
그리고 태웠다.
영원히 볼 수 있을 정도로 환하게.

내용이 마음에 걸리기는 했지만 어쨌거나 그냥 시였다. 메일함을 뒤져보니 샬럿에게 보낸 이메일이 있었다. 샬럿은 케이리 밴드◆의 플루트 연주자로 직설적인 농담을 즐겨했는데 고향인 스코틀랜드로 돌아가기 전까지 스트링 시어리에서 노라의 유일한 친구였다.

안녕 샬!

잘 지내고 있지?

생일을 잘 보냈다니 다행이야. 함께하지 못해서 미안해. 화창한 시드니에서는 모든 게 순조로워. 마침내 새집으로 이사했어. (아름다운) 브론테 해변 바로 옆이야. 동네에 카페와 멋진 곳이 많아. 직장도 새로 구했어.

아침마다 염수 수영장에서 수영하고, 저녁이면 햇살 속에서 오스트레일리아산 와인을 한 잔 마셔. 사는 게 행복해!

주소: 오스트레일리아 NSW 2024 브론테 2/29 달링가

노라 x

뭔가 단단히 잘못되었다. 마치 오랫동안 연락이 끊겼던 이모에게라도 쓰듯이 서먹했고, 전혀 진심이 느껴지지 않았다. '동네에 카페와 멋진 곳이 많아'라니. 트립어드바이저 리뷰도 아니고. 노라는 샬럿에게 이런 식으로 말하지 않았다. 아니, 누구에게도 이런 식으로 말하지 않았다.

◆ 스코틀랜드나 아일랜드, 영국의 포크 음악을 연주하는 밴드.

메일에도 이지에 대한 언급은 없었다. '마침내 새집으로 이사했어.' 이지와 함께 이사했다는 뜻일까, 아니면 나 혼자? 샬럿도 이지를 알고 있다. 그런데 왜 이지에 대한 말이 없을까?

곧 알게 될 것이다. 20분 뒤에 노라는 자신의 아파트 현관에 서서 버리지 않고 쌓아둔 쓰레기봉투 네 개를 바라보고 있었다. 거실은 좁고 우울해 보였다. 소파는 오래되어 천이 해졌다. 집 안에서는 살짝 곰팡내가 났다.

벽에는 비디오 게임 '에인절(Angel)' 포스터가 걸려 있고, 작은 테이블에는 전자담배가 놓여 있는데 마리화나 잎 스티커가 붙어 있었다. 한 여자가 텔레비전을 보면서 좀비의 머리에 총을 쏴대고 있었다.

여자는 짧은 푸른색 머리였고, 순간적으로 노라는 이지일지 모른다는 생각에 인사를 건넸다.

"나 왔어."

여자가 돌아봤다. 이지가 아니었다. 졸린 눈에 멍한 표정이었다. 그녀가 총을 쏴대던 좀비에게 살짝 감염되기라도 한 듯이. 아마도 좋은 사람일 테지만 노라의 원래 삶에서는 한 번도 본 적이 없었다. 여자가 미소 지었다.

"왔어? 시 작업은 잘 돼가?"

"아, 응. 아주 잘 돼가고 있어. 고마워."

노라는 약간 멍한 상태로 집 안을 걸어 다녔다. 아무 문이나 열어보았더니 욕실이었다. 오줌이 마렵지는 않았지만 생각할 시간이 필요했다. 그래서 문을 닫고 손을 씻으며 물이 시계 방향으로 돌아 배수구로 내려가는 걸 바라보았다.

샤워실을 힐끗 보았다. 칙칙하고 밋밋한 노란색 샤워 커튼은 대학생이 자취하는 집처럼 지저분했다. 이 집 전체가 그랬다. 대학생 자취방 같았다. 그녀는 서른다섯 살이었는데도 이번 삶에서는 학생처럼 살고 있었다. 노라는 세면대 옆에 놓인 항우울제를 집어 들었다.

쓰레기통 옆에 잡지가 떨어져 있었다. 《내셔널 지오그래픽》. 불과 어제 다른 생의 지구 반대편에서 읽었던, 표지에 블랙홀이 있는 그 잡지였다. 자신이 샀을 것이다. 노라는 늘 그 잡지를 좋아했고, 인터넷으로 보면 항상 사진이 별로라서 가끔씩 충동적으로 샀기 때문이다. 최근까지도 그랬다.

노라는 열한 살 때 아버지가 사 온 《내셔널 지오그래픽》에서 북극해에 있는 노르웨이령 스발바르제도의 사진을 봤던 기억이 났다. 그곳은 너무도 광활하고 적막하고 강렬해 보여서 기사에 나오는 과학자 겸 탐험가들처럼 온갖 지질학 연구를 하며 거기서 여름을 보내면 어떨지 궁금했다. 노라는 잡지에서 사진을 오려내 침실 메모판에 핀으로 붙여 두었다. 그 후로 오랫동안 학교에서 과학과 지리 수업을 열심히 들었다. 나중에 기사에 나오는 과학자들처럼 얼어붙은 산과 피오르 속에서 머리 위로 날아다니는 바다오리와 함께 여름을 보내고 싶었기 때문이다.

하지만 아빠가 돌아가시고, 니체의 《선악의 저편》을 읽은 뒤 노라는 다음과 같은 결론을 내렸다. a)갑자기 늘어난 자신의 내적 관심에 부응하는 유일한 학문은 철학인 듯하다. b)어차피 과학자보다는 록스타가 되고 싶었다.

노라는 욕실에서 나와 수수께끼의 하우스메이트에게로 돌아갔다.

소파에 앉아 여자를 지켜보며 잠시 기다렸다.

화면 속 여자의 아바타가 머리에 총을 맞았다.

"꺼져, 좀비 새끼들아." 여자는 화면에 대고 나직이 행복하게 중얼거렸다.

그러더니 전자담배를 집어 들었다. 노라는 자신이 이 여자를 어떻게 알게 되었는지 궁금했다. 아마도 둘이 함께 사는 듯했다.

"네가 한 말을 생각해봤어."

"무슨 말?" 노라가 물었다.

"남의 고양이 봐주는 일을 하자고 그랬잖아. 그 고양이를 보살펴주고 싶다며."

"아, 맞아, 그랬지. 기억나."

"절대 안 돼."

"왜?"

"고양이는 위험해."

"왜 위험한데?"

"고양이에게는 톡소플라 뭐라는 기생충이 있어."

노라도 알고 있었다. 10대 시절 베드퍼드 동물보호센터에서 일하면서 알게 되었다. "톡소플라스마."

"그래, 그거! 팟캐스트에서 들었는데…… 전 세계의 억만장자 집단이 고양이에게 그 기생충을 감염시킨대. 그래서 사람들을 점점 더 멍청하게 만들어서 세상을 지배하는 거지. 생각해봐. 고양이는 사방에 있잖아. 재러드에게 그 얘기를 했더니 재러드가 '조조, 너 약 먹었니?' 그러더라고. 그래서 '응, 네가 준 약 먹었지' 그랬더니 '그거야 알지' 그러면서 메뚜기 이야기를 해주더라."

"메뚜기?"

"응. 메뚜기에 대해 들어봤어?" 조조가 물었다.

"메뚜기가 왜?"

"메뚜기는 자살을 한대. 몸 안에 기생충이 있는데 이게 자라서 성충이 되면 수생 생물이 되어서 메뚜기의 뇌를 조정하는 거야. 그래서 메뚜기는 '아, 나는 물이 정말 좋아' 이렇게 생각하고 물로 뛰어들어 죽는 거지. 그런 경우가 다반사래. 구글에서 검색해봐. '메뚜기 자살'을 검색해보라고. 어쨌든 요점은 엘리트들이 고양이를 이용해 우릴 죽이려 하니까, 우린 고양이를 가까이하면 안 된다는 거야."

노라는 이번 삶도 그녀의 상상과 너무 다르다고 생각하지 않을 수 없었다. 그녀는 이지와 함께 크루즈를 타고 나가 바이런 베이 근처에서 혹등고래의 장관에 감탄하는 모습을 상상했다. 그런데 현실은 시드니의 좁아터지고 마리화나 냄새가 나는 아파트에서 고양이 근처에도 못 가게 하는 음모론자 하우스메이트와 함께 살고 있었다.

"이지는 어떻게 됐어?"

노라는 자기도 모르게 속마음을 입 밖으로 내뱉었다.

조조는 어리둥절한 표정이었다. "이지? 네 옛 친구?"

"응."

"죽은 애 말이야?"

조조의 입에서 그 말이 너무 빨리 튀어나오는 바람에 노라는 얼른 이해할 수 없었다.

"뭐라고?"

"교통사고로 죽은 애 말이잖아."

"교통사고?"

전자담배에서 구불구불 피어오르는 연기가 조조의 어리둥절한 얼굴을 가로질렀다. "너 괜찮니, 노라?" 조조는 마리화나를 내밀었다. "이거 할래?"

"아냐, 괜찮아."

조조는 킥킥거렸다. "웬일이래."

노라는 휴대전화를 붙잡고 인터넷으로 들어갔다. 검색창에 '이사벨 허쉬'를 친 다음, 뉴스를 클릭했다.

그러자 헤드라인이 나왔다. 그 아래 미소 짓는 이지의 그을린 얼굴 사진이 있었다.

영국 여성 뉴사우스웨일스 도로에서 교통사고로 사망

간밤에 코프스 하버 남쪽, 퍼시픽 고속도로를 달리던 도요타 코롤라가 반대편에서 오는 차와 충돌하는 바람에 운전자인 33세 여성이 사망하고 세 사람이 병원에 입원했다.

영국인 이사벨 허쉬로 밝혀진 운전자는 오후 9시 직전 현장에서 즉사했다. 도요타에는 그녀 혼자 탑승하고 있었다.

그녀와 함께 사는 노라 시드에 따르면 시드니에 갔던 이사벨은 노라의 생일 파티에 참석하기 위해 바이런베이로 돌아오는 길이었다. 이사벨은 최근 바이런베이 고래 크루즈에서 일하기 시작했다.

"눈앞이 캄캄해요." 노라가 말했다. "우린 불과 한 달 전에 오스트레일리아를 여행했고, 이지는 가능한 한 여기 오래 머물 계획이었어요. 정말로 에너지가 넘치는 친구여서 그 애가 없는 세상은 상상도 할 수 없어요. 새 일을 시작하면서 아주 들떠 있었는데. 너무 슬프고, 받아들이기 힘들어요."

다른 차에 타고 있던 승객은 모두 부상을 당했고, 운전자인 크리스데일은 바링가에 있는 병원까지 헬기로 수송해야 했다.

뉴사우스웨일스 경찰서는 충돌 현장을 목격한 사람이 나서서 경찰 조사를 도와주기를 바라고 있다.

"맙소사. 세상에, 이지." 노라는 기절할 듯한 기분을 느끼며 중얼거렸다.

이지는 모든 삶에서, 혹은 대부분의 삶에서 죽지 않을 터였다. 하지만 이번 삶에서는 정말로 죽었고, 노라가 느끼는 슬픔도 진짜였다. 익숙하고 무섭고 죄책감이 섞인 슬픔이었다.

그 감정을 제대로 받아들이기 전에 휴대전화가 울렸다. '직장'이라고 저장된 번호였다.

남자 목소리가 느릿느릿하게 말했다. "어디야?"

"네?"

"30분 전까지 오기로 되어 있었잖아."

"어디를요?"

"어디라니, 페리 터미널이지. 너 여기서 티켓 팔잖아. 이 번호 맞지? 당신 노라 시드 맞아?"

"그중 한 명이죠." 노라는 한숨을 쉬며 서서히 사라졌다.

수조

영민한 눈동자의 사서는 다시 체스판 앞에 앉아 있었고, 노라가 돌아왔는데도 고개를 들지 않았다.

"끔찍하네요."

엘름 부인이 쓴웃음을 지었다. "이제 알겠지?"

"뭘요?"

"넌 선택은 할 수 있지만 결과까지 선택할 수는 없다는 걸. 하지만 내 생각에는 변함이 없다. 그건 좋은 선택이었어. 단지 결과가 바람직하지 않았을 뿐이지."

노라는 엘름 부인의 얼굴을 빤히 바라보았다. 선생님은 이 상황을 즐기는 건가?

"난 왜 오스트레일리아에 계속 남았을까요? 왜 이지가 죽은 뒤에 곧바로 영국으로 돌아오지 않았을까요?"

엘름 부인은 어깨를 으쓱였다. "옴짝달싹 못 하게 된 거지. 넌 슬픔에 빠져 있었고, 우울한 상태였어. 우울증이 어떤지 알잖니."

노라도 잘 알고 있었다. 어디선가 읽었던 연구가 생각났다. 물고기를 대상으로 한 연구였는데 물고기는 사람들이 생각하는 것보다 인간과 훨씬 더 비슷하다.

물고기도 우울증에 걸린다. 제브라피시를 대상으로 한 실험이었다. 연구팀은 수조 측면, 중간에서 약간 아래쪽에 마커로 수평선을 그렸다. 우울증에 걸린 물고기는 그 선 아래쪽에만 머물렀다. 하지만 같은 물고기에게 항우울제 프로작을 먹였더니 선 위로, 아예 수조 맨 위까지 올라가 쌩쌩 돌아다녔다. 마치 새로 태어난 듯이.

자극이 없으면 물고기는 우울증에 걸린다. 자극까지는 아니더라도 무엇이든 있어야 한다. 돌이나 나무, 수초가 없는 수조에서 그냥 둥둥 떠다니기만 하면 우울증에 걸린다.

어쩌면 이지가 죽은 뒤로 노라에게 오스트레일리아는 그렇게 텅 빈 수조였는지 모른다. 어쩌면 선 위로 헤엄칠 만한 동기가 전혀 없었는지도 모른다. 어떤 항우울제를 먹는다 해도 다시 올라갈 수 없었을 것이다. 그래서 그저 조조와 함께 그 집에 살면서 오스트레일리아에 그대로 남았으리라. 강제로 추방되지 않는 한.

어쩌면 자살마저도 너무 활동적인 행위일 것이다. 그냥 둥둥 떠다니며 달리 아무것도 기대하지 않은 채 변화하려고 시도조차 하지 않는 인생도 있을 것이다. 어쩌면 대부분의 인생이 그럴지도 모른다.

"맞아요." 이제 노라는 큰 소리로 말했다. "아마 난 옴짝달싹 못하는 신세였을 거예요. 어쩌면 모든 삶에서 그런지도 몰라요. 그냥 그게 나인지도 몰라요. 불가사리는 모든 삶에서 불가사리죠. 불가사리가 항공우주공학 교수가 되는 삶은 없어요. 아마 내가 옴짝달싹 못 하지 않는 삶은 없을 거예요."

"글쎄, 아닌 것 같은데."

"좋아요. 그럼 내가 옴짝달싹 못 하지 않는 삶을 살아볼게요. 어떤 삶이 그럴까요?"

"그건 네가 나한테 말해줘야 하는 거 아니니?"

엘름 부인은 퀸을 움직여서 폰을 잡고는 체스판을 돌렸다. "유감이지만 난 그냥 사서야."

"사서들은 해박한 지식을 가지고 있잖아요. 우리를 올바른 책으로, 올바른 세상으로 인도하고, 최상의 장소를 찾아주죠. 영혼이 있는 검색 엔진처럼요."

"맞아. 하지만 넌 네가 뭘 좋아하는지 알아야 해. 비유의 검색창에 뭐라고 쳐야 할지 알아야 한다고. 그리고 자신이 뭘 좋아하는지 확실해지기 전까지는 몇 가지 시도를 해봐야 해."

"그럴 힘이 없어요. 전 못할 것 같아요."

"살아봐야만 배울 수 있어."

"네. 계속 그렇게 말씀하시네요."

노라는 한숨을 내쉬었다. 이 도서관에서 한숨을 쉴 수 있고, 자신의 몸이 고스란히 느껴진다는 사실이, 이게 정상처럼 느껴진다는 사실이 신기했다. 왜냐하면 이곳은 단연코 정상이 아니기 때문이다. 그녀의 진짜 몸도 여기 있지 않았다. 있을 수가 없었다. 그런데도 사실상 여기 있었다. 왜냐하면 어떤 의미에서 그녀는 여기 있었기 때문이다. 마치 여기도 중력이 존재한다는 듯이 바닥을 딛고 서서.

"좋아요. 그렇다면 성공한 인생을 살아보고 싶어요."

엘름 부인은 못마땅하다는 듯이 입을 내밀었다. "책을 많이 읽은 사람치고 넌 표현이 참 두루뭉술하구나."

"죄송해요."

"성공이라. 네겐 성공이 어떤 의미지? 돈?"

"아뇨. 음, 그럴 수도 있고요. 하지만 그게 전부는 아니에요."

"그럼 뭐가 성공이지?"

노라는 뭐가 성공인지 알 수 없었다. 오랫동안 패배자가 된 기분으로 살았다.

엘름 부인은 참을성 있게 미소를 지었다. "《후회의 책》을 한 번 더 보겠니? 네가 성공이라고 느끼는 게 뭐든지 간에 거기서 멀어지게 한 잘못된 결정들을 생각해볼래?"

개가 몸을 흔들어 물을 털어내듯 노라는 재빨리 고개를 저었다. 실수와 잘못된 선택이 끝없이 이어지는 기나긴 목록을 다시 마주하고 싶지 않았다. 지금도 충분히 우울했다. 게다가 자신이 뭘 후회하는지도 알고 있었다. 후회는 사라지지 않는다. 모기에 물린 자국과 달리 영원히 가렵다.

"아니, 그렇지 않아." 그녀의 마음을 읽은 엘름 부인이 말했다. "이제 넌 볼테르에게 한 행동을 후회하지 않잖니. 이지와 오스트레일리아에 안 갔던 일도 후회하지 않고."

노라는 고개를 끄덕였다. 일리 있는 말이었다.

브론테 해변 수영장에서 수영했던 일을 떠올렸다. 이상하게도 익숙한 느낌이 얼마나 좋던지.

"어릴 때부터 부모님은 네게 수영을 권했지?" 엘름 부인이 물었다.

"네."

"네 아버지는 늘 기꺼이 널 수영장까지 데려다줬고."

"아빠를 행복하게 해드린 몇 안 되는 일 중 하나였죠." 노라가 생각에 잠겼다.

노라에게 수영은 아빠의 인정을 받을 수 있는 일이었다. 또한 서로에게 소리를 질러대는 부모님이 있는 세상과 반대로 아무 소리도 들리지 않는 물속에 있는 게 즐거웠다.

"왜 수영을 그만뒀니?" 엘름 부인이 물었다.

"수영 시합에서 자꾸 이기니까 사람들의 주목을 받았는데 그게 싫었어요. 그것도 그냥 주목받는 게 아니라 수영복 차림으로 주목을 받았거든요. 몸에 한창 집착할 나이에요. 누군가 제게 어깨가 남자 같다고 그랬어요. 한심한 말이지만 세상에는 그런 말을 하는 사람들이 많고, 그 나이에는 그런 말을 다 사실로 받아들이죠. 사춘기 소녀였던 전 기꺼이 투명 인간이 되고 싶었어요. 사람들은 절 물고기라고 불렀죠. 칭찬으로 하는 말은 아니었어요. 전 내성적이었거든요. 그래서 운동장에서 노는 것보다 도서관에 있는 게 좋았죠. 사소한 거 같지만 그런 공간이 있다는 게 큰 도움이 됐어요."

"사소한 것의 중요성을 절대 과소평가하지 마라. 그 말을 늘 명심해야 해." 엘름 부인이 말했다.

노라는 돌이켜보았다. 학창 시절에 그녀는 내성적인 성격과 눈에 띄는 수영 실력이 합쳐져서 아이들의 미움을 살 수 있었으나, 한 번도 괴롭힘이나 따돌림을 당하지 않았다. 아마도 오빠 조 때문이었을 것이다. 조는 딱히 싸움을 잘하지는 않았지만 늘 인기가 많아서 동생인 노라는 학교 폭력에서 제외되었다.

노라는 처음에는 베드퍼드주에서, 나중에는 전국 대회에서 우승했지만 열다섯 살이 되자 연습이 너무 버거웠다. 매일 수영장을 돌고 또 돌았다.

"수영을 그만둘 수밖에 없었어요."

엘름 부인은 고개를 끄덕였다. "그 바람에 너와 아버지 사이의 유대감도 옅어지면서 완전히 끊어져버렸지."

"그런 셈이었죠."

노라는 이슬비가 사선을 그으며 내리던 일요일 아침, 베드퍼드 레저센터 앞에 주차된 차 안에서 수영을 그만두고 싶다고 아빠에게 말했던 일을 떠올렸다. 그 말을 들은 아빠의 실망하고 크게 분노하던 표정이 기억났다.

"하지만 넌 성공할 수 있어." 아빠는 그렇게 말했다. 그렇다. 이제 기억났다. "넌 절대 가수가 될 수는 없지만 이건 진짜야. 성공이 네 코앞에 있다고. 계속 연습하면 올림픽에도 출전하게 될 거다. 이 아빠가 확신해."

노라는 그런 말을 하는 아빠에게 화가 났다. 마치 행복한 삶으로 가는 아주 좁은 길이 있고, 노라는 그 길로만 가야 한다고 아빠가 대신 결정해버린 듯했다. 이 삶을 주체적으로 살아가려는 그녀의 의지는 무조건 잘못되었다는 듯이. 하지만 열다섯 살 노라는 뼈아픈 후회가 어떤 것인지, 꿈이 이뤄질 뻔했다가 무산되었던 경험이 아빠에게 얼마나 큰 고통이었는지 아직 잘 몰랐다.

노라의 아빠는 까다로운 사람이었다. 그건 사실이었다.

노라가 하는 모든 행동에 비판적이었을 뿐 아니라 노라가 하고 싶어 하는 모든 것과 노라가 믿는 모든 것을 탐탁지 않게 여겼다. 수영에 관련된 것만 제외하고. 또한 노라는 아빠와 함께 있을 때면 눈에 보이지 않는 범죄라도 저지르는 기분이었다. 인대 부상으로 럭비를 그만둔 후 아빠는 우주가 자신에게 적대적이라고 굳게 믿었다. 그런 아빠에게는 노라 역시 그 적대적인 우주가 세운 계획의 일부였다. 적어도 노라가 느끼기에는 그랬다. 주차장에서 수영을 그만두고 싶다고 말한 순간부터 아빠에게 노라는 왼쪽 무릎 통증의 연장선이었다. 걸어 다니는 상처였다.

하지만 아마 아빠는 이렇게 될 줄 알았으리라. 하나의 후회가 다른 후회로 이어지다가 갑자기 온통 후회만 남는다는 것을 알았으리라. 한 권의 책이 될 정도로.

"좋아요, 선생님. 제가 아빠가 원하는 대로 살았으면 어떻게 됐을지 알고 싶어요. 죽어라 연습하고, 아침 5시에 시작해 저녁 9시에 끝나는 일정에 불평하지 않고, 매일 수영하고, 그만둘 생각은 한 번도 하지 않고, 음악이나 쓰다만 소설을 쓰는 데 한눈팔지 않고, 수영을 위해 다른 모든 걸 희생하고, 수영을 포기하지 않는 삶이요. 올림픽에 출전하기 위해 만반의 준비를 하는 삶이요. 절 그 삶으로 데려가주세요."

순간적으로 엘름 부인은 노라의 짧은 웅변을 흘려듣는 듯했다. 찡그린 얼굴로 체스판만 바라보며 어떻게 하면 이길 수 있을까 생각하는 것 같았다.

"룩은 내가 제일 좋아하는 기물이란다." 엘름 부인이 말했다. "사람들은 룩을 만만하게 봐. 룩은 직선으로만 움직이지. 사람들은 퀸과 나이트, 비숍만 감시해. 왜냐하면 그 기물들은 교활하거든. 하지만 널 무너뜨리는 건 대부분 룩이야. 직선으로 움직이는 건 보기보다 간단하지 않아."

노라는 엘름 부인이 체스 얘기를 하는 게 아닐 수도 있음을 깨달았다. 하지만 이제 선반이 움직이고 있었다. 기차처럼 빠르게.

"이번에 네가 요구한 삶은 펍을 운영하는 삶이나 오스트레일리아에서 모험을 추구하는 삶보다 약간 더 멀어. 앞의 두 개가 더 근접한 삶이었고, 이번 삶은 훨씬 더 먼 과거에 다른 선택을 많이 해야 했거든. 알겠니?"

"알겠어요."

"도서관에도 나름의 체계가 있어."

이번에는 엘름 부인이 일어나지 않고 그저 왼손을 들었다. 그러자 책이 그녀에게로 날아왔다.

"어떻게 하셨어요?"

"모르겠구나. 자, 이게 네가 요구한 삶이다. 읽어보렴."

노라는 책을 받았다. 밝고 상큼한 라임색이었다. 첫 장을 펼쳤고, 이번에는 아무것도 느낄 수 없었다.

노라가 삶과 죽음 사이에 있기 전
마지막으로 포스팅한 글

내 고양이가 보고 싶다. 피곤하다.

성공한 삶

그녀는 잠들어 있었다.

꿈도 꾸지 않은 깊은 잠이었고, 휴대전화 알람 덕분에 잠에서 깼다. 노라는 자신이 어디에 있는지 알 수 없었다.

휴대전화에는 오전 6시 30분이라고 되어 있었다. 액정 화면의 불빛 덕분에 침대 옆 조명 스위치가 보였다. 스위치를 켜자 호텔 방임을 알 수 있었다. 다소 고급스러운 분위기였는데 별다른 개성 없는 푸른색 방으로 체인 호텔 같았다.

벽에는 사과—어쩌면 배일 수도—를 그린 세잔 풍의 멋진 반 추상 정물화가 걸려 있었다.

침대 옆에는 반쯤 남은 무탄산 미네랄 생수가 들어 있는 실린더 형태의 유리병과 뜯지 않은 쇼트브레드 비스킷 한 더미가 있었다. 출력한 종이 몇 장이 스테이플러로 찍혀 있었는데 시간표 같았다.

노라는 시간표를 읽어보았다.

걸리버 리서치에서 주최하는 봄 성공 강연회 초대 연사
노라 시드 OBE◆의 일정표

8:45 a.m. 인터컨티넨탈 호텔 로비에서 프리야 나불루리(걸리버 리서치 소속)와 로리 롱포드(셀러브리티 스피커스 소속), J 만나기
9:00 a.m. 음향 확인
9:05 a.m. 리허설
9:30 a.m. VIP 라운지에서 기다리거나 메인 홀에서 첫 번째 연사 강연 보기(미타임 어플 개발자 겸 《당신의 삶, 당신의 선택》의 저자 JP 블라이스)
10:15 a.m. 노라 연설
10:45 a.m. 관객 질의응답
11:00 a.m. 인사 나누기
11:30 a.m. 종료

노라 시드 OBE.

성공 강연회.

그러니까 그녀가 성공한 삶이 정말로 존재했다. 놀라운 일이었다.

노라는 J가 누구인지, 그녀가 로비에서 만나기로 되어 있는 사람들은 누구인지 궁금했다. 그러다 시간표를 내려놓고 침대에서 내려왔다. 시간은 충분했다. 왜 6시 30분에 일어났을까? 어쩌면

◆ 대영제국 4등 훈장 수훈자.

아침마다 수영을 하는지 모른다. 그럴듯했다. 버튼을 누르자 나직한 웅 소리와 함께 커튼이 열리며 강과 마천루, O2 아레나의 하얀 돔이 모습을 드러냈다. 이런 각도에서 이런 경관은 한 번도 본 적이 없었다. 런던, 카나리 워프. 여기는 20층 정도 되는 듯했다.

노라는 욕실로 갔다. 베이지색 타일이 깔렸고, 샤워 부스는 큼직했으며 폭신한 흰 수건이 구비되어 있었다. 평소와 달리 아침인데도 피곤하지 않았다. 반대편 벽 절반을 채운 거울이 있었는데 거울에 비친 자신의 모습을 본 노라는 숨을 헉 들이쉬었다. 그러고는 웃음을 터뜨렸다. 그녀는 말도 안 되게 건강해 보였다. 강해 보였다. 그리고 이번 삶에서는 잠옷 취향이 형편없었다(겨자색과 초록색 타탄 무늬 파자마).

욕실은 꽤 넓어서 바닥에서 팔굽혀펴기를 할 수 있을 정도였다. 무릎을 바닥에서 뗀 채 연달아 열 개를 했는데 숨이 차지 않았다.

그다음에는 플랭크를 했다. 한 손을 떼보았다. 그다음에는 반대쪽 손을 떼보았다. 몸은 거의 흔들리지 않았다. 그다음에는 버피 테스트를 몇 번 해보았다.

거뜬했다.

와.

노라는 일어나서 돌처럼 딱딱한 배를 토닥였다. 원래 삶에서는 가파른 중심가를 올라갈 때도 씩씩거렸다. 엄밀히 말해서 불과 어제 일이었다.

고등학교를 졸업한 이후로 이렇게 건강한 기분을 느껴본 적이 없었다. 사실 지금이 태어나서 제일 건강하게 느껴졌다. 확실히 힘이 더 세졌다.

페이스북에서 '이사벨 허쉬'를 검색해봤다. 그녀의 예전 단짝은 살아 있었고, 여전히 오스트레일리아에 살고 있었다. 그 사실을 알고 나니 기분이 좋았다. 그들은 SNS 친구조차 아니었지만 상관없었다. 아마 이번 삶에서 노라는 브리스톨 대학에 진학하지 않았을 테니 당연한 결과였다. 설사 진학했다 해도 다른 공부를 했을 것이다. 이번 삶의 이사벨 허쉬는 노라 시드를 만나지 않았는데도 노라의 원래 삶에서와 같은 일을 하고 있다는 걸 깨달으니 노라는 약간 겸손해졌다.

댄도 찾아보았다. 댄은 지나라고 하는 스피닝 강사와 결혼해서 행복하게 사는 듯했다. 여자의 이름은 지나 로드, 결혼 전 성은 샤프였고, 두 사람은 시칠리아에서 결혼식을 올렸다.

노라는 구글에서 '노라 시드'를 검색했다.

위키피디아에 따르면 (위키피디아에 등재되어 있었다!) 그녀는 정말로 올림픽에 출전했다. 두 번이나. 그리고 자유형이 주 종목이었다. 800미터 자유형에서 8분 5초라는 놀라운 기록으로 금메달을 땄고, 400미터에서 은메달을 땄다.

그게 스물두 살 때였다. 스물여섯 살 때 400미터 릴레이에 참가해 은메달을 하나 더 땄다. 더 어처구니없는 사실은 그녀가 세계 수영 선수권 대회에서 잠시 여자 400미터 자유형 신기록 보유자였다는 것이다. 그러다가 국가 대표에서 은퇴했다.

그때가 스물여덟 살이었다.

현재는 BBC 수영 중계에서 해설을 하거나 스포츠 퀴즈쇼인 〈스포츠 문제〉에 출연하기도 했고, 《가라앉거나 수영하거나》라는 자서전을 썼으며, 영국 수영 협회에서 가끔씩 보조 코치로 일했고, 여전히 매일 두 시간씩 수영했다.

마리 퀴리 암 치료 협회에 거액을 기부했고, 해양 보존 협회에 기부할 자선 모금 마련을 위해 브라이턴 피어 부근에서 수영 대회를 열었다. 프로 선수에서 은퇴한 후로는 영국 해협을 두 번이나 횡단했다.

위키피디아 페이지에는 그녀가 스포츠와 훈련 그리고 인생에서 체력이 얼마나 가치 있는지 설명하는 TED 연설 링크가 있었다. 조회 수가 1백만이 넘었다. 그 동영상을 보면서 노라는 마치 다른 사람을 보는 듯한 기분이 들었다. 이 여자는 자신감이 넘쳤고, 무대를 완전히 장악했으며, 자세가 곧았고, 말하는 동안 자연스럽게 미소 지었다. 또한 관중으로 하여금 때맞춰서 미소 짓고, 웃고, 손뼉을 치고, 고개를 끄덕이게 했다.

노라는 자신이 이렇게 될 수 있으리라고는 한 번도 생각한 적이 없었다. 이 삶의 노라가 연설을 어떻게 하는지 외워두려고 하다가 자신이 절대 해낼 수 없으리라는 걸 깨달았다.

"체력이 좋다고 해서 다른 사람과 다른 몸을 타고나는 건 아닙니다." 동영상 속 노라는 그렇게 말했다. "유일한 차이점이라면 마음속에 명확한 목표가 있고, 그 목표에 도달하겠다는 단호한 의지가 있다는 것뿐이죠. 체력은 방해물이 가득한 삶에서 목표에 계속 집중하게 해주는 필수 요소입니다. 몸과 마음이 한계에 달했을 때 일을 계속할 수 있는 능력이며, 주위를 둘러보며 날 추월하는 사람이 있으면 어쩌나 걱정하지 않고 그저 고개를 숙인 채 자신이 속한 레인에서 계속 수영하는 능력입니다……."

이 여자는 대체 누구지?

노라는 동영상을 좀 더 뒤로 건너뛰었다. 이번 삶의 노라는 여전히 자기계발 분야의 잔 다르크 같은 자신감으로 이야기하고 있었다.

"내가 아닌 다른 사람이 되는 걸 목표로 한다면 반드시 실패합니다. 나 자신이 되는 걸 목표로 하세요. 나처럼 보이고 행동하고 생각하는 걸 목표로 하세요. 가장 '나다운 나'가 되는 걸 목표로 하세요. 나를 나로 만드는 모든 요소를 받아들이세요. 그걸 지지하세요. 사랑하세요. 갈고닦으세요. 사람들이 그걸 조롱하고 비웃을 때 휩쓸리지 마세요. 대부분의 험담은 사실 질투랍니다. 묵묵히 할 일을 하세요. 체력을 키우세요. 계속 수영하세요……."

"계속 수영하세요." 노라는 또 다른 자신이 한 말을 그대로 중얼거렸다. 이 호텔에 수영장이 있을까?

동영상이 사라지더니 1초 뒤에 휴대전화가 진동했다.

화면에 이름이 떴다. 나디아.

원래 삶에서는 나디아라는 이름을 가진 사람을 알지 못했다. 여기 사는 노라는 이 이름을 보며 행복한 기대감으로 마음이 부풀었을지, 두려움으로 마음이 무거웠을지 알 수 없었다.

알아낼 방법은 하나뿐이다.

"여보세요?"

"잘 지냈니? 별일 없었으면 좋겠구나." 모르는 목소리가 흘러나왔다. 가까운 사이 같았지만 마냥 따뜻하지만은 않았다. 그리고 특유의 억양이 있었다. 러시아 사람 같기도 했다.

"안녕하세요, 나디아. 고마워요. 전 잘 지내요. 지금은 호텔에 있어요. 강연회 준비 중이에요." 노라는 명랑하게 말하려고 노력했다.

"아, 그래, 강연회. 강연비만 1만 5천 파운드라고 했지. 잘됐구나."

거액이었다. 하지만 이 나디아라는 사람이 그걸 어떻게 아는 걸까?

"아, 네."

"조에게 들었다."

"조에게요?"

"응. 저기, 있잖니, 네 아버지 생일에 대해서 미리 알려줘야 할 것 같아서 전화했다."

"네?"

"네가 와주면 아버지가 정말 기뻐할 거야."

노라는 귀신이라도 본 사람처럼 온몸이 차가워지면서 힘이 쭉 빠졌다.

아빠의 장례식에서 오빠와 부둥켜안은 채 서로의 어깨에 대고 울었던 일이 기억났다.

"아빠요?"

나의 아빠. 돌아가신 아빠.

"정원에 있다가 방금 들어오셨어. 아버지랑 통화할래?"

너무 기이하고 청천벽력 같은 일이었다. 대수롭지 않다는 듯 자연스럽게 말하는 나디아의 말투와 완전히 어긋나는 상황이었다.

"네?"

"아버지랑 통화하겠냐고."

노라는 잠시 말문이 막혔다. 갑자기 균형을 잃은 듯했다.

"전—"

말이 나오지 않았다. 숨도 쉬어지지 않았다. 뭐라고 말해야 할지 알 수 없었다. 모든 게 비현실적이었다. 마치 20년의 세월을 거슬러 과거로 온 듯했다.

어차피 대답하기에 너무 늦어버렸다. 나디아가 "아버지 바꿔줄게……"라고 말했기 때문이다.

하마터면 노라는 전화를 끊을 뻔했다. 어쩌면 끊었어야 할지 모른다. 하지만 끊지 않았다. 아버지가 살아 있다는 걸 알았으니 목소리를 들어야 했다.

먼저 숨소리가 들렸다.

그러더니 말이 들렸다. "잘 있었니, 노라?"

그뿐이었다. 별 뜻 없이 가볍게 매일 하는 인사. 아빠였다. 아빠의 목소리. 늘 딱 부러지던 강한 목소리. 하지만 좀 더 가늘었고, 좀 더 약해진 듯했다. 노라의 기억보다 열다섯 살 더 먹은 목소리였다.

"아빠. 아빠군요." 노라가 놀라서 속삭이듯 말했다.

"괜찮니, 노라? 전화 연결 상태가 안 좋은가? 영상 통화할래?"

영상 통화. 아빠의 얼굴을 본다고? 안 된다. 그건 너무 버겁다. 영상 통화가 생긴 후에도 아빠가 살아 있다는 생각만으로도 이미 감당이 안 된다. 아빠는 유선 전화의 세상에 속한 사람이다. 돌아가실 무렵에 아빠는 이메일과 문자 메시지라는 최첨단 서비스에 막 흥미를 보이던 참이었다.

"아뇨. 제가 잠깐 딴생각을 하고 있었어요. 다른 데 정신이 팔렸어요. 죄송해요. 어떻게 지내세요?"

"잘 지낸다. 어제 샐리를 수의사에게 데려갔어."

노라는 샐리가 개일 거라고 짐작했다. 부모님은 개뿐 아니라 어떤 반려동물도 키운 적이 없다. 노라는 어릴 때 개나 고양이를 키우자고 졸랐지만, 아빠는 동물을 키우면 거기에 얽매이게 된다고 늘 말했다.

"샐리가 왜요?" 노라는 자연스럽게 말하려고 애썼다.

"그냥 또 귀에 문제가 생겨서. 염증이 자꾸 재발하는구나."

"아 그거요." 노라는 마치 샐리와 샐리의 염증에 대해 잘 안다는 듯이 말했다. "가여운 샐리. 저…… 사랑해요, 아빠. 그냥 그 말을 하고 싶어—"

"너 괜찮니, 노라? 오늘 좀…… 감성적이구나."

"그 말을 충분히 못 했던…… 못 한 것 같아서요. 제가 사랑한다는 걸 아빠가 아셨으면 좋겠어요. 아빠는 좋은 아빠였어요. 제가 수영을 그만둔 다른 삶에서는 그 말을 못 한 게 너무 후회되더라고요."

"노라?"

아빠에게 물어본다는 게 어색하게 느껴졌지만 그래도 알아야 했다. 간헐 온천의 물처럼 질문이 마구 터져 나왔다.

"몸은 괜찮으세요?"

"안 괜찮을 리가 있니."

"그래도 예전에…… 가슴 통증이 있으셨잖아요."

"다시 건강해진 뒤로는 전혀 없다. 벌써 몇 년이 지났잖니. 아빠가 건강 관리를 얼마나 열심히 했는지 기억하지? 국가 대표 선수들과 어울리다 보면 그렇게 된다. 예전에 럭비를 할 때처럼 건강해졌어. 술을 끊은 지도 16년이 되어가고. 콜레스테롤 수치와 혈압도 정상이라고 의사가 그러더구나."

"네, 물론이죠……. 아빠가 건강 관리를 얼마나 열심히 했는지 기억해요." 그러자 또 다른 질문이 떠올랐지만 어떻게 물어봐야 할지 알 수 없었다. 그래서 단도직입으로 물었다.

"아빠가 나디아를 만난 지 몇 년이나 됐죠?"

"기억력에 문제라도 생긴 거냐?"

"아뇨. 글쎄요, 네, 어쩌면 그럴지도 모르겠네요. 그냥 요즘 인생에 대해 많이 생각해요."

"철학자라도 된 거니?"

"음, 철학 공부는 했어요."

"언제?"

"못 들은 걸로 하세요. 그냥 아빠랑 나디아가 어떻게 만났는지 기억이 안 나요."

전화기 너머에서 어색한 한숨 소리가 들렸다. 아빠가 퉁명스럽게 말했다. "우리가 어떻게 만났는지는 너도 알잖니……. 왜 그 얘기를 꺼내는 거냐? 상담사가 다시 그 얘기를 꺼냈니? 내가 그 일을 어떻게 생각하는지 너도 알 텐데."

'내가 상담을 받는구나.'

"미안해요, 아빠."

"괜찮다."

"아빠가 행복한지 알고 싶었어요."

"당연히 행복하지. 올림픽 메달리스트를 딸로 두었고, 마침내 일생일대의 사랑도 찾았는걸. 너도 다시 좋아졌고. 정신적으로 말이다. 포르투갈에서의 그 일 이후로."

노라는 포르투갈에서 무슨 일이 있었는지 알고 싶었지만 그보다 더 급한 질문이 있었다.

"엄마는요? 엄마는 일생일대의 사랑이 아니었나요?"

"아주 옛날에는 그랬지. 하지만 세상에 영원한 건 없다, 노라. 너도 어른이니까 알잖니."

"전……."

노라는 스피커폰으로 전환하고, 자신의 위키피디아 페이지를 다시 클릭했다. 아니나 다를까 아빠가 우크라이나 출신 남자 수영 선수 예고르 반코의 어머니 나디아 반코와 바람이 난 후에 그녀의 부모님은 이혼했다. 그리고 이번 삶에서 엄마는 2011년에 돌아가셨다.

이게 다 노라 때문이다. 그녀가 베드퍼드 주차장에서 아빠에게 다른 사람과 경쟁하는 수영 선수는 되고 싶지 않다고 말하지 않았기 때문이다.

노라는 다시 사라지는 듯한 기분이 들었다. 이 삶은 자신이 바라던 삶이 아님을 깨닫자 다시 도서관으로 돌아가는 느낌이었다. 하지만 사라지지 않고 그대로 남아 있었다. 노라는 아빠에게 작별 인사를 하고 전화를 끊은 다음, 위키피디아 페이지를 계속 읽었다.

그녀는 미국 출신의 다이빙 올림픽 메달리스트 스콧 리처즈와 3년간 사귀었고, 샌디에이고 라 호이아에서 잠깐 함께 살기도 했으나 지금은 싱글이었고 웨스트 런던에 살았다.

끝까지 다 읽은 뒤에 노라는 휴대전화를 내려놓았다. 호텔에 수영장이 있는지 찾아보기로 했다. 이 삶에서 자신이 할 법한 일을 하고 싶었는데 그것은 아마도 수영이리라. 수영을 하다 보면 강연에서 할 말을 생각해내는 데도 도움이 될 것이다.

수영을 하니 기분이 좋았다. 강연에 대한 영감은 거의 떠오르지 않았지만, 돌아가신 아빠와 이야기를 나눈 흥분은 가라앉았다. 수영장에는 아무도 없었고, 노라는 평영으로 미끄러지듯 수영장을 왕복했다. 몸이 저절로 움직였다. 이렇게 기운이 넘치면서 물을 자유자재로 다루니 전지전능해진 기분이었다. 덕분에 잠시 아버지나 전혀 준비되지 않은 연설에 대한 걱정을 멈출 수 있었다.

하지만 수영하면서 차츰 기분이 바뀌었다. 노라는 아빠를 얻고 엄마를 잃은 세월을 생각했고, 그러자 점점 더 아빠에게 화가 나서 수영 속도가 한층 더 빨라졌다. 노라는 늘 부모님이 이혼하지 않는 이유가 자존심이 너무 세기 때문이라고 생각했다. 두 사람은 안에서 분노가 곪아 터지도록 내버려두었고, 자식 특히 노라에게 분노를 발산했다. 수영은 노라가 인정받을 수 있는 유일한 길이었다.

지금 있는 이 삶에서 노라는 아빠를 행복하게 하려고 수영을 계속했다. 반면 그녀만의 인간관계, 음악에 대한 사랑, 메달 획득과 관계없는 그녀만의 꿈, 그녀만의 삶은 희생했다. 그리고 그에 대한 보답으로 아빠는 나디아라는 여자와 바람을 피우고, 엄마와 이혼했으며, 여전히 그녀를 퉁명스럽게 대했다. 노라가 그렇게 희생했는데도.

엿이나 먹어라. 적어도 이 삶의 아빠를 향해 노라는 그렇게 저주했다.

자유형으로 바꿔서 수영하는 동안 노라는 깨달았다. 부모라면 자식을 무조건 사랑해야 하지만 그녀의 부모가 그런 사랑을 베풀지 못한 것은 노라의 탓이 아니었다. 노라의 귀가 비대칭이라는 사실부터 시작해서 엄마가 그녀의 온갖 흠에만 집중한 것도 노라의 탓이 아니었다. 아니다. 그보다 더 거슬러 올라갔다. 부모님의 결혼 생활이 비교적 불안정했을 때 노라가 감히, 어떻게든 이 세상에 태어난 것이 첫 번째 문제였다. 엄마는 우울증에 빠졌고, 아빠는 위스키에 의지했다.

노라는 수영장을 서른 번 더 왕복했다. 마음이 차분해졌고 자유로운 기분이 들었다. 오로지 그녀와 물뿐이었다.

마침내 수영장에서 나와 다시 방으로 돌아가 유일하게 깨끗한 옷(멋진 남색 바지 정장)으로 갈아입었다. 그러다 캐리어 가방을 들여다보았는데 그 안에서 깊은 외로움이 느껴졌다. 가방 안에는 그녀의 자서전 한 권이 들어 있었다. 영국 국가 대표 단체 수영복을 입고, 단호한 의지가 느껴지는 눈으로 정면을 빤히 바라보는 그녀의 사진이 표지에 실려 있었다. 노라는 책을 집어 들었다. 작은 글씨로 '어맨다 샌즈와 공동 집필'이라고 적혀 있었다.

인터넷에서 검색해보니 어맨다 샌즈는 '다수의 스포츠계 유명 인사와 함께 일한 대필 작가'라고 했다.

노라는 손목시계를 보았다. 로비로 내려갈 시간이었다.

로비에는 세 사람이 서서 그녀를 기다리고 있었다. 말끔하게 차려입은 두 여자는 그녀가 모르는 얼굴이었고, 한 남자는 너무 잘 아는 얼굴이었다. 양복을 입었고, 이번 삶에서는 수염을 기르지 않았으며, 옆 가르마를 타니 사업가 같아 보였지만 노라의 오빠라는 사실에는 변함이 없었다. 검은 눈썹은 늘 그랬듯이 숱이 많았다. "네 안에 있는 이탈리아인의 피란다"라고 엄마는 오빠에게 말하곤 했다.

“오빠?”

게다가 조는 그녀를 보며 미소 짓고 있었다. 동생을 바라보는 오빠답게 푸근하고 환하고 순수한 미소였다.

“잘 잤니?” 인사를 건넨 조는 노라가 평소보다 그를 오래 껴안자 깜짝 놀라며 약간 어색해했다.

포옹이 끝나자 조는 함께 서 있던 두 사람을 노라에게 소개했다.

“이쪽은 이번 강연회를 주관한 걸리버 리서치의 프리야, 그리고 이쪽은 셀러브리티 스피커스의 로리.”

“안녕하세요, 프리야! 안녕하세요, 로리. 만나서 반가워요.”

“네. 강사로 모시게 돼서 정말 기뻐요.” 미소를 지으며 프리야가 말했다.

“우리가 꼭 초면인 것처럼 말하네요.” 로리가 깔깔 웃으며 말했다.

노라는 얼른 실수를 무마했다. “우리가 초면이 아닌 건 당연히 알죠, 로리. 그냥 농담이었어요. 제 유머 감각 아시잖아요.”

“당신에게 유머 감각이 있었나요?”

“놀리지 말아요, 로리.”

“자, 미리 가서 볼래?” 조가 미소를 지으며 노라에게 말했다.

노라는 미소를 멈출 수가 없었다. 여기 오빠가 있었다. 2년간 못 봤고, 그보다 훨씬 더 오랫동안 서먹한 관계를 유지했던 오빠는 건강하고 행복해 보였으며 정말로 그녀를 좋아하는 듯했다. “뭘?”

“강연장. 네가 강연할 곳.”

"다 준비됐어요." 프리야가 덧붙였다.

"엄청나게 커요." 로리가 커피가 든 종이컵을 감싸며 말했다.

노라는 가서 보기로 했고, 어마어마하게 넓은 푸른색 강연장으로 안내되었다. 널찍한 무대와 대략 천 개의 빈 의자가 있었다. 검은 옷을 입은 직원이 다가오더니 노라에게 물었다. "어떤 걸로 하실래요? 라펠? 헤드셋? 핸드헬드?"

"네?"

"무대에서 어떤 마이크를 쓰시겠냐고요."

"아!"

"헤드셋으로 해주세요." 조가 노라 대신 대답했다.

"네, 헤드셋으로요." 노라가 말했다.

"카디프에서 그 악몽을 겪은 뒤로는 헤드셋이 좋을 것 같아서." 조가 말했다.

"물론이지. 그땐 끔찍했어."

프리야는 노라에게 미소를 지으며 물어보았다. "멀티미디어 자료는 안 쓰시는 거 맞죠? 슬라이드나 뭐 그런 거요."

"아, 저는—"

조와 로리가 약간 걱정스러운 표정으로 그녀를 바라보았다. 이는 분명 그녀가 답을 알아야 하는 질문이었지만 노라는 답을 알지 못했다.

"아뇨." 노라는 그렇게 말하고 조의 표정을 살폈다. "그러니까…… 안 써요. 네, 멀티미디어 자료는 따로 없어요."

세 사람은 이상하다는 듯이 노라를 바라보았지만 그녀는 웃어 넘겼다.

페퍼민트 차

10분 뒤 노라는 'VIP 비즈니스 라운지'라는 곳에 오빠와 단둘이 앉아 있었다. 작고 밀폐된 공간으로 의자 몇 개와 오늘자 신문 여러 개가 놓인 테이블이 있었다. 양복을 입은 중년 남자 둘이 노트북 키보드를 두드리고 있었다.

노라는 오빠가 자신의 매니저라는 걸 알게 되었다. 그것도 노라가 프로 선수에서 은퇴한 뒤로 7년 동안이나 그녀의 매니저 일을 해왔다.

"괜찮겠니?" 커피 머신에서 뜨거운 물과 커피를 한 컵씩 뽑아오며 조가 물었다. 그러더니 티백이 든 종이 포장을 뜯었다. 페퍼민트였다. 조는 뜨거운 물이 담긴 컵에 티백을 넣어 노라에게 건넸다.

노라는 평생 페퍼민트 차는 마셔본 적이 없었다. "나 마시라고?"

"그래. 여기에는 허브차가 그것뿐이야."

노라가 간절히 마시고 싶었던 커피는 조가 마셨다. 어쩌면 이번 삶에서는 카페인을 섭취하지 않는지도 모른다.

노라는 조금 전에 오빠가 했던 질문이 떠올라서 물었다.

"뭐가 괜찮겠냐는 거야?"

"오늘 하는 강연 말이야."

"아, 음, 응. 아까 몇 분짜리라고 했지?"

"40분."

"물론이지."

"돈을 많이 받는 강연이야. 그쪽에서 1만 파운드를 불렀는데 내가 더 올렸어."

"고맙기도 하지."

"강연료의 20프로는 내 몫인데 뭐. 나도 이익이니까."

노라는 둘이 함께 보낸 과거를 어떻게 물어봐야 할지 고민했다. 어쩌다 이번 삶에서는 둘이 함께 앉아서 사이좋게 이야기를 나누게 되었을까? 돈 때문일 수도 있지만 오빠는 딱히 돈을 좇는 사람은 아니었다. 물론 노라가 음반 회사와 계약을 취소했을 때 화를 내기는 했지만, 그건 오빠가 라비린스에서 기타를 치며 록스타로 여생을 살고 싶었기 때문이다.

노라는 티백을 서너 번 담갔다 빼기를 반복한 후에 그냥 물속에 넣어두었다. "우리의 삶이 어떻게 달라졌을지 생각해봤어? 만약 내가 수영을 계속하지 않았더라면 말이야."

"아니. 생각 안 해봤는데."

"내 매니저가 되지 않았다면 오빠는 무슨 일을 했을까?"

"알다시피 난 너만 관리하는 거 아냐."

"아, 그거야 물론 알지. 당연히."

"아마 네가 아니었으면 매니저 일은 아예 안 했을 거야. 네가 시작이었지. 그러다 네가 카이를 소개해주고, 그다음에는 나탈리를, 또 엘리를 소개해줘서……."

노라는 카이와 나탈리와 엘리가 누구인지 안다는 듯이 고개를 끄덕였다. "맞아. 하지만 내가 아니었어도 오빠는 다른 일을 찾아냈을 거야."

"그거야 모르지. 아니면 아직 맨체스터에 처박혀 있을 수도 있고. 모르겠어."

"맨체스터?"

"응. 내가 대학 다닐 때 거기를 얼마나 좋아했는지 기억하지?"

오빠가 자신과 사이가 좋을 뿐 아니라 함께 일도 하고, 거기다 대학까지 갔다는 사실을 알고도 놀란 내색을 하지 않기란 정말 힘들었다. 원래도 오빠는 A레벨을 봤고, 맨체스터 대학 역사학과에 응시했지만 점수가 낮아서 떨어졌다. 아마도 매일 밤 라비와 마리화나를 하고 술에 취해 노느라 바빠서였을 것이다. 그러다 아예 대학에 가지 않겠다고 했다.

두 사람은 좀 더 이야기를 나눴다.

어느 순간, 조는 휴대전화에 정신이 팔려 있었다.

조의 휴대전화 바탕화면은 노라가 모르는 잘생긴 남자가 환하게 미소 짓는 사진이었다. 오빠가 낀 결혼반지를 보고 노라는 무덤덤한 표정을 가장하며 물었다.

"그래, 결혼 생활은 어때?"

조는 미소 지었다. 정말로 행복한 미소였다. 오빠가 저렇게 미소 짓는 모습은 지난 몇 년간 본 적이 없었다. 조는 연애할 때 늘 운이 따르지 않았다. 오빠가 게이라는 건 중학생 때 알았지만 조는 스물두 살이 된 후에야 커밍아웃했다. 그리고 행복한 연애를 한 적도, 혹은 오래 사귄 적도 없었다. 노라는 자신의 삶이 오빠에게 저렇게 큰 영향을 미쳤다는 사실에 죄책감이 들었다.

"이완이 어떤지 알잖아. 이완은 이완이지."

노라는 이완이 누구고, 그가 어떤 사람인지 정확히 안다는 듯이 미소 지었다. "맞아. 이완은 정말 좋은 사람이야. 정말 잘됐어."

조가 웃었다. "우린 결혼한 지 5년이나 됐어. 마치 우리가 신혼부부라도 되는 듯이 말하네."

"아냐. 난 단지, 그냥, 가끔씩 오빠가 행운아라는 생각이 들어. 그렇게 사랑하는 사람이 있고, 또 그 사람과 행복하게 살잖아."

"이완은 개를 키우고 싶어 해." 조가 미소 지었다. "요즘 그 문제로 자주 다퉈. 개를 키우는 건 나도 찬성이지만 난 유기견을 키우고 싶거든. 말티푸나 비숑 같은 개는 싫다고. 늑대 같은 개를 키우고 싶어. 개다운 개 말이야."

노라는 볼테르를 생각했다. "동물은 좋은 친구지……."

"응. 넌 아직도 개를 입양하고 싶어?"

"응. 아니면 고양이도 좋고."

"고양이는 너무 말을 안 들어." 그녀가 기억하는 오빠다운 말투로 조가 말했다. "개는 자기 주제를 알지."

"불복종은 자유의 참된 토대야. 복종하는 사람들은 노예나 다름없다고."

조는 어리둥절한 표정이었다. "그건 어디서 나온 말이야? 유명한 사람이 한 말이야?"

"응. 헨리 데이비드 소로가 한 말이야. 내가 제일 좋아하는 철학자."

"네가 언제부터 철학에 심취했어?"

당연히 이번 삶에서 그녀는 철학을 공부한 적이 없을 것이다. 원래 삶에서는 브리스톨의 냄새 나는 자취방에서 소로와 노자, 사르트르의 책을 읽은 반면, 이번 삶에서는 베이징 올림픽에 출전해 시상대에 섰다. 이상하게도 올림픽에서 금메달을 딸 수 있는 잠재력을 끝내 실현하지 못한 자신이 가엾듯이 소로의 《월든》이 주는 소박한 아름다움이나 마르쿠스 아우렐리우스의 금욕적 명상과 사랑에 빠지지 못한 자신도 가여웠다.

"모르겠어……. 그냥 인터넷에서 우연히 그의 글을 읽게 됐어."

"그래? 멋지네. 나도 나중에 찾아볼게. 오늘 연설에 그 사람 말을 넣어도 좋겠다."

노라는 얼굴이 창백해졌다. "음, 오늘은 좀 다르게 해볼까 생각 중이야. 약간, 음, 즉흥적으로 하려고."

결국 그녀가 지금 연습하는 기술도 즉흥적인 대처였다.

"어젯밤에 그린란드를 다룬 아주 훌륭한 다큐멘터리를 봤어. 그걸 보니까 네가 북극에 꽂혀서 북극곰 사진을 막 오려 붙여뒀던 때가 생각나더라."

"응. 엘름 부인이 북극 탐험가가 되는 가장 좋은 길은 빙하학자가 되는 거라고 했어. 그래서 난 빙하학자가 되고 싶었지."

"엘름 부인이라." 조가 속삭였다. "어디서 들어본 이름인데."

"우리 학교 사서였잖아."

"맞다. 너 그 도서관에서 살았지, 안 그래?"

"그런 셈이었지."

"생각해봐. 네가 수영을 계속하지 않았다면 지금쯤 넌 그린란드에 있었을 거야."

"스발바르."

"뭐?"

"노르웨이령 제도야. 북극해에 있지."

"오케이. 그럼 노르웨이에 있었겠네."

"아마도. 아니면 여전히 베드퍼드에 있었을지도 몰라. 백수가 되어 정처 없이 서성이고, 월세를 내려고 고군분투하면서 말이야."

"바보 같은 소리. 넌 어떤 상황에서든 크게 성공했을 거야."

노라는 오빠의 무지에 미소 지었다. "우리 사이가 나빠졌을 수도 있어."

"말도 안 돼."

"나도 그랬으면 좋겠다."

조는 약간 불편해 보였고, 화제를 바꾸고 싶어 하는 기색이 역력했다.

"내가 저번에 누굴 봤는지 알아?"

노라는 어깨를 으쓱이며 자신도 아는 사람이기를 바랐다.

"라비. 너 라비 기억해?"

노라는 불과 어제 잡화점에서 그녀를 질책했던 라비를 생각했다. "응, 알지. 라비."

"라비를 우연히 만났다니까."

"베드퍼드에서?"

"아니. 그럴 리가 있어? 거긴 몇 년간 간 적이 없는데. 베드퍼드가 아니라 블랙프라이어스역에서. 순전히 우연이었지. 마지막으로 본 지 10년도 더 된 거 같아. 적어도 10년은 됐을 거야. 라비가 펍에 가고 싶어 하길래 지금은 술을 완전히 끊었다고 말했어. 어쩔 수 없이 내 사정을 설명했지. 예전에 알코올 중독이었고, 지금은 몇 년째 와인 한 잔도 안 마시고, 마리화나는 입에도 안 댄다고." 노라는 전혀 충격받지 않았다는 듯이 고개를 끄덕였다. "엄마가 돌아가신 뒤로 엉망으로 살았으니까. 라비는 내가 너무 변했다고 생각하는 것 같더라. 하지만 괜찮은 애야. 지금은 촬영 기사로 일한대. 부업으로 여전히 음악을 하더라고. 밴드는 아니고 DJ로. 예전에 라비랑 내가 했던 밴드 기억해? 라비린스?"

이제는 어렴풋이 기억나는 척하기가 더 쉬웠다. "아, 그럼. 라비린스. 물론 기억하지. 옛날 생각난다."

"응. 라비도 그때가 그리운 모양이야. 우린 실력도 형편없었고, 난 노래도 못했는데 말이야."

"오빠 어때? 라비린스가 성공했으면 어떻게 됐을지 생각해본 적 있어?"

조는 약간 서글프게 웃었다. "성공은 무슨 성공이야."

"어쩌면 새로운 멤버가 필요했는지도 몰라. 부모님이 오빠한테 사준 키보드를 내가 연주하곤 했잖아."

"네가? 언제 그럴 시간이 있었어?"

음악이 없는 삶, 그녀가 사랑하는 책도 읽지 못한 삶이었다.

하지만 그와 동시에 오빠와 사이가 좋은 삶이었고, 오빠를 실망시키지 않은 삶이었다.

"어쨌든 라비가 안부 전해달래. 너랑 같이 만나서 밀린 얘기를 하고 싶어 하더라. 라비의 직장이 우리 집에서 겨우 지하철 한 정거장 떨어진 곳에 있더라고. 그러니까 라비가 다시 연락해서 만나자고 할 거야."

"뭐? 그건 좀…… 안 내키는데."

"왜?"

"난 라비 별로 안 좋아했어."

조는 얼굴을 찌푸렸다. "정말? 너한테 그런 말을 들은 기억이 없는데……. 라비는 괜찮은 녀석이야. 좋은 친구라고. 예전에는 좀 흥청망청 살았지만 지금은 정신 차린 것 같던데……."

노라는 불안했다. "오빠?"

"응."

"엄마가 돌아가셨을 때 말이야."

"응."

"그때 난 어디에 있었어?"

"무슨 말이야? 너 오늘 괜찮은 거야? 새로 바꾼 약이 효과가 없어?"

"약?"

노라는 가방을 뒤져보았다. 조그만 항우울제 한 갑이 들어 있는 걸 보자 가슴이 철렁 내려앉았다.

"그냥 알고 싶어서. 엄마가 돌아가시기 전에 난 엄마를 자주 만났어?"

조는 얼굴을 찡그렸다. 조는 여기서도 똑같았다. 여전히 동생의 마음을 읽지 못했고, 여전히 현실에서 도망치고 싶어 했다. "우린 어머니 임종을 지키지 못했어. 너무 급작스럽게 돌아가셨잖아. 엄마는 우리에게 얼마나 아픈지 말 안 했어. 우릴 보호하려고 그러셨지. 아니면 우리에게 술 좀 그만 마시라는 소리를 듣고 싶지 않아서 그랬을 수도 있고."

"술? 엄마가 술을 마셨어?"

조는 한층 더 걱정스러운 표정이었다. "너 기억상실증이라도 걸린 거야? 나디아가 나타난 후로 엄마는 매일 진을 한 병씩 마셨잖아."

"물론이지. 기억해."

"게다가 넌 유럽 선수권 대회를 앞두고 있었어. 엄마는 널 방해하고 싶지 않았던 거야……."

"맙소사, 내가 엄마 곁을 지켰어야 해. 우리 중 하나는 엄마 곁에 있었어야 해, 오빠. 우리 둘 다—"

갑자기 조의 표정이 차가워졌다. "넌 어차피 엄마랑 그렇게 가까운 사이도 아니었잖아. 왜 갑자기—"

"난 예전보다 엄마랑 가까워졌어. 아니, 가까워졌을 거라고. 난—"

"너 오늘 진짜 이상하다. 왜 딴사람처럼 굴어?"

노라는 고개를 끄덕였다. "그래, 나도 알아. 난 그냥……. 그래, 오빠 말이 맞아……. 그 약 때문인 것 같아……."

노라는 엄마가 돌아가시기 전에 마지막 몇 달 동안 "너 없었으면 어떻게 했을지 모르겠구나"라고 말했던 일이 기억났다. 아마 오빠에게도 그렇게 말했을 것이다. 하지만 이번 삶에서는 엄마 곁에 오빠도 그녀도 없었다.

그때 프리야가 들어왔다. 휴대전화와 클립 보드처럼 생긴 물건을 손에 쥔 채 활짝 웃는 얼굴로. 그러더니 이렇게 말했다.

"나가야 할 시간이에요."

우리의 삶은 나무와 같아서

5분 뒤 노라는 호텔의 넓은 강연장에 있었다. 적어도 천 명은 되는 관객이 첫 번째 강연자가 강연의 결론을 내리는 걸 지켜보고 있었다.《흙수저에서 금수저로》의 저자였다. 다른 삶에서 댄이 침대 머리맡에 놓아두었던 책. 하지만 맨 앞줄 지정석에 앉아 있는 노라의 귀에는 강연이 들어오지 않았다. 엄마 일로 너무 속상했고, 연설할 생각에 너무 긴장했기 때문이다. 그래서 수프 위에 떠 있는 크루통처럼 마음속에 떠 있는 이상한 단어나 구절들만 귀에 들어왔다. '잘 알려지지 않은 사실' '야망' '이 이야기를 하면 아마 여러분은 놀라시겠지만' '만약 내가 할 수 있다면' '역경' 같은.

이 강연장 안에서는 숨을 쉬기가 힘들었다. 머스크 향수와 새 카펫 냄새가 났다.

노라는 진정하려고 했다.

그러고는 오빠에게 몸을 내밀고 속삭였다. "아무래도 못할 것 같아."

"뭘?"

"공황장애가 온 것 같아."

조는 미소 지으며 그녀를 바라보았지만 눈빛은 단호했다. 노라는 옛일이 기억났다. 라비린스가 결성된 지 얼마 안 됐을 때 베드퍼드의 한 펍에서 공연을 앞두고 그녀에게 공황장애 증상이 나타난 적이 있었다. 그때도 조는 저런 눈빛이었다. "괜찮을 거야." 조가 말했다.

"자신이 없어. 아무 생각도 안 나."

"생각을 너무 많이 해서 그래."

"불안해. 아무 생각도 안 나."

"이러지 마. 우릴 실망시키지 마."

우릴 실망시키지 마.

"하지만—"

노라는 음악을 생각하려 했다.

음악을 생각하면 늘 진정되었다.

머릿속에 곡조 하나가 떠올랐다. 그 노래가 자신이 작곡한 〈뷰티풀 스카이〉라는 걸 깨닫자 살짝 민망했다. 오랫동안 부르지 않은, 행복하고 희망찬 노래였다. 하늘에 어둠이 드리우며/ 푸른 빛이 검게 물들어도/ 별은 여전히 용감하게/ 널 위해 반짝—

하지만 그때 노라 옆에 앉아 있던 여자—세련된 옷차림의 50대 여성으로 머스크 향수의 진원지—가 노라에게 몸을 내밀며 속삭였다. "그 일은 정말 유감이에요. 그…… 포르투갈에서 있었던 일요……."

"무슨 일이요?"

그 순간 관객이 일제히 손뼉을 치는 바람에 여자의 대답이 묻혀 버렸다.

"뭐라고요?" 노라가 다시 물었다.

하지만 너무 늦었다. 무대 위에서 노라에게 올라오라고 손짓했고, 오빠가 팔꿈치로 그녀를 찔렀다.

그러고는 거의 고함치듯 말했다. "사람들이 기다려. 빨리 가봐."

노라는 무대 위 연단을 향해 쭈뼛거리며 다가갔다. 뒤쪽 스크린에는 목에 금메달을 걸고 당당하게 미소 짓는 그녀의 얼굴이 대문짝만하게 비쳤다.

노라는 늘 사람들의 시선을 받는 게 싫었다.

"안녕하세요." 그녀가 마이크에 대고 긴장한 목소리로 말했다. "오늘 이 자리에 서게 되어 영광입니다……."

천 개 정도의 얼굴이 그녀를 바라보며 기다렸다.

노라는 이렇게 많은 사람 앞에서 말해본 적이 없었다. 라비린스에서 노래할 때도 관객은 많아야 백 명 정도였고, 노래 중간중간에는 가능한 한 말을 적게 했다. 스트링 시어리에서 일할 때도 손님과 이야기하는 건 문제없었으나 직원회의에서는 거의 말하지 않았다. 직원이 다 합쳐봐야 다섯을 넘지 않았는데도. 대학 시절에 이지는 프레젠테이션을 쉽게 해냈지만, 노라는 프레젠테이션을 앞두고 몇 주 전부터 전전긍긍했다.

조와 로리가 당황한 표정으로 그녀를 바라보았다.

TED 강연 속 노라는 그녀가 아니었다. 과연 노라가 그런 사람이 될 수 있을까? 이번 삶에서 그녀가 해낸 일을 다 해내기 전에는 불가능했다.

"안녕하세요. 전 노라 시드입니다."

웃기려고 한 말이 아니었는데 그 말에 관객 모두가 웃음을 터뜨렸다. 그녀가 누구인지는 다들 너무 잘 알았기 때문이다.

"인생은 참 이상해요." 노라는 말했다. "우린 인생을 한 번만 살죠. 직선으로요. 하지만 사실은 그렇지 않아요. 왜냐하면 인생은 단지 우리가 한 일로만 이뤄지는 게 아니라, 하지 않은 일로도 이뤄지니까요. 인생은 매 순간이…… 일종의 갈림길이죠."

여전히 아무 생각도 나지 않는다.

"생각해보세요. 우리가 어떻게 시작했는지……. 우리의 출발을요. 땅에 심은 나무의 씨앗과 같았죠. 그러다 자라고…… 자라서…… 처음에는 줄기가 됩니다."

전혀 생각나지 않는다.

"그러다 나무, 우리 인생 자체인 나무는 가지를 뻗죠. 줄기에서 각자 다른 높이로 갈라져 나오는 가지들을 생각해보세요. 거기서 또 다른 가지가 나와서 종종 반대 방향으로 나아가는 걸 생각해보세요. 그 가지들이 다른 가지가 되고, 또 잔가지도 되는 걸 생각해보세요. 높낮이가 다 다른 잔가지들이 모두 하나의 줄기에서 나왔다는 걸 생각해보세요. 인생은 그 나무와 같습니다. 다만 범위가 더 넓을 뿐이죠. 매일 매 순간 새로운 가지가 뻗어나갑니다. 우리 입장에서 보면, 모든 사람의 입장에서 보면…… 연속체처럼 느껴지죠. 각각의 가지는 오로지 하나의 여정만 있어요. 하지만 다른 가지는 여전히 존재하죠. 또한 다른 오늘도 존재하고요. 여러분이 인생 초반에 다른 길을 선택했더라면 달라졌을 우리의 다른 삶도 존재합니다. 그것이 생명의 나무입니다. 여러 종교와 신화에는 생명의 나무가 등장합니다. 불교에도, 유대교에도, 기독교에도 있죠. 많은 철학자와 작가도 인생을 나무에 비유해 이야기합니다. 실비아 플라스에게 존재란 무화과나무이며, 그녀가 살았을 수 있는 모든 삶은 이 달콤하고 즙 많은 무화과죠. 그게 행복한 결혼 생활을 하는 삶이든, 시인으로 성공하는 삶이든 간에요. 하지만 그녀는 달콤하고 즙이 많은 무화과를 맛볼 수 없기 때문에 무화과는 그저 코앞에서 썩어갑니다. 우리가 살지 못하는 다른 삶을 생각하면 미쳐버릴 수 있어요.

예를 들어서, 대부분의 삶에서 전 이 연단에 서서 여러분께 성공에 대해 강연하지 않습니다……. 대부분의 삶에서 전 올림픽 메달리스트가 아니에요." 노라는 자정의 도서관에서 엘름 부인이 했던 말을 기억해냈다. "종종 하나만 달라져도 전부가 달라집니다. 우리가 아무리 노력해도 사는 동안에는 자신이 한 행동을 되돌릴 수 없어요……."

이제 관객은 그녀의 말에 귀를 기울였다. 확실히 그들에게는 자기들만의 엘름 부인이 필요했다.

"살아봐야만 배울 수 있는 겁니다."

노라는 엘름 부인에게 들은 말을 최대한 많이 기억해내며 이런 식으로 20분을 더 연설했다. 그러다가 연단에 떨어지는 불빛을 받아 하얗게 빛나는 자신의 손을 내려다보았다.

손목 안쪽에 볼록하게 올라온 가느다란 분홍색 선을 보면서 노라는 그 흉터가 자해의 결과임을 확신했고 그러자 흐름이 끊어졌다. 아니, 그보다는 새로운 흐름으로 들어갔다.

"그리고…… 사실은…… 그러니까…… 우리가 가장 큰 성공이라고 생각하는 것들이 사실은 성공이 아닙니다. 왜냐하면 우리는 종종 외부적으로 무언가 성취하는 걸 성공으로 보기 때문이죠. 올림픽 메달이나 이상적인 남편, 높은 연봉 같은 거요. 우리 모두에게는 도달하려고 하는 그런 지표가 있습니다. 그런데 사실 성공은 셀 수 있는 게 아니고, 인생은 이길 수 있는 시합이 아닙니다. 그건 모두…… 개소리예요, 사실……."

이제 관객은 확실히 불편해 보였다. 이건 그들이 기대한 강연이 아니었기 때문이다. 객석을 훑어보던 노라는 자신을 향해 미소 짓는 얼굴 하나를 발견했다. 푸른색 면 셔츠를 입은 깔끔한 차림새와 베드퍼드에서 봤을 때보다 훨씬 짧은 머리 때문에 처음에는 그게 라비라는 걸 알아보지 못했다. 여기 있는 라비는 다정해 보였으나 노라는 다른 라비, 잡지 한 권도 살 여유가 없다는 사실에 뚱해서 그걸 노라의 탓으로 돌리며 잡화점을 뛰쳐나간 라비의 잔상을 떨쳐낼 수 없었다.

"저도 압니다. 여러분이 성공으로 가는 길에 관한 저의 TED 강연 같은 연설을 기대하고 있다는 걸. 하지만 사실 성공은 환영이에요. 모두 환영입니다. 물론 우리가 극복할 수 있는 장애물도 있어요, 네. 예를 들어, 전 무대 공포증이 있습니다. 하지만 지금 이렇게 무대에 서 있죠. 절 보세요……. 무대에 서 있어요! 얼마 전에 누군가 제게 그러더군요. 제 문제는 사실 무대 공포증이 아니라 인생 공포증이라고요. 그런데 그거 아세요? 그 말이 맞아요. 왜냐하면 사는 건 무서우니까요. 무서운 데는 이유가 있죠. 우리가 어느 가지의 인생을 살든지 간에 썩은 나무에서 갈라져 나왔기 때문입니다. 전 살면서 많은 일을 하고 싶었어요. 온갖 종류의 일을요. 하지만 삶이 썩었다면, 무슨 일을 하든 썩은 인생일 겁니다. 습기는 쓸모없는 것들을 전부 부식시키죠……."

조는 다급하게 손으로 목을 자르는 시늉을 하며 '그만해'라는 신호를 보냈다.

"어쨌든 타인에게 친절을 베푸세요. 그리고…… 그냥 친절을 베푸세요. 이제 곧 떠날 것 같네요. 가기 전에 마지막으로 오빠 조에게 사랑한다고 말하고 싶어요. 사랑해, 오빠. 그리고 여기 계신 모든 분들도 사랑합니다. 여기 오게 돼서 정말 좋았어요."

여기 오게 돼서 정말 좋았다고 말하는 순간, 노라는 거기에 없었다.

시스템 에러

노라는 다시 자정의 도서관으로 돌아왔다.

하지만 이번에는 서가에서 약간 떨어져 있었다. 전에 더 넓은 회랑에 있을 때 힐끗 보았던, 대충 사무실이라고 할 만한 곳이었다. 책상에는 흩어진 서류가 대충 담긴 문서 정리함, 상자 그리고 컴퓨터가 있었다.

서류 보관함 옆에 놓인 크림색 사각형 컴퓨터는 정말로 구형이었다. 예전에 엘름 부인이 학교 도서관에서 썼을 법한 모델이었다. 엘름 부인은 컴퓨터 앞에 앉아 모니터를 바라보며 다급히 자판을 두드리고 있었다. 노라가 뒤에 서 있는 줄도 모른 채.

전선에 매달린 알전구들이 머리 위에서 마구 깜빡거렸다.

"이번에는 아빠가 살아 있었어요. 하지만 바람을 피웠고, 엄마는 일찍 돌아가셨죠. 전 오빠하고 사이가 좋았어요. 왜냐하면 오빠를 실망시키지 않았으니까요. 하지만 오빠는 여전했어요. 그 삶에서만 저와 사이가 좋았죠. 왜냐하면 제가 돈을 벌도록 도와주니까요. 그리고…… 그리고…… 제가 상상했던 삶이 아니었어요. 전 여전히 똑같았어요. 그리고 포르투갈에서 무슨 일인가 있었어요.

제가 자살을 시도했거나 그랬던 것 같아요……. 완전히 다른 삶이 있기는 한가요? 아니면 그냥 배경만 바뀌는 건가요?"

하지만 엘름 부인은 듣고 있지 않았다. 그때 책상에 있던 물건이 노라의 눈에 들어왔다. 낡은 오렌지색 플라스틱 만년필이었다. 예전에 노라가 학창 시절에 썼던 만년필과 똑같았다.

"저기요? 선생님, 제 말 들리세요?"

무언가 잘못되었다.

엘름 부인의 얼굴이 걱정으로 굳어 있었다. 그녀는 모니터에 적힌 글을 소리 내어 읽었다. "시스템 에러."

"선생님? 저 여기 있어요. 여기요! 저 보이세요?"

노라는 부인의 어깨를 톡 쳤다. 그 방법은 효과가 있었다.

몸을 돌려 노라를 본 엘름 부인의 얼굴에 엄청난 안도감이 퍼져갔다. "어머, 노라! 너 돌아왔니?"

"제가 안 돌아올 줄 아셨어요? 그게 제가 살고 싶어 하는 인생일 거라고 생각하셨어요?"

엘름 부인은 머리를 움직이지 않고서 고개를 저었다. 그게 가능하다면. "아니, 그런 게 아냐. 너무 약해 보였어."

"뭐가요?"

"이동 통로가."

"이동 통로요?"

"책에서 여기로 오는 통로. 네가 선택한 삶에서 여기로 오는 통로. 그 통로에 문제가 생긴 것 같아. 시스템 전체에 문제가 생겼어.

내가 즉각 통제할 수 없는 문제야. 외부적인 문제."

"제 원래 삶에 문제가 생겼다는 말이세요?"

엘름 부인은 다시 모니터를 보았다. "그래. 자정의 도서관은 원래 삶에 네가 존재하기 때문에 존재하는 거거든."

"그러면 제가 죽어가고 있다는 뜻인가요?"

엘름 부인은 화가 난 듯했다. "그럴 수 있지. 다시 말해서 우리가 가능성의 끝을 향해 가고 있을 수 있어."

노라는 수영장에서 수영하는 느낌이 얼마나 좋았던지 생각했다. 얼마나 활기가 넘치고 살아 있는 기분이 들었던가. 그러자 마음속에서 이상한 감정이 치밀었다. 배가 당겼다. 육체적 변화였다. 그녀 안에서 무언가가 변했다. 죽는다고 생각하니까 갑자기 심란해졌다. 그와 동시에 머리 위에서 깜빡이던 전구가 다시 환하게 빛났다.

엘름 부인은 모니터에 뜬 새 정보를 읽으며 손뼉을 쳤다.

"어머, 다시 되네. 다행이다. 오류가 사라졌어. 다시 작동하고 있어. 틀림없이 네 덕분이야."

"네?"

"중앙 컴퓨터의 근본 원인이 일시적으로 해결되었다고 나와 있어. 네가 근본 원인이고, 네가 중앙 컴퓨터거든." 엘름 부인이 미소 지었다. 노라는 눈을 깜빡거렸다. 눈을 떴을 때는 그녀와 엘름 부인이 도서관의 다른 구역에 서 있었다. 다시 서가 사이에 뻣뻣하고 어색하게 서서 마주 보고 있었다.

"좋아. 이제 해결됐어." 엘름 부인은 그렇게 말하고는 길고 의미심장한 한숨을 내쉬었다. 분명 혼잣말이었다.

"다른 삶에서 엄마는 다른 날짜에 돌아가셨어요. 난 엄마가 아직 살아 있는 삶을 원해요. 그런 삶이 있나요?"

엘름 부인은 노라에게 주의를 돌렸다.

"아마 그럴걸."

"잘됐네요."

"하지만 넌 그 삶을 살 수 없어."

"왜죠?"

"이 도서관은 네 선택을 다루는 곳이니까. 네가 내린 선택 중에서 엄마를 아직 살아 있게 한 선택은 없단다. 미안하다."

노라의 머리 위에서 전구 하나가 깜빡거렸다. 하지만 나머지 전구는 그대로 있었다.

"넌 다른 걸 생각해내야 해, 노라. 지난번 삶에서 뭐가 좋았지?"

노라는 고개를 끄덕였다. "수영요. 전 수영이 좋아요. 하지만 그 삶에서 전 행복하지 않은 것 같아요. 제가 진정으로 행복해지는 삶이 있는지는 모르겠지만요."

"네 목표는 행복이니?"

"모르겠어요. 전 제 삶이 의미 있기를 바라요. 의미 있는 일을 하고 싶어요."

"넌 한때 빙하학자가 되고 싶어 했지." 엘름 부인은 기억하는 듯했다.

"네."

"그 꿈을 이야기하곤 했어. 네가 북극에 관심이 있다고 해서 내가 빙하학자가 돼보라고 했지."

"기억나요. 빙하학자 이야기를 듣자마자 그거다 싶었죠. 부모님은 싫어하셨지만요."

"왜?"

"저도 잘 모르겠어요. 두 분은 수영만 권하셨어요. 뭐 아빠는 그랬죠. 학문과 관련된 일은 다 싫어하셨어요."

노라는 가슴속에서 깊은 슬픔을 느꼈다. 태어날 때부터 부모님은 그녀를 오빠와 다르게 대했다.

"수영만 하게 했던 저와 달리, 오빠에게는 원하는 게 있으면 뭐든 하라고 하셨죠." 노라가 말했다. "엄마는 제가 집을 떠나게 될 수 있는 일은 뭐든 못 하게 했어요. 아빠와 달리 수영조차 별로 권하지 않았죠. 하지만 틀림없이 제가 엄마 말을 듣지 않고, 지금 북극에서 연구원으로 일하는 삶이 있을 거예요. 확고한 목적을 가지고 세상 모든 것에서 멀어진 삶, 지구를 위해 일하고 기후변화를 연구하는 삶요. 그것도 최전선에서."

"그런 삶을 찾아줄까?"

노라는 한숨을 쉬었다. 자신이 뭘 원하는지 아직 몰랐다. 하지만 적어도 북극권에서의 삶은 다르리라.

"좋아요. 네."

스발바르

노라는 선실에 있는 작은 침대에서 눈을 떴다. 방이 흔들렸기 때문에 여기가 선실임을 알 수 있었다. 잠이 깬 이유도 그 때문이었다. 비록 부드럽게 흔들리기는 했지만. 선실은 소박하고 기본적인 물건만 갖춰져 있었다. 노라는 두툼한 기모 스웨터에 보온 내복 하의를 입고 있었다. 담요를 젖히는데 머리가 지끈거렸다. 입안이 어찌나 말랐는지 볼 안쪽이 이에 달라붙은 듯했다. 가슴 깊은 곳에서 기침이 올라오자 노라는 쿨럭거렸다. 올림픽 출전 선수였을 때의 몸과는 수영장 백만 바퀴만큼이나 멀어진 듯했다. 손가락에서는 담배 냄새가 났다. 일어나 앉았더니 다른 침대에서 그녀를 바라보고 있는 여자가 보였다. 옅은 금발에 건강해 보였고, 얼굴은 심하게 꺼칠했다.

"God morgen(좋은 아침이야), 노라."

노라는 미소를 지었다. 저 여자가 쓰는 스칸디나비아 언어가 뭔지는 몰라도 이 삶에서의 자신이 그 언어에 유창하지 않기를 바랐다.

"좋은 아침."

여자의 침대 옆 바닥에는 반쯤 마신 보드카 병과 머그잔이 놓여 있었다. 두 침대 사이의 궤짝에는 개 사진이 실린 달력이 세워져 있었다(4월의 개는 스프링어 스패니얼이었다). 달력 말고도 책 세 권이 쌓여 있었는데 제목이 모두 영어로 적혀 있었다. 여자 쪽에 놓인 책은《빙하 역학의 원리》였고, 노라 쪽에 놓인 책 두 권은《동식물 연구가의 북극 가이드》와 펭귄 클래식에서 출판된《볼숭 일족 사가: 용을 죽인 영웅 시구르드의 스칸디나비아 서사》였다. 노라의 주의를 끈 것은 또 있었다. 추위였다. 엄청난 추위. 살갗이 타는 듯하고, 손가락과 발가락이 쑤시고, 뺨이 뻣뻣해질 정도였다. 심지어 몸속까지 추웠다. 보온 내의를 몇 겹씩 껴입고, 스웨터까지 입고, 오렌지색으로 빛나는 전기 히터가 두 대나 있는데도. 숨을 내쉴 때마다 입김이 피어올랐다.

"왜 여기에 왔어, 노라?" 강한 억양이 들어간 영어로 여자가 물었다.

'여기'가 어디인지 모를 때에는 대답하기 힘든 질문이었다.

"이른 아침에 나누기에는 좀 철학적인 대화네." 노라는 그렇게 말하고는 어색하게 웃었다.

둥근 창 너머로 바다에 솟아 있는 빙벽이 보였다. 아주 먼 북쪽 땅이거나 아주 먼 남쪽 땅이리라. 노라는 아주 먼 어딘가에 와 있었다.

여자는 계속 노라를 바라보고 있었다. 노라는 그들이 친구인지 아닌지 알 길이 없었다. 여자는 강하고 털털하고 직설적인 듯했으나 재미있는 이야기 상대 같았다.

"철학적인 의미를 묻는 게 아냐. 왜 빙하 연구에 뛰어들었느냐는 의미도 아니고. 그게 그거긴 하지만. 내가 묻고 싶은 건 왜 문명사회에서 이렇게 멀리 떨어진 곳을 선택했냐는 거야. 너한테 그 얘기는 들은 적이 없어."

"모르겠어. 난 추위가 좋아."

"이런 추위를 좋아하는 사람은 없어. 가학적인 변태가 아니고서야."

일리 있는 말이었다. 노라는 침대 끝에 있는 스웨터를 집어 들어 이미 입고 있는 스웨터 위에 겹쳐 입었다. 그러는 동안 보드카병 옆에 놓인 명찰을 보게 되었다.

잉그리드 시르베크
지구과학 교수
국제북극연구협회

"모르겠어, 잉그리드. 난 그냥 빙하가 좋아. 빙하를 이해하고 싶어. 빙하가 왜…… 녹는지 알고 싶어."

잉그리드가 양쪽 눈썹을 치켜세우는 걸 보니 노라의 대답이 빙하 전문가답지 않은 모양이었다.

"넌 왜 여기 왔는데?" 이번에는 노라가 물었다.

잉그리드는 한숨을 쉬더니 엄지로 손바닥을 문질렀다. "페르가 죽은 뒤로 더는 오슬로에 있는 걸 견딜 수 없었어. 오슬로는 페르가 아닌 사람들로 가득했거든. 대학 때 우리가 늘 함께 갔던 카페가 있어. 우린 말없이 함께 앉아 있곤 했지. 행복한 침묵 속에서 신문을 읽고 커피를 마셨어. 그런 장소가 사방에 있었어. 우린 어디든 함께 다녔거든. 그의 골치 아픈 영혼이 거리마다 남아 있었어……. 난 기억 속 페르에게 그만 꺼지라고 계속 말했지만 기억은 사라지지 않았어. 슬픔은 나쁜 놈이야. 오슬로에 계속 남아 있었다가는 인간을 미워하게 됐을 거야. 그래서 스발바르에 자리가 났다고 했을 때 난 '그래, 이거야말로 내가 구원될 기회야'라고 생각했지……. 난 페르와 가본 적이 없는 곳에 있고 싶었어. 그의 유령을 느낄 수 없는 곳에. 하지만 막상 와보니 반만 성공이었어. 장소는 장소고, 기억은 기억이고, 인생은 망할 놈의 인생이지."

노라는 잉그리드의 심정을 이해했다. 잉그리드가 이런 이야기를 털어놓는 이유는 틀림없이 노라를 잘 안다고 생각했기 때문일 텐데 사실 노라는 이방인이나 다름없었다. 기분이 이상했다. 이건 잘못되었다. 분명 스파이로 활동할 때 가장 큰 고충은 이런 점일 것이다. 사람들이 당신에게 품고 있는 감정은 잘못 투자한 돈과 같다. 당신은 사람들에게서 무언가를 훔치는 기분이 든다.

노라의 상념을 방해하며 잉그리드가 미소 지었다. "어쨌든 어젯밤에는 고마웠어……. 너와 나눈 이야기가 도움이 됐어. 이 배에는 머저리들이 많은데 넌 아니야."

"고마워. 너도 아냐."

그때 선실 저편, 코트 걸이가 달린 벽에 기대어진 총이 보였다.

묵직한 갈색 손잡이가 달린 대형 라이플이었다.

총을 보니 왠지 행복했다. 열한 살 노라가 자랑스러워할 것 같았다. 그녀는 모험을 하고 있었다.

위고 르페브르

노라는 두통과 명백한 숙취에 시달리며 아무런 장식이 없고, 벽과 바닥이 나무로 된 복도를 지나 작은 식당으로 갔다. 식당에서는 절인 청어 냄새가 났고, 연구원 몇 명이 아침을 먹고 있었다.

노라는 블랙커피와 만든 지 오래되어 뻣뻣한 호밀빵을 집어 들고 자리에 앉았다.

창밖으로 지금까지 본 것 중에서 가장 기괴하면서도 아름다운 장관이 펼쳐졌다. 안개 사이로 얼음 섬들이 보였다. 바위가 새하얗고 투명하게 변한 듯했다. 노라는 식당에 있는 사람들을 전부 세어보았다. 모두 열일곱 명으로 남자가 열한 명, 여자가 여섯 명이었다. 노라는 혼자 앉아 있었지만 5분도 되지 않아 한 남자가 그녀가 있는 테이블로 와서 앉았다. 짧은 머리에 면도를 하지 않아 자란 수염은 이틀만 지나면 덥수룩할 듯했다. 식당 안의 다른 사람들처럼 패딩 점퍼를 입고 있었지만 그에게는 어울리지 않았다. 이 남자는 명품 반바지에 분홍색 폴로 셔츠를 입고 리비에라 휴양지에 있어야 더 어울릴 듯했다. 그는 노라를 보며 미소 지었다. 노라는 그 미소의 의미를 해석하려 했다. 둘이 무슨 사이인지 짐작하려 했다. 남자는 잠시 노라를 지켜보더니 의자를 끌고 와 노라 맞은편에 앉았다. 노라는 눈으로 남자의 명찰을 찾았지만 남자는 명찰을 차고 있지 않았다. 이 남자와 통성명은 한 사이일까?

"난 위고예요." 다행히 남자가 그렇게 말했다. "위고 르페브르. 당신은 노라죠?"

"네."

"스발바르 연구 센터에서 당신을 봤습니다. 하지만 인사를 나눈 적은 없죠. 율동성 빙하◆에 대한 당신 논문을 읽었는데 너무 좋더군요."

"정말요?"

"네. 왜 그 빙하들이 다른 곳이 아닌 여기서만 그러는지 늘 궁금했거든요. 정말 신기한 현상이죠."

"인생은 신기한 현상으로 가득 차 있어요."

남자와 계속 대화를 나누고 싶었지만 위험했다. 노라는 예의상 미소를 살짝 짓고는 창밖을 바라보았다. 이제는 얼음 섬이 사라지고 진짜 섬이 나타났다. 산꼭대기처럼 눈이 내려앉은 뾰족한 언덕이 있거나 좀 더 평평하면서 험준한 바위로 덮여 있는 땅이 있었다. 그리고 섬들 너머로 노라가 선실의 둥근 창문으로 봤던 빙하가 있었다. 여기서는 빙하가 더 잘 보였다. 비록 맨 윗부분이 구름에 가려 있기는 했지만 다른 부분은 선명하게 보였다. 믿을 수 없

◆ 50년에서 100년간 아무 움직임이 없다가 갑자기 몇 년간 빠른 속도로 이동하고, 다시 정지하고 이동하기를 반복하는 빙하.

이 아름다웠다.

텔레비전이나 잡지에서 보는 빙하는 매끈한 하얀색 덩어리 같았는데 이 빙하는 질감이 산 같았다. 암갈색과 흰색. 게다가 끝없이 다양한 흰색, 세상의 온갖 흰색이 다 모여 있었다. 하얀 흰색, 푸르스름한 흰색, 터키빛 흰색, 황금빛 흰색, 은빛 흰색, 투명한 흰색이 눈부시게 생생해서 강렬한 인상을 남겼다. 확실히 아침 식사보다 인상적이었다.

"우울하지 않아요?" 위고가 물었다.

"뭐가요?"

"하루가 끝나지 않는다는 사실이요."

노라는 그 말이 불편했다. "어떤 의미에서요?"

위고는 한 박자 기다렸다가 대답했다.

"해가 지질 않잖아요." 그러고는 마른 크래커를 한 입 베어 먹었다. "4월부터요. 하루가 끝없이 계속되는 거 같아요……. 그런 느낌이 정말 싫습니다."

"동감이에요."

"협회 측에서 선실 창문에 커튼을 달아줄까요? 이 배에 탄 후로 잠을 거의 못 잤어요."

노라는 고개를 끄덕였다. "여기 언제 도착했다고 했죠?"

위고가 웃었다. 멋진 웃음이었다. 입을 다물고 웃는, 교양 있는 웃음. 웃는다고 할 수도 없었다.

"어젯밤에 잉그리드랑 술을 많이 마셨어요. 보드카가 내 기억력을 빼앗아갔다고요." 노라가 말했다.

"보드카 때문인 게 확실합니까?"

"보드카 때문이 아니면 뭐겠어요?"

위고는 캐묻는 듯한 눈으로 그녀를 바라보았고, 노라는 자동으로 죄책감이 들었다.

노라는 잉그리드를 바라보았다. 그녀는 커피를 마시며 노트북 자판을 두들겨대고 있었다. 잉그리드와 함께 앉을 걸 그랬다.

"어제가 사흘째 되는 밤이었습니다. 일요일부터 이 제도를 돌아다녔어요. 네, 일요일에 롱위에아르뷔엔을 떠나 여기로 왔죠." 위고가 말했다.

노라는 그 사실을 다 안다는 듯한 표정을 지었다. "일요일이 백만 년 전인 것 같네요."

배가 방향을 트는 듯했고 그러자 노라의 몸이 살짝 기울었다.

"20년 전에는 4월에도 스발바르에 개빙 구역◆이 거의 없었습니다. 그런데 지금은 완전 지중해를 누비는 것과 다를 바가 없네요."

노라는 느긋한 미소를 지으려고 애썼다. "그 정도는 아니에요."

"어쨌든 오늘 당신이 뽑혔다면서요?"

노라는 무표정을 가장하려 했고 어렵지 않았다. "그래요?"

"당신이 보초를 서는 거 맞죠?"

노라는 무슨 말인지 이해할 수 없었지만 반짝이는 위고의 눈동자가 두려웠다.

◆ 얼음이 얼지 않아 항해가 가능한 지역.

“네, 맞아요. 내가 보초를 서기로 했어요.”

위고의 눈이 충격으로 휘둥그레졌다. 아니면 충격을 받은 척하는 것이든지. 이 남자는 어느 쪽인지 분간하기 힘들었다.

“당신이요?”

“네.”

노라는 보초를 선다는 게 뭘 말하는 건지 너무 궁금했지만 물어볼 수 없었다.

“Bonne chance(행운을 빌어요).” 위고가 떠보는 눈빛으로 말했다.

“Merci(고마워요).” 노라는 북극의 맑은 햇살과 잡지에서만 봤던 풍경을 내다보며 말했다. “난 도전할 준비가 됐어요.”

원을 그리며 걷기

한 시간 뒤 노라는 눈으로 뒤덮인 널찍한 바위 위에 서 있었다. 섬이라기보다 바위에 가까웠다. 너무 작고 사람이 살 수 없는 곳이라서 이름도 없었다. 차가운 바다 건너에 곰섬(Bear Island)이라는 불길한 이름의 더 큰 섬이 보이긴 했지만. 노라는 배 옆에 서 있었다. 아침을 먹었던 큰 배가 아니라—그 배는 바닷가에 안전하게 정박 중이다—모터가 달린 조그만 배였는데 루네라는 덩치 큰 남자가 혼자서 그 배를 바위 위로 끌어 올려놓았다. 스칸디나비아식 이름과 달리 루네는 나른한 캘리포니아 영어를 구사했다.

노라의 발치에는 노란 형광색 배낭이 있었고, 바닥에는 선실 벽에 기대어져 있던 윈체스터 라이플이 놓여 있었다. 그녀의 총이었다. 이 삶에서 그녀는 총기를 소지했다. 총 옆에는 국자가 든 냄비가 있었다. 손에는 덜 치명적인 총, 신호탄을 쏠 준비가 된 신호총이 들려 있었다.

노라는 자신이 하게 될 '보초' 업무가 무엇인지 알게 되었다. 이 작은 섬에서 연구원 아홉 명이 기후를 추적하는 야외 조사를 하는 동안, 노라는 북극곰이 오는지 망을 볼 것이다. 이건 분명히 실제로 벌어질 수 있는 일이었다. 만약 곰을 발견하면 제일 먼저 신호탄을 쏴야 했다. 곰을 겁줘서 쫓아내고, 다른 사람들에게 경고하는 두 가지 목적을 달성하기 위해서다.

그렇다고 해서 그 방법이 늘 먹히는 것은 아니었다. 인간은 맛있는 단백질 공급원이고, 곰들은 두려움이 없기로 유명하니까. 특히나 최근에는 서식지를 잃고, 먹이도 줄어들어서 한층 더 예민해졌으며 대담하게 행동했다.

"신호탄을 쏘자마자 국자로 냄비를 두드리세요."

여기서 제일 연장자로 수염이 없고 이목구비가 또렷한 얼굴의 피터라는 남자가 말했다. 야외 조사팀의 리더였는데 계속 포르티시모로 말했다. "미친 듯이 냄비를 두드리면서 소리를 지르세요. 곰은 청각이 예민합니다. 고양이처럼요. 열에 아홉은 소리 때문에 겁을 먹고 도망갈 겁니다."

"그럼 나머지 하나는요? 냄비를 두드려도 곰이 도망가지 않으면요?"

피터는 라이플을 향해 고갯짓했다. "그럴 땐 죽여야죠. 곰이 당신을 죽이기 전에."

총을 가진 사람은 노라만이 아니었다. 다들 총을 들고 있었다. 무장한 연구원들이었다. 어쨌든 피터는 웃었고, 잉그리드는 노라의 등을 토닥이더니 큭큭 웃으며 말했다.

"네가 잡아먹히지 않기를 진심으로 바라. 네가 보고 싶을 테니까. 생리만 하지 않으면 괜찮을 거야."

“맙소사. 뭐라고?”

“곰은 1킬로미터 떨어진 곳에서도 피 냄새를 맡거든.”

어찌나 꽁꽁 싸매고 있는지 설사 아는 사이라고 해도 도저히 얼굴을 알아볼 수 없는 또 다른 사람이 머플러 안에서 아득한 목소리로 “행운을 빌어요”라고 말했다.

“우린 다섯 시간 후에 돌아올 겁니다…….” 피터가 그렇게 말하더니 다시 웃었다. 노라는 그 말이 농담이기를 바랐다. “체온이 떨어지지 않게 원을 그리며 걸으세요.”

사람들은 그녀를 남겨둔 채 바위로 된 땅을 걸어가 안개 속으로 사라졌다.

한 시간 동안은 아무 일도 일어나지 않았다. 노라는 원을 그리며 걸었다. 왼발에서 오른발로 체중을 옮겼다. 안개가 약간 옅어지자 풍경이 보였다. 왜 도서관으로 돌아가지 않을까? 이 삶은 어느 모로 보나 엿 같다. 틀림없이 지금 수영장 옆 선베드에 누워 햇볕을 쬐는 삶도 있을 것이다. 음악을 연주하거나, 라벤더 향이 나는 따뜻한 욕조에 누워 있거나, 세 번째 데이트에서 끝내주는 섹스를 하거나, 멕시코 해변에서 책을 읽거나, 미슐랭 별을 받은 레스토랑에서 식사하거나, 파리의 거리를 산책하거나, 로마에서 길을 잃거나, 평온하게 교토 부근의 사찰을 바라보거나, 행복한 연인 관계가 주는 아늑함을 느끼는 삶이 있을 것이다.

대부분의 삶에서 적어도 몸은 편했을 것이다. 하지만 이 삶에서는 무언가 새로운 감정, 혹은 오랫동안 묻어두었던 옛 감정을 느낄 수 있었다. 빙하가 보이는 풍경은 무엇보다도 그녀가 지구에 사는 인간이라는 사실을 상기시켰다. 그녀와 모든 인간은 그저 지구에 사는 9백만 종 중 하나라는 사실을 이해하게 되었다. 또한 그녀가 살면서 했던 거의 모든 일, 물건을 구매하고 소비하고 돈을 받고 했던 모든 일이 그런 이해로부터 멀어지게 했음을 깨달았다.

"꿈을 향해 당당히 나아가고, 상상했던 삶을 살려고 노력한다면 일상에서 예상하지 못했던 성공을 거둘 수 있을 것이다"라고 소로는《월든》에 썼다. 또한 이 성공은 고독의 산물이라고도 했다. "나는 고독만큼 함께하기 좋은 친구를 만난 적이 없다."

그 순간 노라도 비슷하게 느꼈다. 비록 혼자된 지 한 시간밖에 되지 않았으며, 아무도 없는 자연 속에서 이런 고독은 처음 느껴봤지만.

예전에 밤이 되어 죽고 싶다는 생각이 들 때면 노라는 그 이유가 고독해서라고 생각했다. 하지만 사실은 진정한 고독을 느끼지 못해서였다. 분주한 도시에서는 외로운 마음이 어떻게든 다른 사람과 연결되기를 갈망한다. 마음은 인간과 인간의 연결이 제일 중요하다고 생각하기 때문이다. 하지만 순수한 자연(혹은 소로의 표현대로 하자면 '야생이라는 강장제') 안에서는 고독이 다른 성격을 띤다. 고독 안에서 자체적으로 연결이 이뤄진다. 그녀와 세상이 연결되고, 그녀와 그녀 자신이 연결된다.

노라는 애쉬와 나눴던 대화가 기억났다. 키가 크고 살짝 경직되어 있으며, 귀엽고 늘 기타 악보집을 사러 오는 남자.

그 대화는 악기점이 아닌 노라의 엄마가 입원한 병원에서 이뤄졌다. 난소암에 걸렸다는 사실을 알게 된 직후에 엄마는 수술을 받아야 했다. 노라는 엄마를 베드퍼드 종합 병원에 데려가서 의사란 의사는 다 만나보았고, 그 몇 주 동안 평생 잡았던 것보다 더 많이 엄마의 손을 잡았다.

엄마가 수술받는 동안 노라는 병원 구내식당에서 기다렸다. 수술복을 입고 있던 애쉬는 악기점에서 여러 번 이야기를 나눴던 노라를 알아보았고, 그녀의 걱정스러운 표정 때문에 인사를 건넸다.

애쉬는 그 병원에서 일하는 외과 의사였다. 노라는 그가 하는 일에 대해 여러 가지를 물어보았다(특히 그날은 애쉬가 맹장과 담관 제거술을 마친 후였다). 또한 수술하는 데 걸리는 시간과 수술 후에 회복될 때까지 보통 얼마나 걸리는지도 물었다. 애쉬는 그녀를 안심시켜주었다. 그들은 온갖 주제로 아주 오랫동안 이야기를 나눴다. 노라에게 대화가 필요하다는 걸 애쉬가 알아차린 듯했다. 그는 아픈 증상을 인터넷으로 너무 찾아보지 말라고 했고, 그 이야기는 SNS로 이어졌다. 애쉬는 SNS를 하는 사람이 많을수록 사회가 외로워진다고 믿었다.

"그래서 요즘에는 다들 서로 미워하는 것 같더군요." 애쉬가 말했다. "어설프게 알기만 하는 친구들로 과부하 상태라서요. '던바의 수'라고 들어본 적 있습니까?"

옥스퍼드 대학의 로빈 던바가 알아낸 법칙인데 인간은 150명의 사람만 알고 지내도록 만들어졌다는 이론이라고 애쉬가 설명했다. 원시시대에 수렵인들이 평균 그 정도로 모여서 살았기 때문이다.

"그리고 토지 대장도 있죠." 애쉬는 구내식당의 적나라한 조명 아래서 그렇게 말했다. "중세 시대 토지 대장을 보면 당시 영국 공동체의 평균 인원이 150명이었습니다. 켄트만 제외하고요. 거긴 백 명이었죠. 내가 켄트 출신이에요. 우린 반사회적 DNA를 가지고 있죠."

"켄트에 가본 적 있어요. 그런 것 같더군요. 하지만 그 이론이 마음에 드네요. 인스타그램을 한 시간만 해도 150명은 만날 수 있어요."

"그렇다니까요. 건강하지 않아요! 뇌가 감당하지 못합니다. 그래서 우리가 그 어느 때보다 대면 소통을 갈망하는 거죠. 또…… 그래서 내가 사이먼 앤드 가펑클 기타 악보집을 온라인으로 구매하지 않는 겁니다!"

노라는 그 기억을 떠올리며 미소 지었다가 요란한 첨벙 소리에 북극 풍경이 펼쳐진 현실로 돌아왔다.

그녀가 서 있는 바위섬과 곰섬 사이에 작은 바위 여럿이 수면 위로 뾰족 나와 있었는데 바다 거품 속에서 무언가가 올라오고 있었다. 그러더니 묵직하고 젖은 무언가가 바위 위로 털썩 떨어졌다. 노라는 온몸이 떨렸고, 신호탄을 발사하려고 했으나 그건 북극곰이 아니었다. 바다코끼리였다. 통통하고 주름진 갈색 짐승이 얼음

위에서 몸을 질질 끌고 다니다가 동작을 멈추고 노라를 바라보았다. 바다코끼리는 바다코끼리치고도 나이 들어 보였다. 녀석은 수치심을 모르는 터라 언제까지나 노라를 바라볼 수 있었다. 노라는 겁이 났다. 그녀가 바다코끼리에 대해 아는 사실은 두 가지뿐이었다. 그들이 포악해질 수 있다는 것과 절대 무리에서 오래 떨어져 있지 않는다는 것.

아마 곧 다른 바다코끼리들도 수면 위로 나올 것이다.

노라는 신호탄을 쏘아야 할지 말지 갈등했다.

바다코끼리는 희끄무레한 빛 속에 유령처럼 그대로 있더니 안개 속으로 서서히 사라졌다. 몇 분이 지났다. 옷을 일곱 겹이나 껴입었는데도 눈꺼풀이 뻣뻣해졌다. 오랫동안 눈을 감고 있으면 그대로 붙어버릴 듯했다. 가끔씩 바람결에 사람들 목소리가 실려 왔고, 한동안 동료들이 근처로 돌아와 몇몇이 눈에 보일 정도였다. 안개 속에서 땅 위로 몸을 웅크린 채 그녀가 모르는 장비로 얼음 샘플을 읽고 있는 사람들의 실루엣이 보였다. 그러더니 다시 사라져버렸다. 노라는 배낭 속에 들어 있던 프로틴 바를 하나 꺼냈다. 토피 사탕처럼 차갑고 딱딱했다. 휴대전화를 확인했지만 신호가 잡히지 않았다.

주위는 쥐 죽은 듯이 고요했다.

다른 세상이 얼마나 시끄러웠는지 깨닫게 해주는 정적이었다. 여기에서는 소리에 의미가 있었다. 소리가 나면 반드시 무슨 소리인지 확인해야 했다.

노라가 프로틴 바를 씹고 있는데 다시 첨벙 소리가 들렸다. 이번에는 다른 방향이었다. 안개와 약한 햇볕 때문에 잘 보이지 않았지만 바다코끼리는 아니었다. 그녀를 향해 다가오는 실루엣이 큰 것으로 보아 확실했다. 바다코끼리보다 컸고, 인간보다도 훨씬 컸다.

외딴곳에서 맞이한 절체절명의 순간

"이런 젠장."

노라는 추위 속에서 속삭였다.

정말로 돌아가야 할 때
돌아가지 못하는 분노

안개가 걷히며 두 발로 선 거대한 백곰이 모습을 드러냈다. 백곰은 앞발을 내리고 네 발로 서더니 놀랄 만큼 빠른 속도와 육중하면서도 무서울 정도의 우아한 동작으로 노라를 향해 달려왔다. 노라는 꼼짝하지 않았다. 마음은 패닉에 빠졌고, 몸은 그녀가 딛고 서 있는 영구동토층처럼 얼어 있었다.

젠장.

젠장 젠장.

젠장 젠장 젠장 젠장.

젠장 젠장 젠장 젠장 젠장.

마침내 생존 본능이 발동되었고, 노라는 신호탄을 쏘았다. 하지만 작은 혜성처럼 발사된 신호탄은 바닷속으로 사라졌고, 그녀의 희망도 함께 사그라들었다. 곰은 여전히 그녀를 향해 달려오고 있었다. 노라는 바닥에 무릎을 꿇고 국자로 냄비를 마구 두드리며 목이 터져라 소리쳤다.

"곰이다! 곰! 곰!"

곰은 잠시 멈칫했다.

"곰! 곰! 곰!"

그러더니 다시 다가왔다.

냄비를 두드리는 방법은 효과가 없었다. 이제 곰은 지척에 있었다. 라이플에 손이 닿을까? 얼음 위에 놓인 라이플은 약간 멀리 떨어져 있었다. 곰이 발톱이 달린 거대한 앞발로 눈 쌓인 바위를 누르는 게 보였다. 머리는 낮게 내렸고, 검은 눈동자는 노라를 똑바로 바라보았다.

"도서관! 선생님! 제발 절 다시 돌아가게 해주세요! 이건 제가 원하는 삶이 아니에요! 이건 정말 정말 정말 잘못됐어요! 절 데려가 주세요! 전 모험을 원치 않아요! 도서관이 어디 있죠? 도서관으로 돌아가고 싶어요!" 노라는 비명을 질렀다.

북극곰의 눈빛에 미움은 전혀 없었다. 노라는 그저 먹이였다. 고깃덩어리. 그걸 깨닫자 자신이 하찮게 느껴지면서 공포가 밀려들었다. 곧 막바지에 이르러 점점 커지는 드럼 소리처럼 심장이 고동쳤다. 급기야 노라는 놀라울 정도로 또렷하게 깨달았다.

죽고 싶지 않았다.

그게 문제였다. 죽음 앞에 서면 삶은 훨씬 더 매력적으로 느껴진다. 삶이 더 매력적으로 느껴지는데 어떻게 자정의 도서관으로 돌아갈 수 있겠는가? 마냥 무서워할 게 아니라 이 삶에 실망해야 다른 책을 펼쳐볼 수 있다.

죽음이 있었다. 잔혹하고 명백한 죽음이 곰이 되어 검은 눈으로 그녀를 바라보았다. 그제야 노라는 자신이 죽을 준비가 되지 않았음을 확신하게 되었다. 다른 어떤 사실보다도 또렷하게. 그녀가 거기 서서 굶주리고 간절히 존재하려는 북극곰과 대치하며 국자로 냄비를 두들겨대는 동안 이 확신은 두려움보다도 점점 더 커졌다. 노라는 냄비를 더 세게 두들겼다. 빠른 스타카토로 쨍쨍쨍.

난. 무섭지. 않아.

난. 무섭지. 않아.

난. 무섭지. 않아.

난. 무섭지. 않아.

난. 무섭지. 않아.

난. 무섭지. 않아.

곰은 두 발을 들고 바다코끼리처럼 그녀를 빤히 바라보았다. 노라는 라이플을 힐끗 보았다. 맞다. 라이플은 너무 멀리 떨어져 있었다. 저걸 집어 들고 발사하는 법을 알아냈을 때쯤에는 아마 너무 늦었으리라. 북극곰을 쏠 수 있을지도 의심스러웠다. 그래서 냄비만 계속 두들겨댔다.

계속 시끄러운 소리를 내며 눈을 감고 도서관으로 돌아가기를 바랐다. 눈을 떴을 때 곰은 머리부터 먼저 바다로 슬그머니 들어가고 있었다. 곰이 사라진 뒤에도 노라는 계속 냄비를 두들겼다.

1분쯤 뒤에 안개를 뚫고 그녀를 부르는 사람들의 목소리가 들렸다.

작은 섬

노라는 충격에 빠진 상태였다. 하지만 그 충격은 배에 탄 다른 사람들이 짐작하는 충격과는 약간 달랐다. 하마터면 죽을 뻔했다는 충격이 아니었다. 사실은 자신이 살고 싶어 한다는 깨달음에서 온 충격이었다.

그들은 동식물로 가득한 작은 섬을 지났다. 바위에는 푸른 이끼가 깔려 있고, 북극 바람에 맞서 바다쇠오리와 바다오리가 옹기종기 모여 있었다. 역경을 무릅쓰고 살아남은 생명체.

노라는 위고가 플라스크에서 따라서 건네준 따끈한 커피를 한 모금 마셨다. 장갑을 세 켤레나 끼고도 여전히 차가운 손으로 컵을 감쌌다.

자연의 일부가 된다는 것은 살고자 하는 의지의 일부가 되는 것이다.

한곳에 너무 오래 머무르면 세상이 얼마나 넓은지 잊어버린다. 경도와 위도가 얼마나 긴지 무감각해진다. 한 사람의 내면이 얼마나 광활한지 깨닫기 힘든 것과 마찬가지일 거라고 노라는 짐작했다.

하지만 일단 그 광활함을 알아차리고 나면, 무언가로 인해 그 광활함이 드러나면, 당신이 원하든 원치 않든 희망이 생기고 그것은 고집스럽게 당신에게 달라붙는다. 이끼가 바위에 달라붙듯이.

영구동토층

스발바르에서는 지표면 온도가 다른 지역보다 두 배 더 빠르게 상승하고 있다. 여기서는 기후변화가 지구의 다른 어느 곳보다 빠르다.

자주색 털모자를 눈썹까지 푹 눌러쓴 여자는 빙하가 빙그르르 도는 걸 봤다고 말했다. 따뜻해진 바닷물이 빙하 아래쪽을 녹이는 탓에 위쪽이 무거워져서 일어나는 현상이었다.

또 다른 문제는 육지의 영구동토층이 녹아 땅이 질척해지고, 이 때문에 산사태가 일어나 스발바르에서 가장 큰 도시인 롱위에아르뷔엔의 목조 가옥이 파괴될 수 있다는 점이다. 공동묘지에 묻힌 시체가 지상으로 올라올 위험도 있었다.

지구에 정확히 무슨 일이 일어나는지 알아내고, 빙하 활동과 기후 활동을 관찰하고, 그렇게 알아낸 사실을 알려서 지구의 생명체를 보호하려고 노력하는 연구원들 사이에 있으니 노라는 자극을 받게 되었다.

다시 원래 배로 돌아온 노라는 식당에 조용히 앉아 있었고, 다들 곰을 만난 그녀를 딱하게 여겼다. 그런 그들에게 이런 경험에 감사한다는 말은 할 수 없었다. 그래서 그냥 예의를 차리는 미소만 지으며 대화를 피하려고 최선을 다했다.

이번 삶은 두말할 나위 없이 힘들었다. 현재 기온은 영하 17도였고, 하마터면 곰에게 잡아먹힐 뻔하기도 했다. 하지만 원래 삶에서는 사는 게 너무 단조로워서 문제였다.

노라는 평범하고 실망스러운 삶이 자신의 운명이라고 믿게 되었다.

정말로 노라는 자신의 집안이 오랫동안 대대로 후회와 꺾인 희망을 반복해왔다고 생각했다.

예를 들어, 외할아버지 로렌조 콘테는 1960년대에 부츠 모양의 이탈리아에서 멋진 굽에 해당하는 지역인 풀리아를 떠나 자유분방한 런던으로 왔다.

적막한 항구 도시 브린디시에 살던 다른 남자들처럼 로렌조는 아드리아해에서의 삶을 포기하고 런던 벽돌 회사에서의 일자리를 선택했다. 세상 물정 모르는 로렌조는 런던에서 멋진 삶을 살게 될 거라고 기대했다. 하루 종일 벽돌을 만들다가 저녁에는 비틀스 같은 유명 인사들과 어울리고, 진 슈림프턴 같은 유명 모델이나 마리안느 페이스풀 같은 가수와 팔짱을 끼고 카나비가를 걸어가게 될 줄 알았다. 유일한 문제점은 이름만 런던 벽돌 회사였지 사실 이 회사는 런던에 있지 않았다는 것이다. 베드퍼드에서 96킬로미터 북쪽에 자리했는데 베드퍼드는 수수한 매력이 있는 도시이기는 해도 로렌조가 바랐던 자유분방한 도시는 아니었다. 하지만 그는 꿈과 타협했고 그곳에 정착했다. 매력적인 일자리는 아니었지만 돈을 벌 수 있었다.

로렌조는 퍼트리샤 브라운이라는 영국 여자와 결혼했다. 그녀 역시 실망스러운 인생에 익숙해져서 배우가 되겠다는 꿈을 버리고, 교외에서 가정주부로 사는 재미없고 일상적인 연극을 선택했다. 퍼트리샤의 음식 솜씨는 이미 세상을 떠난 시어머니의 훌륭한 스파게티에 늘 밀렸다. 로렌조에게는 언제나 어머니가 만든 스파게티가 최고였다.

그들은 결혼한 지 1년 안에 딸을 낳아—노라의 엄마—이름을 도나로 지었다.

도나는 끊임없이 싸우는 부모 밑에서 자랐고, 결과적으로 결혼이 불가피할 뿐 아니라 불행할 수밖에 없는 제도라고 믿게 되었다. 처음에는 법률 회사에서 비서로 일하다가 나중에는 베드퍼드 의회 홍보 담당자로 일했다. 그러다 아무에게도, 적어도 노라에게는 한 번도 이야기하지 않은 일이 닥쳤는데, 신경 쇠약에—그 후로도 몇 번 더—걸린 것이다. 그 때문에 직장을 그만두었고, 회복되기는 했지만 복직은 영영 못 했다.

엄마는 눈에 보이지 않는 실패의 배턴을 노라에게 넘겨주었고, 노라는 오랫동안 그걸 쥐고 있었다. 어쩌면 그래서 그렇게 많은 일을 포기했는지 모른다. 그녀의 DNA에 넌 실패해야만 한다고 새겨져 있었기 때문에.

배가 통통 소리를 내며 북극해를 가로질렀고, 머리 위로 날아다니는 갈매기—잉그리드의 말에 따르면 검은다리세가락갈매기—사이로 나아가는 동안 노라는 그런 생각에 잠겨 있었다.

그녀의 친가와 외가 모두 입 밖에 내지는 않았어도 인생은 우리를 엿 먹이려 한다고 믿었다. 노라의 아빠 제프는 분명 목표를 잃은 듯한 삶을 살았다.

두 살 때 아버지가 심장마비로 돌아가셔서 어머니하고만 살았는데 아버지가 돌아가신 기억은 최초의 기억 뒤 어딘가에 잔인하게 숨겨져 있었다. 노라의 할머니는 아일랜드 시골에서 태어났지만 영국으로 이민 와서 학교 청소부가 되었다. 인생의 재미는 고사하고 음식 살 돈을 벌기도 힘들었다.

제프는 어릴 때 괴롭힘을 당했지만 자랄수록 덩치가 커져서 한때 자신을 괴롭혔던 녀석들을 쉽게 때려눕혔다. 열심히 공부했고, 축구와 투포환, 특히 럭비에 소질을 보였다. 베드퍼드 블루스 청소년 럭비 팀에서 활약하며 팀의 최고 선수가 되었고, 큰 성공을 앞두고 있었으나 측부 인대를 다치는 바람에 선수 활동을 그만둬야 했다. 대신 체육 교사가 되었고, 그의 마음은 우주를 향한 조용한 분노로 부글거렸다. 늘 여행을 꿈꿨지만 《내셔널 지오그래픽》을 정기 구독하고 가끔씩 키클라데스제도 어딘가로 여행을 떠나는 게 고작이었다. 노라는 낙소스섬에서 일몰 속 아폴로 신전의 사진을 찍던 아빠를 기억했다.

하지만 어쩌면 모든 삶이 다 그럴지 모른다. 겉보기에는 아주 흥미진진하거나 가치 있어 보이는 삶조차 결국에는 그런 기분이 들지 모른다. 실망과 단조로움과 마음의 상처와 경쟁만 한가득이고, 아름답고 경이로운 경험은 순간에 끝난다. 어쩌면 그것만이 중요한 의미인지 모른다. 세상이 되어 세상을 지켜보는 것. 부모님이 불행했던 이유는 무언가를 성취하지 못했기 때문이 아니라 애초에 성취하겠다는 기대를 품었기 때문인지도 모른다. 사실 노라는 이런 쪽에 대해서는 잘 모른다. 하지만 이 배에서 깨달았다. 자신이 생각보다 부모님을 훨씬 더 사랑하고 있다는 사실을. 그 순간 노라는 두 사람을 완전히 용서했다.

롱위에아르뷔엔에서의 하룻밤

그들은 두 시간이 걸려 롱위에아르뷔엔의 작은 항구로 돌아갔다. 그곳은 노르웨이의—그리고 지구의—최북단 마을로 인구가 2천 명 정도였다.

노라는 이런 기본 지식을 알고 있었다. 열한 살 때부터 이쪽 지역에 관심이 있었기 때문이다. 하지만《내셔널 지오그래픽》에 실린 기사 이상은 모르는 터라 여전히 말하기가 두려웠다.

다행히 사람들은 그녀가 바위며 빙하, 그들이 채집해온 식물 샘플에 대해 토론하지 못해도, 혹은 '홈이 파인 현무 기반암'과 '후빙기 동위원소' 같은 구절을 이해하지 못해도 북극곰을 만난 충격 때문에 그러려니 했다.

그리고 노라는 정말로 충격에 빠진 상태였다. 그건 사실이었다. 하지만 동료들이 생각하는 충격과 달랐다. 하마터면 죽을 뻔했다는 충격이 아니었다. 어차피 그녀는 자정의 도서관에 들어섰을 때부터 이미 죽기 직전이었다. 그녀가 느낀 충격은 자신이 살 것 같다는 충격이었다. 혹은 적어도 다시 살고 싶은 느낌을 상상할 수 있다는 충격이었다. 그리고 삶에서 무언가 의미 있는 일을 하고 싶었다.

스코틀랜드 철학자 데이비드 흄에 따르면 우주에서 인간의 삶은 굴의 삶보다 더 중요하지 않다.

하지만 데이비드 흄에게 그런 생각을 쓰는 게 중요했다면, 의미 있는 일을 목표로 삼는 것 또한 중요할 수 있다. 이를테면 모든 형태의 삶이 보존되도록 돕는 일 같은.

이 삶에서 노라와 동료 연구원들이 하는 일은 이 지역 얼음과 빙하가 녹는 속도를 알아내고, 기후변화의 가속도를 측정하는 것과 연관이 있었다. 노라가 알기로는 그게 전부는 아니었지만 핵심이었다.

따라서 이 삶에서 그녀는 지구를 구하는 데 자신의 몫을 하고 있었다. 적어도 사람들에게 환경 위기를 알리기 위해 꾸준히 파괴되는 지구를 추적 관찰하고 있었다. 우울한 일일 수도 있지만 또한 의미 있고 성취감 있는 일이라고 노라는 생각했다. 목적이 있었고, 의미도 있었다.

그들도 노라에게 감탄했다. 그녀가 북극곰과 맞섰다는 이야기를 듣고. 노라는 영웅이 되었다. 올림픽 수영 종목에서 금메달을 딴 영웅은 아니었지만 똑같이 뜻깊은 일을 해냈다.

잉그리드는 한 팔을 노라에게 둘렀다. "넌 냄비 전사야. 너의 용감무쌍한 행동과 우리의 획기적인 발견을 기념해야 해. 맛있는 음식이랑 보드카로. 어때, 피터?"

"맛있는 음식? 롱위에아르뷔엔에 그런 게 있기는 해?"

알고 보니 있었다.

육지로 돌아온 그들은 삭막하고 눈 쌓인 계곡 속 인적 없는 길에 자리 잡은 멋진 판잣집으로 갔다. 그루벨라게렛이라는 식당이었다. 노라는 북극 에일을 마셨고, 순록 스테이크와 무스 햄버거가 있는 메뉴판에서 유일한 비건 요리를 골라서 동료들을 놀라게 했다. 꽤 많은 동료가 그녀에게 피곤해 보인다고 말한 걸로 보아 노라는 분명 피곤했을 것이다. 하지만 자신 있게 끼어들 수 있는 주제가 많지 않아서 그랬을 수도 있다. 노라는 차들로 붐비는 교차로에서 차량이 줄어들어 안전하게 운전할 수 있기를 초조하게 기다리는 운전 연수생이 된 심정이었다.

그 자리에 위고도 있었다. 그는 여전히 앙티브나 생트로페에 있는 게 더 어울릴 사람으로 보였다. 노라는 자신을 계속 바라보는 그의 눈길에 살짝 거북해졌다. 너무 관찰당하는 기분이었다.

식사를 마친 뒤 그들은 서둘러 육지에 있는 숙소로 돌아갔다. 숙소는 대학 기숙사를 연상시켰으나 규모가 더 작았고, 더 북유럽풍이었으며, 목재 가옥이었고, 단순했다. 위고가 뛰어서 그녀 곁으로 오더니 나란히 걸으며 말했다.

"재미있네요."

"뭐가요?"

"오늘 아침 식사 자리에서 당신이 날 못 알아본 거요."

"그게 왜요? 당신도 내가 누군지 몰랐잖아요."

"당연히 알았죠. 우린 어제 두 시간이나 얘기를 나눴으니까요."

노라는 덫에 걸린 기분이었다. "우리가요?"

"당신에게 다가가기 전에 난 당신을 골똘히 바라봤죠. 당신이 어제와 다른 걸 알 수 있었습니다."

"징그럽네요, 위고. 아침 먹는 여자를 그렇게 빤히 바라보다니."

"그리고 몇 가지를 알아차렸습니다."

노라는 머플러를 들어 얼굴을 가렸다. "너무 춥네요. 그 얘긴 내일 하면 안 될까요?"

"당신은 즉흥적으로 대처하더군요. 온종일 어떤 것에도 의견을 명확히 밝히지 않았어요."

"그렇지 않아요. 난 그냥 충격을 받았을 뿐이에요. 북극곰 일로."

"Non(아뇨). Ce n'est pas ça(그렇지 않아요). 난 북극곰을 만나기 전을 말하는 겁니다. 만난 후에도 그렇고요. 온종일 그랬죠."

"당신이 무슨 말을 하는지—"

"특유의 표정이 있습니다. 다른 사람들에게서도 그 표정을 봤죠. 어디서든 알아볼 수 있어요."

"무슨 말을 하는지 모르겠어요."

"왜 빙하가 주기적으로 움직이죠?"

"네?"

"당신이 연구하는 분야잖아요. 그래서 여기 온 거 아닌가요?"

"그 문제는 아직 논쟁의 여지가 있어요."

"좋습니다. 그렇다면 이 부근에 있는 빙하의 이름을 하나라도 대봐요. 빙하에는 이름이 있습니다. 이름이 뭐죠? 콩스브린? 나트

호르스브린? 들어본 적 있나요?"

"이런 얘기는 하고 싶지 않아요."

"왜냐하면 당신은 어제의 당신과 다르기 때문이죠. 안 그런가요?"

"그건 누구나 마찬가지예요." 노라가 퉁명스럽게 대꾸했다. "우리의 뇌는 변해요. 신경가소성이라고 하죠. 제발요. 빙하학자에게 빙하에 대해 가르치려고 하지 말아요, 위고."

위고는 약간 물러서는 듯했고, 노라는 조금 죄책감을 느꼈다. 잠시 침묵이 흘렀다. 두 사람이 눈을 밟는 뽀드득 소리만 났다. 숙소에 거의 다 왔고, 나머지 사람들도 그다지 멀리 떨어져 있지 않았다.

하지만 그때 위고가 말했다.

"나도 당신과 같아요, 노라. 난 내 것이 아닌 삶을 방문하죠. 이 삶에 들어온 지 닷새째예요. 하지만 다른 삶도 많이 살았습니다. 이런 경험을 할 수 있는 기회를, 아주 귀한 기회를 얻었죠. 난 오랫동안 이 삶에서 저 삶으로 이동해왔습니다."

그때 잉그리드가 나타나 노라의 팔을 잡으며 말했다.

"아직 보드카가 좀 남았어." 그들은 문 앞에 섰고, 잉그리드는 장갑 낀 손으로 카드키를 들어 스캐너에 댔다. 문이 열렸다.

"저기," 공모라도 하듯이 위고가 중얼거렸다. "더 알고 싶으면 5분 뒤에 공용 부엌에서 만나요."

노라는 가슴이 두근거렸지만 이번에는 두드릴 국자와 냄비가 없었다. 이 위고라는 사람이 딱히 마음에 들지는 않았어도 그가 무슨 말을 할지 너무 궁금했다. 또한 그가 믿을 만한 사람인지도 알고 싶었다.

“좋아요. 5분 뒤에 갈게요.”

비현실적인 기대

노라는 늘 자기 자신을 잘 받아들이지 못했다. 그녀가 기억할 수 있는 어린 시절부터 자신이 어딘가 부족하다고 느꼈다. 각자 자신만의 불안을 갖고 있던 부모님은 노라의 이런 생각을 더욱 부추겼다.

지금 이 순간, 노라는 자신을 완전히 받아들인다는 게 어떤 기분일지 상상해봤다. 자신이 저지른 모든 실수와 몸의 모든 흔적, 이루지 못한 모든 꿈 혹은 자신이 느끼는 모든 고통, 꾹꾹 눌러둔 모든 성욕과 욕망까지.

이 모두를 받아들이는 걸 상상해봤다. 자연을 받아들이듯이. 빙하나 바다오리나 수면 위로 뛰어오르는 고래를 받아들이듯이.

자신을 자연의 멋지면서도 기이한 피조물로 바라보는 상상을 했다. 그저 지각 능력이 있고, 최선을 다하는 동물로.

그러면서 자유롭다는 게 어떤 기분일지 상상했다.

위고에게는 도서관이 아니었다.

"난 비디오 가게였어요." 커피가 보관된, 싸구려로 보이는 찬장에 몸을 기대며 위고가 말했다. "어릴 때 내가 다녔던 리옹 외곽의 비디오 가게와 똑같았습니다. 뤼미에르 비디오 가게라는 곳이었죠. 뤼미에르 형제는 리옹의 영웅이라서 그 이름이 들어간 장소가 많았어요. 그들이 영화를 발명했죠. 어쨌든 요점은 그게 아닙니다. 요점은 내가 선택한 모든 삶은 그 가게에 있는 낡은 비디오테이프라는 겁니다. 비디오가 재생되는 순간, 영화가 시작되는 순간 나는 사라져버리죠."

노라는 숨죽여 웃었다.

"뭐가 그렇게 웃기죠?" 위고가 약간 상처받은 목소리로 물었다.

"아무것도 아니에요. 그냥 좀 재미있어서요. 비디오 가게라니."

"그래요? 그럼 도서관은 말이 되고요?"

"좀 더 합리적이죠, 네. 적어도 책은 요즘도 보잖아요. 비디오는 누가 보나요?"

"재미있군요. 당신이 그런 데서 우월 의식을 느낄 줄은 몰랐어요. 내가 많이 배우네요."

"미안해요, 위고. 좋아요, 이번에는 합리적인 질문을 할게요. 거기에 다른 사람도 있었나요? 당신이 삶을 선택하는 데 도움을 주는 사람이요."

위고는 고개를 끄덕였다. "아, 네. 필리프 삼촌요. 몇 년 전에 돌아가셨고, 비디오 가게에서 일한 적은 없으시죠. 정말 너무 뜬금없어요."

노라는 엘름 부인에 대해 말해주었다.

"학교 사서요?" 위고가 조롱했다. "그것도 참 웃기네요."

노라는 그 말을 무시했다. "그 사람들이 유령이라고 생각해요? 아니면 수호 성령? 수호천사? 대체 정체가 뭘까요?"

과학 기지 한복판에서 이런 이야기를 하려니 터무니없었다.

"그들은……." 위고는 마치 허공에서 올바른 단어를 뽑아내는 듯한 몸짓을 했다. "해설자죠."

"해설자?"

"난 우리와 같은 경험을 하는 사람들을 만났습니다. 난 오랫동안 삶과 죽음 사이에 있었어요. 그러다 몇몇 다른 이동자를 만났죠. 난 그들을, 우리를 그렇게 부릅니다. 우린 이동자예요. 원래 삶에서는 의식을 잃고 어딘가에 누워서 삶과 죽음 사이에 걸쳐 있죠. 그러다가 어떤 곳에 도착합니다. 그 장소는 사람마다 달라요. 도서관이었다가 비디오 가게였다가 미술관이기도 하고 카지노나 레스토랑이기도 합니다……. 그게 무슨 뜻이겠어요?"

노라는 어깨를 으쓱였다. 그러고는 생각했다. 중앙난방 장치에서 웅웅 소리가 들렸다. "이게 다 가짜라고요? 다 현실이 아니다?"

"아뇨. 틀은 언제나 똑같아요. 예를 들어, 거기에는 늘 누군가 있습니다. 가이드죠. 늘 한 사람뿐입니다. 그리고 늘 원래 삶에서 중요한 순간에 이동자를 도와줬던 사람들이죠. 배경은 늘 감정적으로 의미가 있는 장소입니다. 그리고 으레 원래 삶이나 거기서 뻗어나간 가지들에 대한 이야기를 해주죠."

노라는 아빠가 돌아가셨을 때 엘름 부인이 위로해주었던 일을 생각했다. 부인은 곁에서 노라를 위로해주었다. 아마도 살면서 타인에게 받았던 최고의 친절일 것이다.

"그리고 늘 무한한 선택지가 있죠." 위고가 말을 이었다. "끝없이 늘어선 비디오테이프나 책, 그림, 식사……. 이번 삶에서 난 과학자예요. 지금까지 과학과 관련된 삶을 여러 번 살았습니다. 원래 삶에서도 생물학을 전공했죠. 노벨상을 받은 화학자로 사는 삶도 있었어요. 그런가 하면 그레이트배리어리프◆를 보호하려는 해양 생물학자였던 적도 있습니다. 하지만 물리학에는 늘 약했죠. 처음에는 내게 무슨 일이 벌어지고 있는지 전혀 몰랐습니다. 그러다 한 삶에서 우리와 같은 일을 겪는 여자를 만났는데 그녀는 원래 양자 물리학자였어요. 몽펠리에 대학의 도미니크 비셋 교수였죠. 그녀가 전부 다 설명해줬습니다. 양자 물리학의 다세계 해석에 대해서요. 그러니까 우린—"

◆ 오스트레일리아 북동 해안을 따라 발달한 산호초 군락.

그때 상냥한 얼굴에 불그스름한 피부, 적갈색 수염을 기른 남자가 들어왔다. 노라가 이름을 모르는 그 남자는 커피잔을 씻더니 그들에게 미소 지으며 말했다.

"내일 봅시다." 부드러운 미국식(어쩌면 캐나다식) 억양이었다. 남자는 슬리퍼를 쓱쓱 끌며 자리를 떴다.

"네." 노라가 대답했다.

"내일 봅시다." 위고는 남자에게 그렇게 말하고는 훨씬 더 나직한 목소리로 원래 하던 이야기를 계속했다. "우주의 파동함수는 진짜예요, 노라. 비셋 교수가 그렇게 말했어요."

"네?"

위고는 검지를 들어 올렸다. 잠깐 기다리라는 뜻이지만 살짝 짜증 나는 몸짓이었다. 노라는 그 손가락을 붙잡아 비틀어버리고 싶은 충동을 꾹 눌렀다. "에르빈 슈뢰딩거……." 위고가 말했다.

"고양이 실험한 사람 말이에요?"

"맞습니다. 그 사람. 슈뢰딩거는 양자 물리학에서 모든 대체 가능성은 동시에 일어난다고 했습니다. 모두 한꺼번에요. 같은 장소에서. 양자 중첩이죠. 상자에 든 고양이는 살아 있는 동시에 죽어 있습니다. 상자를 열면 고양이가 살았는지 죽었는지 알 수 있어요. 원래 그렇죠. 하지만 어떤 의미에서는 상자를 연 뒤에도 고양이는 여전히 살아 있는 동시에 죽어 있습니다. 모든 우주는 다른 모든 우주와 중첩되어 존재합니다. 트레이싱페이퍼 위에 그리는 백만 개의 그림처럼 모두 같은 형태 안에서 조금씩 변형되죠. 양자 물리학의 다세계 해석은 갈라진 평행우주가 무한히 존재한다는 걸 의미합니다. 당신은 삶의 매 순간 새로운 우주로 들어갑니다. 결정을 내릴 때마다요. 그리고 그 세계들 간에는 어떤 커뮤니케이션이나 이동이 없다는 것이 전통적인 견해였습니다. 비록 그 세계들이 같은 공간에서 진행되고, 우리에게서 몇 밀리미터 떨어진 상태에서 진행된다고 해도요."

"그럼 우리는요? 우린 그 세계들 사이를 오가고 있잖아요."

"맞습니다. 난 여기 있지만 동시에 여기 있지 않다는 걸 압니다. 또한 동맥류로 파리의 병원에 누워 있기도 하죠. 애리조나주에서 스카이다이빙을 즐기기도 하고, 인도 남부를 여행하기도 하고, 리옹에서 와인을 맛보기도 하고, 코트다쥐르에서 요트에 누워 있기도 합니다."

"그럴 줄 알았어!"

"Vraiment(정말요)?"

노라는 그가 꽤 잘생겼다고 생각했다.

"당신은 북극에서 모험을 하기보다는 칸 해변의 크루아제트 대로를 거니는 게 더 어울려 보였거든요."

위고는 오른손을 불가사리처럼 쫙 폈다. "닷새! 난 이 삶을 닷새나 살았습니다. 그건 최장 기록이에요. 어쩌면 이게 날 위한 삶인지 모릅니다……."

"재미있네요. 아주 추운 삶을 살겠어요."

"누가 압니까? 어쩌면 당신도 그럴지……. 곰을 만났는데도 도서관으로 돌아가지 않았다면 어떤 일이 있어도 안 돌아갈지 모르죠." 위고는 주전자에 물을 받았다. "과학에서는 삶과 죽음 사이에 '회색 지대'라는 신비한 장소가 있다고 합니다. 우리가 이것도 저것도 아닌 단 하나의 지점이죠. 혹은 이것인 동시에 저것이기도 하고요. 살아 있으면서 죽었죠. 그리고 그 순간 두 이진법 사이에서 가끔은, 그냥 가끔은 슈뢰딩거의 고양이가 되어서 살아 있거나 죽었을 뿐 아니라 우주 파동함수를 따라 존재하는 모든 양자 가능성이 되는 겁니다. 그 가능성 중에는 우리가 새벽 1시에 롱위에 아르뷔엔의 공용 부엌에서 수다를 떠는 것도 포함되어 있죠……."

노라는 이 모든 사실을 받아들였다. 침대 밑에 죽은 채 가만히 누워 있던 볼츠와 도로 옆에 누워 있던 볼츠를 생각했다.

"하지만 때때로 고양이는 그냥 죽기도 해요."

"네?"

"아무것도 아니에요. 그냥…… 내 고양이가 죽었거든요. 다른 삶을 살아봤지만 거기서도 고양이는 여전히 죽었더군요."

"슬프네요. 나도 래브라도로 비슷한 경험을 한 적이 있습니다. 하지만 요점은 우리 같은 사람이 또 있다는 겁니다. 나는 많은 삶을 살면서 그런 사람들을 우연히 만났어요. 가끔은 자신만의 진실을 말하기만 해도 우리 같은 사람들을 찾을 수 있죠."

"정말로 그렇게 삶을 오가는 사람들이 있다고요? 아까 그런 사람들을 뭐라고 했죠?"

"이동자들?"

"네. 그거요."

"당연히 있죠. 하지만 드물 겁니다. 내가 만난 이동자들은 대략 열 명 남짓인데 한 가지 특징이 있어요. 모두 우리 또래였습니다. 30대나 40대나 50대요. 한 명은 스물아홉이었죠. 모두 다르게 살아보고 싶다는 강한 열망이 있었어요. 가슴에 후회가 가득했죠. 죽는 게 낫다고 생각하는 사람들도 있었지만 다른 사람으로 살아보고 싶어 하는 욕망도 있었어요."

"슈뢰딩거의 삶이군요. 마음속에서 죽은 동시에 살아 있는 거요."

"Exactement(바로 그겁니다)! 마음속 후회가 우리 뇌에 무슨 영향을 미치는지 몰라도 어떤, 뭐라고 할까, 신경화학 작용이 일어나서 삶과 죽음을 향한 혼란된 갈망이 우리를 이런 철저한 중간 상태로 보낸 겁니다."

주전자가 점점 시끄러워지면서 물이 노라의 생각처럼 부글부글 끓어올랐다.

"왜 우리가 만나는 사람은 늘 한 명일까요? 거기서 말이에요. 도서관이든 뭐든."

위고는 어깨를 으쓱였다. "만약 내게 종교가 있다면 그 사람이 신이라고 말했을 겁니다. 아마도 신은 우리가 보거나 이해할 수 없는 존재이기 때문에 우리가 살면서 만났던 좋은 사람의 형상으로 나타난 거겠죠. 만약 내게 종교가 없다면, 사실이 그렇기도 하고요, 난 인간의 뇌가 개방된 양자 파동함수의 복잡성을 감당하지 못해서 우리가 이해할 수 있는 무언가로 해석했거나 체계화했다고 생각할 겁니다. 도서관의 사서라든가, 비디오 가게의 친절한 삼촌 같은 것으로요."

노라는 다중 우주에 대해 읽은 적이 있고, 게슈탈트 심리학에 대해서도 조금 알고 있었다. 인간의 뇌가 세상에 대한 복잡한 지식을 받아들여 단순화한다는 사실을. 그래서 나무를 볼 때 우리의 뇌는 이파리와 가지가 복잡하게 얽힌 그 덩어리를 '나무'라는 물체로 해석한다. 인간이 된다는 것은 세상을 매사가 간단하면서 이해할 수 있는 이야기로 계속 단순화한다는 뜻이다.

인간이 모든 것을 단순화해서 본다는 사실을 노라는 알고 있었다. 인간은 세상을 3차원으로 본다. 그것이 단순화다. 인간은 기본적으로 한계가 있고 일반화하는 생명체이며, 무의식적으로 움직이는 상태에서 살고, 마음속으로 구부러진 길을 편다. 그래서 늘 길을 잃는 것이다.

"시계 초침이 한 칸씩 이동하는 것만 보이고 칸과 칸 중간에서는 절대 보이지 않는 것과 같은 이치네요." 노라가 말했다.

"네?"

마침 위고의 손목시계가 아날로그인 걸 보고 노라가 말했다.
"한번 해보세요. 못 봐요. 마음은 감당할 수 없는 걸 못 보거든요."

위고는 손목시계를 지켜보며 고개를 끄덕였다.

"그러니까," 노라가 말했다. "우주와 우주 사이에 있는 게 무엇이든 도서관은 아닐 확률이 높지만 내게는 그것이 이해할 수 있는 가장 쉬운 길이었네요. 그게 내 가설이겠고요. 나는 진실의 단순화된 형태를 본 거예요. 사서는 그저 정신적 메타포고요. 모든 게 다 그렇겠지만."

"흥미롭지 않나요?" 위고가 말했다.

노라는 한숨을 쉬었다. "지난 삶에서 난 돌아가신 아빠랑 얘기했어요."

위고는 커피통을 열고 스푼으로 커피 알갱이를 퍼서 두 머그잔에 담았다.

"그리고 커피는 안 마시고 페퍼민트 차만 마셨죠."

"끔찍하네요."

"참을 만했어요."

"또 하나 이상한 건 이 대화를 나누는 도중에 당신이나 내가 언제든 사라질 수 있다는 겁니다."

"그런 일이 일어난 적 있어요?" 노라는 위고가 건넨 머그잔을 받았다.

"네, 몇 번요. 기이하더군요. 하지만 다른 사람은 전혀 알아차리지 못했어요. 돌아온 자들은 그저 마지막 날 기억이 약간 희미해졌을 뿐이죠. 지금 당신이 도서관으로 돌아가고 나는 계속 여기서서 당신과 이야기를 나눈다면, 당신은 '갑자기 머릿속이 새하얘졌어요. 우리가 무슨 얘기를 하던 중이었죠?' 같은 말을 할 겁니다. 그럼 난 당신이 떠난 걸 깨닫고 우리가 빙하 이야기를 하던 중이라고 말할 겁니다. 그럼 당신은 빙하에 관한 사실들을 내게 퍼부어대겠죠. 당신의 뇌는 공백을 채우고, 방금 무슨 일이 있었는지 꾸며낼 겁니다."

"네, 하지만 북극곰과 있었던 일은요? 오늘 저녁 식사는요? 이 삶의 또 다른 나인 그녀는, 내가 먹은 걸 기억할까요?"

"꼭 그렇진 않습니다. 하지만 기억해내는 걸 본 적이 있어요. 뇌가 공백을 채우는 능력은 놀랍습니다. 잊어버리고도 잘 살고요."

"그럼 난 어땠나요? 그러니까 어제의 나요."

위고는 그녀와 눈을 맞추었다. 예쁜 눈이었다. 지구를 도는 위성처럼 노라는 잠시 그의 궤도로 끌려 들어가는 걸 느꼈다.

"섬세하고 매력적이고 지적이고 아름다웠어요. 지금이랑 상당히 비슷하죠."

노라는 웃음을 터뜨렸다. "누가 프랑스인 아니랄까 봐."

어색한 침묵이 흘렀다.

"얼마나 많은 삶을 살아봤나요? 몇 개나 경험했어요?" 마침내 노라가 물었다.

"너무 많죠. 3백 개는 될 겁니다."

"3백 개요?"

"안 해본 일이 없고, 지구상의 모든 대륙에서도 살아봤습니다. 그런데도 아직 내가 원하는 삶은 찾지 못했어요. 영원히 이 상태로 사는 걸 받아들였습니다. 내가 진심으로 영원히 살고 싶은 삶은 결코 없을 겁니다. 난 호기심이 너무 많고, 다르게 살아보고 싶은 갈망이 너무 크니까요. 그런 표정 짓지 말아요. 슬픈 일이 아니니까. 난 이 불확실한 상태가 행복해요."

"하지만 언젠가 비디오 가게가 없어지면요?" 노라는 엘름 부인이 컴퓨터 앞에서 패닉에 빠졌던 일과 도서관 전구가 깜빡거렸던 일을 생각했다. "어느 날 당신이 영원히 사라져버리면요? 정착할 삶을 발견하기도 전에 말이에요."

위고는 어깨를 으쓱였다. "그럼 죽겠죠. 그리고 그건 어차피 내가 죽었다는 뜻입니다. 내 원래 삶에서요. 난 이동자인 게 좋습니다. 불완전한 상태로 사는 게 좋아요. 죽음을 계속 선택지로 두는 것도 좋습니다. 정착할 필요가 없는 것도 좋고요."

"내 상황은 당신과 다른 것 같아요. 난 당신보다 죽음이 더 임박한 상태예요. 빨리 정착할 삶을 발견하지 못하면 영원히 사라질 거예요."

노라는 지난번에 도서관에 돌아가는 데 문제가 생겼던 일을 설명했다.

"아, 네, 나쁜 징조일 수 있겠네요. 하지만 아닐 수도 있어요. 여기에는 가능성이 무한하다는 걸 깨달았죠? 다중 우주라는 건 우주가 몇 개 있다는 뜻이 아닙니다. 꽤 있는 것도 아니고 심지어 많은 정도도 아니에요. 1백만 개나 10억 개, 혹은 1조 개가 있는 것도 아닙니다. 무한한 수의 우주가 있는 거예요. 심지어 그 안에 모두 당신이 존재하죠. 당신은 어떤 형태의 세상에서든 존재합니다. 그 세상이 아무리 비현실적이라고 해도요. 당신을 제한하는 건 오로지 당신의 상상력뿐입니다. 되돌리고 싶은 결정이 있다면 창조성을 한껏 발휘할 수 있죠. 난 10대 때 항공우주공학을 공부해서 우주 비행사가 돼볼까 생각했죠. 한번은 그 후회를 되돌려서 우주 비행사로 살았습니다. 우주에 가보지는 못했어요. 다만 우주에 가본 적이 있는 사람이 됐죠. 잠시였지만. 이건 아주 드문 기회고, 우린 어떤 실수든 되돌릴 수 있고, 내가 원하는 어떤 삶이든 살 수 있다는 걸 기억해야 합니다. 어떤 삶이든요. 꿈을 크게 가져요……. 당신은 원하는 건 무엇이든 될 수 있습니다. 그렇게 사는 삶이 존재하니까요."

노라는 커피를 한 모금 마셨다. "알겠어요."

"하지만 삶의 의미만 찾다가는 제대로 살지 못할 겁니다." 위고가 현명하게 말했다.

"카뮈의 말이죠."

"맞아요."

위고는 그녀를 빤히 바라보았다. 이제 노라는 그의 강렬한 눈빛이 마음에 걸리지 않았다. 다만 그에게 끌리는 자신의 마음이 약간 걱정되었다. "난 철학을 공부했어요." 위고의 눈을 피하며 최대한 무덤덤하게 노라가 말했다.

이제 위고는 그녀의 코앞에 있었다. 위고에게는 짜증 나는 동시에 매력적인 구석이 있었다. 거만하면서도 도덕관념이 없는 분위기를 풍겼는데 그 때문에 그의 얼굴은 상황에 따라 따귀를 때리고 싶기도 했고, 키스하고 싶기도 했다.

"아마도 우리가 몇 년 동안 알고 지내다가 결혼한 삶도 있을 겁니다……." 위고가 말했다.

"대부분의 삶에서 난 당신을 전혀 몰라요." 이제 그의 눈을 똑바로 바라보며 노라가 반박했다.

"그것 참 슬픈 일이네요."

"아닐걸요."

"정말로 그렇게 생각해요?"

"정말로요." 노라는 미소 지었다.

"우린 특별해요, 노라. 선택받았죠. 아무도 우릴 이해하지 못해요."

"어차피 인간은 타인을 이해하지 못해요. 우린 선택받은 게 아니에요."

"내가 아직 이 삶을 사는 유일한 이유는 당신 때문입니다……."

노라는 몸을 앞으로 내밀어 그에게 키스했다.

만약 내게 무슨 일이 일어난다면 나는 거기에 존재하고 싶다

아주 기분 좋은 느낌이었다. 키스도 그렇고, 자신이 그렇게 과감하게 행동할 수 있다는 사실도. 자신에게 일어날 수 있는 모든 일이 어딘가에서, 어떤 삶에서 일어났다는 사실을 알고 나니 결정을 내리는 중압감에서 약간 해방된 기분이었다. 그것이 우주 파동 함수의 현실이었다. 무슨 일이 일어나든 양자 물리학 탓으로 돌릴 수 있다.

"난 방을 혼자 씁니다." 위고가 말했다.

이제 노라는 위고를 대담하게 바라보았다. 마치 북극곰과 대결하고 나니 전에는 몰랐던 담력이 생겼다는 듯이. "오늘은 아닐 거예요, 위고."

하지만 섹스는 실망스러웠다. 한창 섹스를 하던 중에 카뮈의 인용문이 떠올랐다.

"무엇이 날 정말로 재미있게 했는지는 잘 모를 수 있지만, 재미없게 했던 건 확실히 알 수 있다."

노라가 실존주의 철학을 생각했다는 사실, 특히 저 인용문이 떠올랐다는 사실은 그들의 밀회가 잘 되어간다는 신호는 아닐 것이다. 하지만 카뮈가 이런 말도 하지 않았던가? "만약 내게 무슨 일이 일어난다면 나는 거기에 존재하고 싶다."

노라는 위고가 이상한 사람이라고 결론을 내렸다. 대화할 때 아주 친밀하고 속 깊은 이야기를 나눴던 사람치고는 섹스할 때 매우 멀게 느껴졌다. 아마 위고처럼 많은 삶을 살다 보면 정말로 친밀한 관계를 맺을 수 있는 사람은 자기 자신뿐일지도 모른다. 노라는 그 자리에 없는 듯한 기분이 들었다.

그리고 몇 분 뒤에는 정말로 그렇게 되었다.

신과 다른 사서들

"당신은 누구죠?"

"내가 누군지 알잖니. 난 엘름이야. 루이스 이사벨 엘름."

"신인가요?"

엘름 부인은 미소 지었다. "난 나야."

"그게 누군데요?"

"사서."

"하지만 진짜 사람은 아니잖아요. 당신은 그냥…… 메커니즘이에요."

"우리 모두 그렇지 않니?"

"그렇진 않아요. 당신은 내 마음과 다중 우주 간의 이상한 상호 작용에서 비롯된 산물이라고요. 양자 파동함수인지 뭔지를 단순화한 거예요."

엘름 부인은 그 말에 동요하는 듯했다. "무슨 일 있었니?"

노라는 황갈색 돌바닥을 내려다보며 북극곰을 생각했다. "하마터면 죽을 뻔했어요."

"기억하렴. 어떤 삶에서든 죽으면 넌 여기로 돌아오지 못해."

"그건 불공평해요."

"이 도서관에는 엄격한 규칙이 있단다. 여기 있는 책들은 소중해. 조심해서 다뤄야 해."

"하지만 이건 다른 삶이잖아요. 진짜 제가 아니라 저의 변종들이 사는 삶요."

"그래. 하지만 그 삶을 경험하는 동안에는 네가 대가를 치러야 해."

"솔직히 그건 진짜 너무하네요."

엘름 부인의 양 입꼬리가 낙엽처럼 말아 올라가며 살짝 미소를 지었다. "그거 참 재미있구나."

"뭐가요?"

"죽음에 대한 네 태도가 완전히 바뀌었잖니."

"네?"

"그렇게 죽고 싶다더니 지금은 아니잖아."

완전히 맞다고 할 수는 없을지라도 엘름 부인의 말은 일리가 있었다. "내 원래 삶이 살 가치가 없다는 생각에는 변함이 없어요. 이번 경험을 통해서 더욱 확신하게 됐어요."

엘름 부인은 고개를 저었다. "그렇게 생각하지 않을 텐데."

"그렇게 생각해요. 그러니까 그렇게 말하죠."

"아니. 《후회의 책》이 얇아지고 있어. 이제 그 책은 여백이 많아졌단다……. 넌 평생 네 속마음과 다른 말을 하면서 산 것 같구나. 그게 네 장애물이었지."

"장애물?"

"그래. 네겐 장애물이 아주 많단다. 그것 때문에 진실을 보지 못했어."

"무슨 진실요?"

"너에 관한 진실. 이젠 너의 진실을 보려고 노력해야 해. 그건 중요하니까."

"내가 고를 수 있는 삶이 무한한 줄 알았는데요."

"넌 가장 행복해질 수 있는 삶을 골라야 해. 안 그러면 이제 곧 선택지가 모두 사라질 거야."

"오랫동안 나랑 같은 경험을 해온 사람을 만났는데 그 사람은 아직도 만족스러운 삶을 찾지 못했더라고요……."

"음, 너에게는 위고와 같은 특권이 없을 수도 있어."

"위고? 그 이름을 어떻게……."

노라는 엘름 부인이 모르는 게 없다는 사실을 떠올렸다.

"넌 신중히 골라야 해. 언젠가는 이 도서관이 없어지고, 넌 영원히 사라질 수 있어."

"내게 얼마나 많은 삶이 있죠?"

"이건 요술 램프가 아니고, 나도 지니가 아니란다. 정해진 숫자는 없어. 하나일 수도 있고 백 개일 수도 있지. 하지만 자정의 도서관의 시간이 자정에 머무는 한 너는 무한한 삶 중에서 하나를 선택할 수 있어. 도서관이 자정에 머무는 동안에는 네 삶, 네 원래 삶이 삶과 죽음 사이의 어딘가에 있기 때문이지. 만일 여기서 시간이 흐른다면 그건 무언가……." 엘름 부인은 좀 더 부드러운 단어가 뭐가 있을지 생각했다. "……결정적인 일이 일어났다는 뜻이야. 자정의 도서관이 완전히 무너지고, 우리도 사라져버릴 일. 그래서 난 지나치다 싶을 정도로 조심할 거야. 네가 어디에 있고 싶어 할지 열심히 생각할 거야. 넌 확실히 진일보했어. 난 알 수 있어. 넌 존재하고 싶은 삶을 발견하기만 하면, 인생이 살 만한 가치가 있다는 걸 깨달은 듯해. 하지만 그런 삶을 살아볼 기회를 얻기 전에 문이 닫히길 원치 않지."

둘은 아주 오랫동안 침묵했고 노라는 주변의 모든 책, 모든 가능성을 둘러보았다. 차분히 그리고 천천히 통로를 따라 걸으며 각 책의 표지 뒤에 어떤 내용이 있을지 궁금해했다. 초록색 책등에 어떤 단서라도 적혀 있으면 좋으련만.

"자, 이제 어떤 책을 볼래?" 뒤에서 엘름 부인의 목소리가 들렸다.

노라는 부엌에서 위고가 했던 말을 기억했다.

"꿈을 크게 가지세요."

엘름 부인은 꿰뚫어 보는 듯한 눈으로 노라를 바라보았다. "노라 시드는 누구지? 그녀가 원하는 건 뭘까?"

노라가 그나마 행복했던 때를 생각해보면 거기에는 늘 음악이 있었다. 그렇다, 그녀는 지금도 가끔씩 피아노와 키보드를 연주했다. 하지만 작곡은 포기했다. 노래도 포기했다. 밴드 활동 초창기에 펍에서 〈뷰티풀 스카이〉를 불렀던 때를 생각했다. 그녀와 라비, 엘라와 함께 무대에 서서 즐거워하던 오빠를 생각했다.

지금 어떤 책을 골라야 할지 노라는 정확히 알고 있었다.

명성

그녀는 땀을 흘리고 있었다. 그걸 제일 먼저 알아차렸다. 온몸에 아드레날린이 넘쳐흘렀고, 땀에 젖은 옷이 몸에 찰싹 달라붙어 있었다. 주위에 사람들이 있었는데 그중 둘은 기타를 들고 있었다. 소리가 들렸다. 엄청나게 많은 사람이 내는 힘찬 소리. 생명의 함성은 서서히 리듬과 형체를 갖춰 연호가 되었다.

노라 앞에서 한 여자가 수건으로 그녀의 얼굴을 닦아주었다.

"고마워요." 노라가 미소 지으며 말했다.

여자는 마치 하느님의 음성이라도 들은 듯 깜짝 놀란 표정이었다.

드럼 스틱을 들고 있는 남자는 그녀가 아는 얼굴이었다. 라비. 머리는 흰색에 가까운 금발로 염색했고, 각지게 재단된 검푸른색 양복을 입었는데 안에는 셔츠가 아닌 맨가슴이었다. 불과 어제 베드퍼드 잡화점에서 음악 잡지를 보던 라비, 혹은 인터컨티넨탈 호텔에서 그녀의 끔찍한 연설을 듣고 있던, 푸른 셔츠를 입은 회사원 같던 라비와는 완전히 딴판이었다.

"라비, 너 진짜 멋지다!" 노라가 말했다.

"뭐?"

라비는 함성 때문에 그녀의 말을 듣지 못했지만 노라는 다른 질문을 던졌다. 거의 소리 지르듯이.

"조는 어디 있어?"

라비는 잠시 어리둥절한 혹은 겁먹은 표정이었고, 노라는 끔찍한 진실을 받아들일 준비를 했다. 하지만 그런 일은 일어나지 않았다.

"늘 하던 일을 하겠지. 외신 기자들과 얘기하고 있을 거야."

노라는 어떻게 된 영문인지 알 수 없었다. 조는 여전히 밴드 멤버였지만 그들과 함께 무대에서 공연하는 멤버는 아닌 듯했다. 만약 조가 밴드 멤버가 아니라면, 무슨 사정 때문에 밴드를 떠나기는 했어도 완전히 손을 떼지는 않은 것이다. 라비가 한 말, 그리고 그 말을 하는 태도로 보아 조는 여전히 밴드의 일원이었다. 하지만 엘라는 없었다. 베이스 기타를 치는 사람은 삭발에 문신이 있고 덩치가 큰 근육질 남자였다. 노라는 좀 더 사정을 알고 싶었지만 분명 지금은 적당한 때가 아니었다.

라비는 손으로 허공을 가르며 어딘가를 가리켰다. 그제야 엄청나게 큰 무대가 눈에 들어왔다.

노라는 압도당했다. 어떤 감정을 느껴야 할지 알 수 없었다.

"앙코르 곡을 부를 차례야." 라비가 말했다.

노라는 머리를 굴렸다. 사람들 앞에서 노래를 부른 지 오래되었고, 마지막으로 불렀을 때도 펍 지하에서 시큰둥한 열두 명의 관객만 있었을 뿐이다.

라비가 그녀에게 몸을 내밀었다. "괜찮아, 노라?"

살짝 냉랭한 목소리였다. 그녀의 이름을 부르는 라비의 말투에는 어제 아주 다른 삶에서 우연히 만났을 때 그의 목소리에서 묻어났던 것과 같은 분노가 담겨 있는 듯했다.

"응." 이제 노라는 목청을 완전히 높였다. "물론이지. 그냥…… 앙코르로 뭘 불러야 할지 모르겠어."

라비는 어깨를 으쓱였다. "늘 똑같지 뭐."

"음. 그래. 맞아." 노라는 머리를 굴렸다. 무대를 바라보았다. 거대한 비디오 스크린에 '더 라비린스'라고 번쩍거리는 글자와 환호하는 군중이 번갈아 비쳤다. 와, 우리 완전히 대스타구나. 노라는 생각했다. 경기장에서 콘서트를 할 정도의 대스타였다. 노라는 조금 전까지 자신이 앉아 있었던 무대 위의 스툴과 키보드를 보았다. 그녀가 이름을 모르는 밴드 멤버가 다시 무대로 나가려 했다.

"여기가 어디라고 했지? 갑자기 아무것도 생각이 안 나." 군중의 함성을 뚫고 노라가 물었다.

베이스 기타를 들고 있던 덩치 큰 남자가 말했다. "상파울루."

"브라질?"

그들은 노라를 미친 사람처럼 바라봤다.

"지난 나흘 동안 딴 데 있었어?"

"〈뷰티풀 스카이〉, 그거 부르자." 아마 그 노래의 가사는 대부분 기억할 거라는 생각이 들어서 노라가 말했다.

"또?" 라비가 웃었다. 그의 얼굴이 땀으로 번들거렸다. "10분 전에 불렀잖아."

"저기," 앙코르를 요구하는 관중의 함성보다 더 크게 노라가 소리쳤다. "이번엔 다르게 하자. 변화를 주자고. 평소와 다른 노래를 부르는 거야."

"〈하울〉을 해야 해. 늘 〈하울〉을 불렀잖아." 다른 밴드 멤버가 말했다. 그녀는 터키색 리드 기타를 메고 있었다.

노라는 평생 〈하울〉이란 노래는 들어본 적이 없었다.

"그래, 알아. 하지만 이번엔 다르게 해보자고. 사람들이 전혀 기대하지 않았던 노래를 해서 관객을 깜짝 놀라게 하는 거야."

"생각이 너무 많은 거 아냐?" 라비가 말했다.

"지금은 이 생각뿐이야."

라비가 어깨를 으쓱였다. "그럼 뭘 부르지?"

노라는 생각해내려고 안간힘을 썼다. 애쉬가 생각났다. 그가 구입한 사이먼 앤드 가펑클 기타 악보집. "〈브릿지 오버 트러블드 워터(Bridge over troubled water)〉를 부르자."

라비는 어이가 없다는 표정이었다. "뭐?"

"그걸 불러야 해. 사람들이 깜짝 놀랄 거야."

"나 그 노래 좋아해. 그거 알아." 여자 멤버가 말했다.

"온 인류가 다 알아, 이마니." 라비가 말도 안 된다는 투로 말했다.

"바로 그거야." 노라는 최대한 록스타처럼 말하려 했다. "그 노래를 부르자."

은하수

노라는 무대로 걸어 나갔다.

처음에는 조명이 그녀를 비추고 있던 터라 사람들의 얼굴이 보이지 않았다. 조명 너머로는 모든 것이 암흑에 잠겨 있는 것 같았다. 번쩍이는 카메라 플래시와 휴대전화 손전등 불빛으로 이뤄진 아름다운 은하수만 제외하고.

하지만 소리는 들을 수 있었다.

많은 사람이 모여서 동시에 똑같이 행동하면 사람이 아닌 다른 무언가가 된다. 사람들이 동시에 내뱉는 함성은 완전히 다른 짐승을 떠올리게 했다. 처음에는 겁이 났다. 머리가 여러 개 달린 히드라를 마주한 헤라클레스가 된 심정이었다. 하지만 이것은 전적으로 응원하는 함성이었고, 그 함성의 위력이 노라에게 힘을 주었다.

그 순간 노라는 깨달았다. 자신이 알고 있던 것보다 훨씬 더 많은 일을 해낼 수 있다는 사실을.

거칠고 자유롭게

노라는 스툴에 앉아 키보드로 손을 뻗고 마이크를 좀 더 가까이 가져와 말했다.

"고마워요, 상파울루. 사랑합니다."

그러자 브라질이 함성으로 답했다.

이건 엄청난 힘인 듯했다. 명성의 힘. 그녀가 SNS에서 본 유명 가수들처럼. 한마디만 포스팅해도 백만 개의 '좋아요'를 받고 글이 공유되는 사람들. 절대적인 명성을 얻으면 최소한의 노력으로도 영웅이나 천재, 신처럼 보일 수 있다. 하지만 그 이면은 위태롭기 짝이 없어서 쉽사리 추락하고, 악마나 악당 혹은 그냥 멍청이로 보이기 십상이다.

노라는 허공을 가로지르는 외줄 위로 발을 내딛는 것처럼 가슴이 두근거렸다.

이제 수천 명의 관객 중에서 몇몇 얼굴이 보였다. 어둠 속에서 그들의 얼굴이 떠올랐다. 작고 낯선 얼굴들. 옷을 입은 몸은 거의 보이지 않았다. 노라는 육신에서 분리된 2만 개의 머리를 바라보았다.

입안이 바싹 말랐다. 말도 하기 힘든데 노래는 어떻게 불러야 할지 걱정되었다. 댄을 위해 노래를 불러주었을 때 그녀를 놀리려고 움찔거렸던 그의 모습이 생각났다.

관중석이 잠잠해졌다.

때가 되었다.

"아마 여러분은 이 노래를 들어보셨을 겁니다." 노라가 말했다.

그러고는 어리석은 말임을 깨달았다. 그들은 이미 라비린스의 노래를 많이 들었기 때문에 돈을 내고 이 콘서트를 보러 왔으리라.

"제게는 큰 의미가 있는 노래예요."

벌써 반응이 폭발했다. 관객들은 비명과 아우성을 지르고, 손뼉을 치고, 연호했다. 경이로운 반응이었다. 노라는 순간적으로 클레오파트라가 된 기분이었다. 완전히 겁에 질린 클레오파트라.

키보드에 E 플랫 장조로 손을 가져간 순간, 이상하게 털이 없는 팔뚝에 새겨진 문신에 잠시 정신이 팔렸다. 멋진 서체로 비스듬하게 글귀가 적혀 있었는데 헨리 데이비드 소로의 말이었다. "세상의 좋은 것은 모두 거칠고 자유롭다." 노라는 눈을 감고 노래를 다 부를 때까지 뜨지 않겠다고 맹세했다.

왜 쇼팽이 어둠 속에서 연주하기를 그토록 좋아했는지 알 것 같았다. 그편이 훨씬 쉽기 때문이다.

거칠게, 그리고 자유롭게. 노라는 마음속으로 생각했다.

노래하는 동안 노라는 살아 있는 기분을 느꼈다. 올림픽 메달리스트의 몸으로 수영할 때보다 더.

군중 앞에서 노래하는 걸 왜 그렇게 두려워했는지 알 수 없었다. 기분이 끝내주게 좋았다.

노래가 끝나자 무대에서 라비가 그녀에게 다가와 귀에 대고 외쳤다. "존나 특별했어."

"아, 다행이네." 노라가 말했다.

"이제 분위기 바꿔서 〈하울〉을 부르자."

노라는 고개를 젓고 다른 사람이 나서기 전에 서둘러 마이크에 대고 말했다. "와 주셔서 감사합니다, 여러분! 즐거운 시간이 되셨길 바랍니다. 조심해서 돌아가세요."

"조심해서 돌아가세요?" 전용 버스를 타고 호텔로 돌아가는 길에 라비가 말했다. 노라가 기억하는 한 라비가 저렇게 얼간이처럼 굴었던 적은 없었다. 라비는 불행해 보였다.

"그게 뭐가 어때서?" 노라가 의아해했다.

"네 평소 스타일이 아니잖아."

"그래?"

"시카고 공연하고 좀 대조돼서."

"왜? 시카고에서 내가 어쨌는데?"

라비가 웃었다. "뇌 절제술이라도 한 거야?"

노라는 휴대전화를 봤다. 이번 삶에서는 최신 모델이었다.

이지에게 메시지가 와 있었다.

펍을 하면서 댄과 부부로 살았던 삶에서와 같은 메시지였다. 사실 메시지는 아니고 고래 사진이었다. 사진은 그때와 살짝 다른 듯했다. 재미있었다. 왜 이 삶에서는 아직 이지와 친구고, 원래 삶에서는 아닐까? 이 삶에서는 댄과 결혼하지 않은 게 확실했다. 노라는 자신의 손을 보았고, 다행히 반지는 없었다.

아마 이지가 오스트레일리아로 가겠다고 마음먹기 전에 자신이 이미 대스타가 되었기 때문이 아닐까 노라는 짐작했다. 따라서 함께 오스트레일리아로 가지 않기로 한 노라의 결정이 이지에게는 좀 더 납득이 갔을 것이다. 아니면 이지는 유명인을 친구로 두었다는 사실이 그냥 좋을 수도 있다.

고래 사진 밑에 이지가 쓴 글이 있었다.

세상의 좋은 것은 모두 거칠고 자유롭다.

이지도 그녀의 문신을 아는 게 틀림없다.

그때 이지에게서 또 다른 메시지가 왔다.

브라질에서 즐거운 시간 보내길. 넌 틀림없이 잘 해냈을 거야! 그리고 브리즈번 티켓 구해줘서 정말 고마워. 너무 신나. 골드코스트에 사는 친구들 다 그래.

메시지 안에는 고래와 하트, 고맙다는 뜻으로 양 손바닥을 맞붙인 손, 마이크, 음표 이모티콘이 있었다.

노라는 자신의 인스타그램을 확인했다. 이번 삶에서는 팔로워가 1130만 명이었다.

그리고 맙소사, 그녀는 정말 멋졌다. 원래 머리색인 검은색에 몇 가닥만 하얗게 탈색했고, 뱀파이어 같은 화장을 했으며, 입술에는 피어싱을 했다. 피곤해 보이긴 했지만 아마도 순회공연을 다니기 때문일 것이다. 그 피곤한 표정마저도 매력이 넘쳤다. 빌리 아일리시의 멋진 이모 같았다.

노라는 셀카를 찍어서 자신의 얼굴을 봤다. 인스타그램에 올라온, 잡지 촬영을 위해 잔뜩 꾸미고 포토샵으로 보정한 얼굴과는 달랐지만 자신이 상상했던 어떤 모습보다 훨씬 더 멋졌다. 오스트레일리아에 살았을 때처럼 이번 삶에서도 인스타그램에 시를 포스팅했다. 다만 이번 삶에서는 시를 올릴 때마다 50만 개의 '좋아요'를 받았다. 심지어 '불'이라는 제목의 시도 있었는데 내용은 지난번과 달랐다.

그녀 안에는 불이 있었다.
이 불이 그녀를 따뜻하게 해줄지 혹은 무너뜨릴지 그녀는 궁금했다.
그러다 깨달았다.
불에는 아무런 동기가 없었다.
오직 그녀에게만 있었다.
힘은 그녀의 것이었다.

노라 옆에는 여자가 앉아 있었다. 밴드 멤버는 아니지만 중요한 사람 같았다. 쉰 살쯤 되어 보였다. 매니저일지 모른다. 음반 회사 직원일 수도 있고. 엄격한 엄마 같은 분위기가 풍겼다. 하지만 그녀는 웃으면서 말문을 열었다.

"천재적인 아이디어였어. 사이먼 앤드 가펑클이라니. 남미 전역이 다 그 이야기뿐이야."

"잘됐네요."

"네 계정으로 포스팅했다."

여자는 마치 그게 지극히 정상적인 일이라는 듯이 말했다. "아, 네. 알겠어요."

"오늘 밤 호텔에서 마지막 인터뷰가 두어 개 있어. 내일은 일찍 시작할 거야……. 먼저 리오로 날아간 다음에 여덟 시간 동안 기자들을 만나야 해. 전부 호텔에서."

"리오?"

"이번 주 우리 스케줄 알고 있지?"

"대충요. 다시 한 번 말해줄래요?"

여자는 다정하게 한숨을 쉬었다. 마치 노라가 투어 스케줄을 모르는 게 너무도 그녀답다는 듯이. "물론이지. 내일은 리오로 갈 거야. 거기서 두 밤 자고, 포르투알레그리로 가서 브라질의 마지막 밤을 보낼 거야. 그다음에는 칠레의 산티아고, 아르헨티나의 부에노스아이레스, 그다음에 페루의 리마. 그걸로 남미 공연은 끝이야. 그다음 주부터 아시아 공연 시작이지. 일본, 홍콩, 필리핀, 타이완."

"리마? 우리가 페루에서 유명해요?"

"노라, 페루는 전에도 갔잖니. 기억해? 작년에. 다들 넋이 나갔잖아. 1만 5천 명이 전부 다. 장소도 그때와 같아. 경마장."

"경마장. 그럼요, 네, 기억해요. 멋진 밤이었죠. 정말로…… 멋졌어요."

이 삶 전체가 그런 기분이었다. 하나의 거대한 경마장. 다만 그 비유에서 자신이 말인지 기수인지 알 수 없었다.

라비가 여자의 어깨를 톡 쳤다. "조애너, 내일 팟캐스트 녹음이 몇 시죠?"

"이런 젠장. 사실은 오늘 밤이야. 미안. 말해주는 걸 깜빡했어. 하지만 사실 그쪽에서는 노라하고만 얘기하고 싶어 해. 그러니까 일찍 쉬고 싶으면 그렇게 해."

라비는 실망한 표정으로 어깨를 으쓱였다. "어련하시겠어요, 네."

조애너가 한숨을 쉬었다. "난 그쪽 입장을 전해줄 뿐이야. 꼭 나한테 그러더라."

노라는 오빠가 어디에 있는지 또다시 궁금했지만, 조애너와 라비 사이에 흐르는 긴장감 때문에 그렇게 뻔한 사실을 물어보면 안 될 것 같았다. 그래서 4차선 도로를 달리는 버스의 차창 밖을 내다보았다. 어둠 속에서 자동차와 대형 트럭, 오토바이의 후미등이 그녀를 지켜보는 눈처럼 붉게 빛났다. 어두운 하늘과 그보다 더 어두운 구름의 축축한 배경 위로 저 멀리 조그만 사각형 불이 몇 개 켜진 마천루가 보였다. 고속도로 양쪽과 중앙에 늘어선 어둑어둑

한 나무들이 차량을 두 방향으로 나누었다.

내일 저녁에도 이 삶을 살고 있다면 콘서트 내내 노래해야 한다. 그것도 그녀가 전혀 모르는 노래를. 무대에서 노래할 곡들을 얼마나 빨리 익힐 수 있을까?

휴대전화가 울렸다. 영상 통화였다. 발신인은 '라이언'이었다.

조애너가 그 이름을 보더니 슬쩍 웃었다. "받아봐."

그래서 노라는 전화를 받았다. 비록 이 라이언이 누구인지 전혀 몰랐지만. 화면에 뜬 얼굴은 너무 흐려서 알아볼 수가 없었다.

다음 순간, 그가 나타났다. 노라가 영화와 상상 속에서 숱하게 봤던 얼굴.

"안녕, 베이비. 방금 친구랑 체크인했어. 우리 아직 친구 맞지?"

그녀가 아는 목소리였다.

미국식 영어에 남성적이고, 매력적이고, 유명한 목소리.

조애너가 버스에 탄 다른 사람에게 속삭이는 소리가 들렸다. "라이언 베일리한테 전화가 왔어."

라이언 베일리

라이언 베일리.

그 라이언 베일리. 웨스트 할리우드에 있는 그의 집 야외 욕조에 앉아 피어오르는 김 사이로 플라톤과 하이데거에 대해 이야기하는 노라의 환상에 등장하는 그 라이언 베일리.

"노라? 거기 있어? 겁에 질린 표정이네."

"음, 응. 난…… 응…… 난…… 방금…… 여기는…… 버스야…… 대형…… 투어…… 응…… 안녕."

"내가 지금 어디에 있게?"

노라는 뭐라고 말해야 할지 몰랐다. '야외 욕조'라고 말하는 건 아주 부적절한 답일 듯했다. "전혀 모르겠어."

라이언은 휴대전화를 빙 돌려 넓고 호화로운 빌라를 보여주었다. 밝은색 가구가 구비되었고, 바닥에는 테라코타가 깔렸으며, 기둥 네 개가 달린 더블베드에는 모기장이 처져 있었다.

"메히코의 나야리트야." 라이언은 멕시코를 스페인식으로 메히코라고 발음했다. 영화에서 보던 라이언 베일리와 얼굴이며 목소리가 살짝 달랐다. 약간 더 부어 보였고, 발음은 더 꼬부라졌다. 아마 술에 취해서일 것이다. "촬영 왔어. 살룬 2편을 찍으래."

"〈라스트 찬스 살룬 2〉? 와, 1편이 너무 보고 싶다."

라이언은 그녀가 세상에서 제일 재미있는 농담이라도 했다는 듯이 웃어댔다.

"여전히 시니컬하군, 노노."

노노?

"카사 데 미타에 머물고 있어." 라이언이 말을 이었다. "우리가 여기서 함께 보냈던 주말 기억나? 호텔 측에서 이번에도 똑같은 빌라를 배정해줬어. 기억해? 당신에게 경의를 표하며 메스칼 마르가리타를 마시는 중이었어. 당신은 어디야?"

"브라질. 방금 상파울루에서 공연이 끝났어."

"와. 우리 같은 대륙에 있군. 좋네. 그래, 좋아."

"공연은 잘 끝났어."

"나한테 너무 격식 차리는 거 아냐?"

노라는 버스에 탄 사람의 절반이 그들의 통화를 듣고 있는 걸 느꼈다. 라비는 병에 든 맥주를 마시며 그녀를 바라보고 있었다.

"난 그냥…… 알잖아…… 지금 버스야. 사람들이랑 같이 있어."

"사람들." 라이언은 마치 욕이라도 하듯이 그렇게 말하고는 한숨을 내쉬었다. "늘 사람들이 있지. 그게 존나 문제야. 하지만 있잖아, 최근에 많이 생각했어. 네가 지미 팰런 토크쇼에서 했던 말……."

라이언 베일리가 입을 열 때마다 동물이 차도로 뛰어드는 듯했지만 노라는 내색하지 않으려 했다.

"내가 뭐라고 했는데?"

"알잖아. 유통기한이 다 됐다는 말. 너랑 나. 우리 사이에 악감정은 없다고 했던 거. 그렇게 말해줘서 고마워. 내가 존나 까다로운 인간이라는 거 나도 알거든. 나도 알아. 하지만 나아지려고 노력하는 중이야. 지금 만나는 상담사가 존나 잘해."

"잘됐네……. 정말."

"보고 싶어, 노라. 우린 잊지 못할 시간을 보냈어. 하지만 끝내주는 섹스가 인생의 전부는 아니지."

"맞아." 노라는 상상하지 않으려고 애쓰면서 말했다. "당연히 그렇지."

"우리는 모든 면에서 최고의 경험을 했어. 하지만 네 말대로 끝내는 게 맞아. 네가 우주의 순리에 따라 올바른 일을 한 거야. 거절당하는 게 아니라 그저 방향이 바뀌는 거지. 저기, 요즘에 많이 생각했어. 우주에 대해서. 난 우주와 동조되어 있는데 우주가 정신 차리라고 말하더라. 균형이 중요하다는 거지. 우리의 연애는 너무 강렬했고, 우리의 인생도 너무 강렬해. 다윈의 운동 제3법칙처럼. 작용이 반작용으로 이어진다는 법칙. 무언가는 포기해야지. 넌 그걸 깨달은 거야, 이제 우린 그저 우주를 떠도는 먼지이고 언젠가 샤토 마몽에서 재회할지도 몰라……."

노라는 무슨 말을 해야 할지 몰랐다. "뉴턴인 것 같은데."

"뭐?"

"운동 제3법칙을 말한 사람."

라이언은 어리둥절한 강아지처럼 고개를 갸웃했다. "뭐?"

"아무것도 아냐. 신경 쓰지 마."

그는 한숨을 쉬었다.

"어쨌든 이 마르가리타를 다 마실 거야. 내일 아침 일찍 운동해야 하거든. 메스칼이야, 봐. 테킬라가 아니라고. 난 순수한 술만 마셔. 새 트레이너가 왔는데 종합격투기 선수 출신이야. 아주 빡세."

"알았어."

"그리고 노노……."

"응?"

"너만 쓰는 애칭으로 날 다시 불러줄래?"

"아—"

"뭔지 알잖아."

"당연히 알지, 응." 노라는 애칭이 뭘지 생각했다. 라이리? 라이브레드◆? 플라톤?

"못하겠어."

"사람들 때문에?"

노라는 주변을 둘러보는 척했다. "응, 사람들 때문에. 그리고 이제 우린 각자의 삶을 살기로 했으니까 그렇게 부르는 건 좀……부적절한 것 같아."

라이언은 슬픈 미소를 지었다. "저기, 마지막 LA 공연에는 나도

◆ 호밀빵.

갈 거야. 스테이플스센터 맨 앞줄에 앉을 거라고. 너도 날 막을 순 없어. 알겠지?"

"다정하기도 해라."

"우린 영원히 친구지?"

"영원히 친구야."

통화를 끝낼 때가 되었다는 느낌이 들자 노라는 갑자기 물어보고 싶어졌다.

"자기 정말로 철학에 관심 있어?"

그가 트림했다. 라이언 베일리가 가스를 생성하는 인간의 몸을 가진 진짜 인간이라는 사실을 깨달으니 이상할 정도로 충격이었다.

"뭐?"

"철학. 몇 년 전에 자기가 〈아테네 사람들〉에서 플라톤 역할을 할 때 인터뷰에서 그렇게 말했잖아. 철학책을 많이 읽는다고."

"난 인생을 읽지. 인생이 철학이야."

노라는 그 말이 무슨 뜻인지 알 수 없었지만 마음 깊은 곳에서는 이번 삶을 사는 자신이 톱 영화배우를 차버린 게 자랑스러웠다.

"그때 당신이 마르틴 하이데거를 읽는다고 했던 것 같은데."

"마르틴 핫도그가 누구야? 아마 그냥 인터뷰에서 하는 개소리였을 거야. 너도 알잖아. 인터뷰할 때 온갖 개구라 치는 거."

"응, 물론이지."

"아디오스, 아미고."

"아디오스, 라이언."

통화가 끝나자 조애너는 아무 말 없이 노라에게 미소 지었다.

조애너에게는 선생님 같으면서도 푸근한 구석이 있었다. 이번 삶의 노라는 조애너를 좋아하는 듯했다. 하지만 그때 자신이 밴드를 대표해서 팟캐스트에 출연해야 한다는 사실이 기억났다. 멤버 이름은 절반밖에 모르고, 마지막 앨범 제목조차 모르는데. 아니 앨범 제목이라고는 하나도 모르는데.

버스가 도시 외곽의 웅장한 호텔 앞에 멈췄다. 차창을 선팅한 고급 차들이 보였고, 야자수에는 꼬마전구가 감겨 있었다. 다른 행성의 건축물 같았다.

"예전에는 궁전이었어." 조애너가 말했다. "브라질의 최고 건축가가 설계했지. 이름이 뭐더라." 조애너는 검색해보더니 잠시 후에 말했다. "오스카르 니에메예르. 모더니스트야. 하지만 이 호텔은 그가 지은 다른 건물들보다 화려해. 브라질 최고의 호텔이지……."

그때 노라는 팔을 쭉 뻗은 채 휴대전화로 그녀가 도착하는 모습을 찍고 있는 한 무리의 사람들을 보았다.

모든 것을 가지고도 아무 느낌이 없을 수 있다.

@NoraLabyrinth, 74.8K 리트윗, 485.3K 좋아요

은쟁반에 허니 케이크

다중 우주에 이런 삶이 그저 화음 속 또 다른 음처럼 다른 삶과 나란히 존재한다고 생각하니 얼떨떨했다.

어떤 삶에서는 집세를 내는 것조차 힘든데, 다른 삶에서는 전 세계 사람들을 그렇게 흥분시킨다는 게 도저히 믿기지 않았다.

호텔 앞에서 그녀가 탄 버스가 도착하는 장면을 찍은 몇몇 팬이 이제는 사인을 받으려고 기다렸다. 그들은 다른 밴드 멤버에게는 별로 관심이 없었고, 오로지 노라하고만 이야기를 나누려고 안달이었다.

노라는 우드득 소리 나는 자갈길을 걸어 그들에게 다가가는 동안 그중 한 명을 바라보았다. 문신을 한 여자였는데 1920년대 플래퍼 스타일에 세계 종말 이후의 사이버 펑크 스타일이 뒤섞인 차림새였다. 머리 스타일은 노라와 똑같았고, 역시나 몇 가닥만 백발로 탈색했다.

"노라! 노라아아아아! 안녕하세요! 사랑해요, 여왕님! 브라질에 와줘서 고마워요! 당신은 최고예요!" 그러더니 팬들이 그녀의 이름을 연호했다. "노라! 노라! 노라! 노라!"

노라가 알아볼 수 없는 필체로 사인하는 동안, 20대 초반의 한 남자가 티셔츠를 벗더니 어깨에 사인해달라고 했다.

"나중에 문신으로 새길 거예요." 남자가 말했다.

"정말요?" 남자의 어깨에 자신의 이름을 쓰며 노라가 말했다.

"지금이 내 인생의 하이라이트예요. 내 이름은 프란시스코예요."

노라는 그의 몸에 사인펜으로 쓴 자신의 사인이 어떻게 그의 존재의 하이라이트가 될 수 있는지 의아했다.

"당신이 내 인생을 구했어요. 〈뷰티풀 스카이〉가 내 인생을 구했어요. 그 노래가요. 정말 강력한 노래예요."

"어머나, 와. 〈뷰티풀 스카이〉가요? 〈뷰티풀 스카이〉를 알아요?"

남자는 미친 듯이 웃어댔다. "당신 너무 재미있어요! 그래서 내 우상이라니까요! 정말 사랑해요! 내가 〈뷰티풀 스카이〉를 아냐고요? 정말 끝내주네요!"

노라는 뭐라고 말해야 할지 몰랐다. 그녀가 브리스톨에서 대학을 다녔던 열아홉 살 때 쓴 곡이 브라질에 사는 누군가의 삶을 바꿔놓았다니 가슴이 벅찼다.

이것이야말로 그녀가 살아야 할 인생이었다. 도서관에는 다시 돌아갈 필요가 없을 듯했다. 사람들의 사랑을 받는 것은 얼마든지 감당할 수 있었다. 베드퍼드에서 77번 버스를 타고 차창을 바라보며 슬픈 곡조를 흥얼거리는 것보다 낫다.

노라는 팬들과 셀카를 찍어주었다.

한 젊은 여자는 울기 직전이었다. 그녀는 노라가 라이언 베일리와 키스하는 대형 사진을 들고 있었다.

"언니랑 라이언이 헤어져서 너무 슬퍼요!"

"알아요, 네, 슬픈 일이죠. 하지만 그렇게 됐어요……. 좋은 경험이죠."

조애너가 뒤에서 다가와 그녀를 부드럽게 호텔 쪽으로 안내했다.

재스민 향이 나는 우아한 로비에(대리석 바닥, 샹들리에, 여기저기 놓인 꽃) 들어서자 벌써 바에 앉아 있는 다른 멤버들이 보였다. 그런데 오빠는 어디에 있지? 아마 다른 곳에서 기자들을 상대하고 있을 것이다.

바로 걸어가는 동안 노라는 컨시어지나 리셉션 담당 직원, 호텔 손님들이 모두 자신을 바라보고 있는 걸 깨달았다.

마침내 오빠의 행방을 물어보려는데 조애너가 한 남자에게 오라고 손짓했다. 남자는 고전 SF 영화 제목 같은 폰트로 '더 라비린스'라고 적힌 티셔츠를 입고 있었다. 희끗희끗한 수염을 기르고 머리숱이 적어서 40대로 보였는데 노라 때문에 위축된 듯했다. 그는 노라와 악수하며 고개를 살짝 까딱였다.

"전 마르셀로라고 합니다. 인터뷰에 응해주셔서 감사합니다." 남자가 말했다.

마르셀로 뒤에는 또 다른 남자—더 젊고 피어싱과 문신을 했다—가 녹음 장비를 든 채 환히 미소 짓고 있었다.

"바에 조용한 자리를 예약해뒀어요." 조애너가 말했다. "하지만…… 사람들이 있어서 노라의 방에서 하는 게 나을 것 같군요."

"좋습니다. 그편이 낫겠네요, 네." 마르셀로가 말했다.

엘리베이터 쪽으로 걸어가며 노라는 바에 있는 다른 멤버들을 힐끗 돌아보았다. 그러고는 마르셀로에게 말했다. "저기, 다른 멤버들도 함께 인터뷰하실래요? 내가 잊어버린 걸 멤버들이 기억할 수도 있거든요. 아주 많은 걸요."

마르셀로는 미소를 지으며 고개를 젓더니 조심스럽게 말했다. "이편이 나을 것 같은데요……."

"아, 알겠어요."

엘리베이터가 오기를 기다리는 동안 모두의 시선이 노라에게 향했다. 조애너가 노라에게 몸을 숙이고 말했다.

"괜찮아?"

"당연히 괜찮죠. 왜요?"

"모르겠어. 그냥, 오늘 좀 달라 보여서."

"어떻게요?"

"그냥…… 달라 보여."

그들이 엘리베이터에 올라타자 조애너가 다른 여자, 아까 버스에서 노라가 봤던 여자에게 바에 가서 음료수를 가져오라고 했다. 팟캐스트 담당자들이 마실 맥주 두 병과 노라가 마실 미네랄 탄산수, 그리고 그녀가 마실 카이피리냐 칵테일을.

"스위트룸으로 가져와, 마야."

어쩌면 이번 삶에서 나는 술을 입에도 안 대는지 모른다고 생각하며 노라는 엘리베이터에서 내려 보드라운 연어색 플러시 카펫을 따라 스위트룸으로 걸어갔다.

스위트룸으로 들어가며 이런 방에 묵는 일이 늘 있는 일이라는 듯이 행동하려고 애썼다. 거대한 객실이 또 다른 거대한 객실과 거대한 욕실로 이어졌다. 호텔 매니저가 쓴 쪽지와 함께 그녀 앞으로 온 대형 꽃바구니가 있었다.

와, 노라는 탄성이 나오려는 걸 참으며 천장에서 시작해 바닥에 끌릴 정도로 긴 커튼, 화려한 가구, 넓디넓은 새하얀 침대, 작은 극장 스크린만 한 텔레비전, 얼음에 담긴 샴페인, '브라질리언 허니 케이크'라고 적힌 종이와 그 뒤에 케이크가 잔뜩 쌓인 은쟁반을 둘러봤다.

"넌 이거 안 먹을 거지?" 조애너는 그렇게 말하며 쟁반에서 케이크 하나를 집어 들었다. "이제 새로운 플랜을 시작했으니까. 할리가 나한테 널 감시하라고 했어."

노라는 케이크를 한 입 베어먹는 조애너를 바라보며 저렇게 맛있는 음식을 먹을 수 없다면 좋은 플랜일 리 없다고 생각했다. 할리가 누구인지는 몰라도 필시 좋아하는 사람은 아닐 것이다.

"그리고…… 참고로 말하자면 LA에서 산불이 계속되고 있어. 현재 칼라바사스의 주민 절반이 대피 중이야. 하지만 네 저택이 있는 고지대까지 번지지는 않을 거야……."

노라는 LA에 집이 있다는 사실에 기뻐해야 할지, 아니면 그 집이 불에 탈까 걱정해야 할지 몰랐다.

두 브라질 남자는 몇 분 동안 녹음 장비를 설치했고, 노라는 거실에 있는 거대한 소파에 몸을 묻었다. 조애너는 손톱에 매니큐어를 두껍게 칠한 손가락으로 입가에 묻은 케이크 부스러기를 떼어내며 저들의 음악 팟캐스트인 〈오 솜(O som)〉이 브라질에서 인기가 제일 많다고 설명해주었다.

"청취자층이 아주 다양해. 조회 수도 엄청나고. 인터뷰할 만한 가치가 있어." 조애너가 열변을 토했다.

그러고는 인터뷰가 진행되는 동안에도 계속 거기 앉아 자식을 감시하는 엄마처럼 그들을 지켜보았다.

드러난 진실

"당신에게는 정말 정신없는 한 해였겠네요." 마르셀로가 아주 유창한 영어로 인터뷰를 시작했다.

"아, 네. 치열한 한 해였죠." 노라가 최대한 록스타다운 말투로 대답했다.

"이제 앨범에 대한 질문을 드리겠습니다……. 《포터스빌》이요. 거기 실린 노래의 가사를 모두 쓰셨죠?"

"대부분요." 노라는 왼손에 있는 작고 익숙한 사마귀를 보며 그럴 거라고 짐작했다.

"전부 다 썼어요." 조애너가 끼어들었다.

마르셀로는 고개를 끄덕였고, 여전히 이를 드러낸 채 환히 웃고 있던 또 다른 남자는 노트북으로 음량을 조절했다.

"전 〈페더스(Feathers)〉를 제일 좋아합니다." 음료가 도착하자 마르셀로가 말했다.

"마음에 드신다니 다행이네요."

노라는 이 인터뷰에서 도망칠 방법을 생각해내려 했다. 머리가 아프다고 할까? 아니면 복통?

"하지만 첫 번째 트랙에 실린 곡을 먼저 이야기하고 싶군요. 〈스테이 아웃 오브 마이 라이프(Stay out of my life)〉요. 그 노래는 개인적인 선언처럼 들렸습니다."

노라는 억지 미소를 지었다. "가사가 제 심정을 대변하죠."

"당연히 그 노래가 그 사건을 언급한 것이 아니냐는 추측이 있습니다. 그 사건⋯⋯ 그걸 영어로 뭐라고 하죠?"

"접근 금지 명령?" 조애너가 거들었다.

"네! 접근 금지 명령을 요청한 사건 말입니다."

"음." 노라는 깜짝 놀랐다. "글쎄요. 전 노래로 표현하는 게 더 좋아요. 그 일에 대해 말하는 건 너무 힘들어서요."

"네, 이해합니다. 다만 최근에 《롤링스톤》과의 인터뷰에서 예전 남자 친구 댄 로드를 잠깐 언급하셨더라고요. 그에게 스토킹을 당하고 나서⋯⋯ 접근⋯⋯ 금지 명령을 신청하는 게 얼마나 힘들었는지요⋯⋯. 그 남자가 당신 집에 무단침입하지 않았나요? 그러고는 기자들에게 자기가 〈뷰티풀 스카이〉의 가사를 썼다고 말했죠."

"맙소사."

노라는 눈물과 웃음이 동시에 날 것 같았지만 간신히 둘 다 참았다.

"댄과 사귈 때 그 노래를 작곡한 건 사실이에요. 하지만 댄은 그 노래를 좋아하지 않았어요. 내가 라비린스에서 활동하는 것도 좋아하지 않았죠. 아니, 싫어했어요. 우리 오빠도 싫어했고, 라비도 싫어했고, 원래 멤버인 엘라도 싫어했죠. 어쨌든 댄은 질투가

심했어요."

너무도 비현실적인 기분이었다. 어떤 삶에서, 아마도 댄이 원했을 삶에서 댄은 노라와의 결혼 생활에 싫증이 나서 바람을 피웠다. 그런데 이 삶에서는 그녀의 성공을 질투해 그녀의 집에 무단침입까지 했다니.

"쓰레기 같은 놈이에요. 포르투갈어로 형편없는 사람을 뭐라고 하는지 모르겠네요." 노라가 말했다.

"쿠자오(Cuzão). 머저리라는 뜻이죠."

"혹은 또라이를 뜻하기도 하고요." 젊은 남자가 무표정하게 덧붙였다.

"네, 댄은 쿠자오였어요. 완전히 다른 사람이 됐죠. 이상해요. 내 인생이 바뀌면 사람들이 다르게 행동해요. 명성의 대가겠죠, 아마도."

"그리고 〈헨리 데이비드 소로〉라는 곡도 쓰셨죠. 당신이 곡에 철학자의 이름을 붙인 경우는 별로 없는데요……."

"알아요. 대학에서 철학을 공부했을 때 소로를 제일 좋아했어요. 그래서 그의 말을 문신으로도 새겼죠. '임마누엘 칸트'라는 제목보다 좀 더 낫기도 하고요."

이제 노라는 인터뷰에 익숙해졌다. 그녀가 살아야 할 운명인 삶을 살 때는 연기하기가 별로 어렵지 않았다.

"그리고 당연히 〈하울〉이 있죠. 정말 대단한 노래입니다. 현재 스물두 개 나라에서 1위 곡이고, 할리우드 A급 배우들이 출연한 뮤직비디오는 그래미상을 탔죠. 이 곡에 대해 이야기하는 건 지겹겠어요."

"사실 그래요."

조애너는 허니 케이크를 하나 더 먹었다.

마르셀로는 부드럽게 미소 지으며 〈하울〉에 관한 이야기를 이어갔다. "제가 듣기에는 굉장히 원시적입니다. 그 노래요. 그 노래로 당신 안에 쌓여 있던 감정을 전부 분출한 것 같더군요. 그러다 당신이 전 매니저, 조애너 전에 있던 매니저를 해고한 날 그 노래를 썼다는 걸 알게 됐죠. 그러니까 그가 당신 돈을 횡령했다는 걸 알게 된 후에요……."

"네, 너무했죠. 정말 큰 배신이었어요." 노라는 즉흥적으로 꾸며냈다.

"전 〈하울〉 이전부터 라비린스의 열혈 팬이었습니다. 하지만 그 노래를 제일 좋아합니다. 그거랑 〈라이트하우스 걸〉요. 〈하울〉을 들었을 땐 '노라 시드는 천재구나'라고 생각했죠. 가사는 꽤 추상적이지만 그 분노를 발산하는 방식이 아주 부드러우면서 감성적이고 그와 동시에 강력했습니다. 초창기 더 큐어가 카펜터스와 테임 임팔라를 거쳐 프랭크 오션과 합쳐진 듯했죠."

노라는 그게 대체 어떤 음악일까 상상해보려 했지만 실패했다.

놀랍게도 마르셀로는 노래를 부르기 시작했다. "더 나은 선율을 만들려면 음악은 침묵시켜/ 거짓 미소는 그만두고 달을 향해 울부짖어."

노라는 가사를 안다는 듯이 미소 지으며 고개를 끄덕였다. "네, 네, 전 그냥…… 울부짖었죠."

마르셀로의 표정이 심각해졌다. 그는 진심으로 노라를 걱정하는 듯했다. "최근 몇 년간 당신은 힘든 일을 너무 많이 겪었어요. 스토커에 사기꾼 매니저, 언론이 만들어낸 가짜 앙숙들, 재판, 저작권 문제, 라이언 베일리와의 지저분한 결별, 지난 앨범의 반응, 중독 치료, 토론토에서 일어난 사건……. 거기다 피로 누적으로 파리에서 쓰러진 일과 개인적인 비극까지 극적인 사건의 연속이었죠. 언론은 또 어떻고요. 왜 그렇게 언론이 당신을 미워한다고 생각합니까?"

노라는 약간 초조해지기 시작했다. 유명해진다는 게 이런 걸까? 숭배와 공격이 뒤섞인, 영원히 달콤쌉쌀한 칵테일 같은 걸까? 선로가 급격히 바뀔 때 그토록 많은 유명인사가 탈선하는 것도 당연했다. 이건 키스해주는 동시에 뺨을 때리는 격이었다.

"글쎄요……. 잘 모르겠네요……. 언론이 미친 거죠."

"만약 당신이 다른 길을 선택했다면 어떤 인생을 살았을지 생각해본 적 있나요?"

노라는 그 질문을 들으며 미네랄 탄산수에서 솟아오르는 거품을 바라보았다.

"살다 보면 더 쉬운 길이 있을 거라고 생각하기 십상이죠." 처음으로 무언가를 깨닫고 노라가 말했다. "하지만 아마 쉬운 길은 없을 거예요. 그냥 여러 길이 있을 뿐이죠. 전 결혼한 삶을 살았을 수 있어요. 가게에서 일하는 삶을 살았을 수도 있고요. 함께 커피를 마시자는 귀여운 남자의 제안을 수락했을 수도 있죠. 북극권 한계선에서 빙하를 연구하면서 살았을 수도 있고, 올림픽 수영 메달리스트가 됐을 수도 있어요. 누가 알겠어요? 매일 매 순간 우리는 새로운 우주로 들어가요. 자신을 타인 그리고 또 다른 자신과 비교하며 삶이 달라지기를 바라는 데 많은 시간을 보내죠. 사실 대부분의 삶에는 좋은 일과 나쁜 일이 공존하는데 말이에요."

마르셀로와 조애너 그리고 다른 브라질 남자는 눈을 크게 뜨고 노라를 바라보았지만 이제 그녀의 입에서는 말이 술술 흘러나왔다. 거침없이.

"삶에는 어떤 패턴이…… 리듬이 있어요. 한 삶에만 갇혀 있는 동안에는 슬픔이나 비극 혹은 실패나 두려움이 그 삶을 산 결과라고 생각하기 쉽죠. 그런 것들은 단순히 삶의 부산물일 뿐인데 우리는 그게 특정한 방식으로 살았기 때문에 생겨났다고 생각해요. 하지만 슬픔에 면역력이 생기는 삶의 방식은 없다는 걸 이해하면 사는 게 훨씬 쉬워질 거예요. 슬픔은 본질적으로 행복의 일부라는 사실도요. 슬픔 없이 행복을 얻을 수는 없어요. 물론 사람마다 그 정도와 양이 다르긴 하겠죠. 하지만 영원히 순수한 행복에만 머물 수 있는 삶은 없어요. 그런 삶이 있다고 생각하면, 현재의 삶이 더 불행하게 느껴질 뿐이죠."

"정말 훌륭한 대답이네요." 노라의 말이 끝났다는 확신이 들자 마르셀로가 말했다. "하지만 오늘 밤 콘서트에서 당신은 행복해 보였어요. 〈하울〉 대신 〈브릿지 오버 트러블드 워터〉를 불렀죠. 아주 강력한 선언이었습니다. '난 강해'라고 말하는 셈이었죠. 우리에게, 팬들에게 당신은 괜찮다고 말하는 것 같았습니다. 순회공연은 어떻게 돼가나요?"

"아주 좋아요. 그리고 맞아요, 그건 내가 여기서 최상의 삶을 살고 있다는 메시지였어요. 하지만 집이 그립기는 하더군요."

"어느 집 말입니까?" 장난스러운 미소를 지으며 마르셀로가 물었다. "그러니까 어디가 더 집에 왔다는 느낌이 들죠? 런던? LA? 아말피 해변?"

이번 삶이 노라의 탄소 발자국이 가장 높을 듯했다.

"모르겠어요. 아마도 런던이겠죠."

마르셀로는 숨을 헉 들이쉬었다. 마치 다음 질문을 하기가 조심스럽다는 듯이. 그러고는 수염을 긁적거렸다. "그렇군요. 하지만 런던의 아파트에서 지내기가 힘들지 않나요? 오빠와 함께 썼던 아파트니까요."

"그게 왜 힘들죠?"

조애너가 칵테일 잔 위로 노라를 바라보았다. 호기심 어린 눈빛이었다.

마르셀로는 딱하다는 눈으로 그녀를 빤히 바라보았다. 그러더니 조심스럽게 맥주를 한 모금 마시고 다시 입을 열었다. "그러니까 제 말은 오빠가 당신 삶에서 큰 비중을 차지했고, 밴드에서도 큰 비중을 차지했으니까요……."

과거 시제다.

그 시제 차이에 가슴이 철렁 내려앉았다. 물속으로 떨어지는 돌덩어리처럼.

노라는 앙코르 무대를 하기 전에 라비에게 오빠에 대해 물어봤던 일이 기억났다.

"오빠는 우리와 함께 있어요. 오늘 밤에 여기 있다고요."

"오빠의 기운을 느꼈다는 뜻이에요." 조애너가 말했다. "밴드 멤버 모두 조의 기운을 느끼죠. 조는 정말 강한 영혼이었으니까요. 문제가 많았지만 강한 사람이었죠……. 음주와 약물 때문에 그렇게 생을 마감한 건 정말 비극이에요……."

"그게 무슨 말이에요?" 노라가 물었다. 더는 이 삶을 연기할 수 없었다. 진실을 꼭 알아야 했다.

마르셀로는 슬픈 표정으로 노라를 바라보았다. "조가 죽은 지 2년밖에 안 됐습니다……. 약물 과다로요……."

노라는 숨을 헉 들이쉬었다.

그녀가 곧장 도서관으로 돌아가지 않은 이유는 아직 그 사실을 받아들이지 못해서였다. 노라는 멍한 상태로 자리에서 일어나 비틀거리며 스위트룸에서 나갔다.

"노라?" 조애너가 어색하게 웃으며 그녀를 불렀다. "노라?"

노라는 엘리베이터를 타고 1층 바로 내려갔다. 라비에게로 갔다.

"조가 기자들을 상대하고 있을 거라고 했잖아."

"뭐?"

"아까 그랬잖아. 내가 조는 어디에 있냐고 물었을 때 '기자들과 얘기하고 있겠지'라고 했잖아."

라비는 맥주를 바 테이블에 내려놓고는 노라가 불가사의한 물체라도 된다는 듯이 바라보았다. "그래, 맞잖아. 그녀는 기자들을 상대하고 있었어."

"그녀?"

라비는 조애너를 가리켰다. 조애너는 하얗게 질린 얼굴로 엘리베이터에서 내려 이쪽으로 걸어오고 있었다.

"그래, 조. 조애너는 기자들과 함께 있었어."

슬픔이 주먹처럼 노라를 강타했다.

"아, 안 돼. 오빠……. 오빠……. 아……." 노라가 말했다.

그러자 멋진 호텔 바가 사라져버렸다. 테이블과 술, 조애너, 마르셀로, 음향 담당자, 호텔 투숙객들, 라비, 밴드의 다른 멤버들, 대리석이 깔린 바닥, 바텐더, 웨이터, 샹들리에, 꽃, 모두가 존재하지 않게 되었다.

하울

겨울 숲까지
달리 갈 곳도 없이
소녀는 달린다
자신이 아는 모든 것으로부터

압박감이 최고조로 치솟네
압박감이 치솟네 (멈추지 않으리)

그들은 너의 몸을 원해
그들은 너의 영혼을 원해
그들은 거짓 미소를 원해
그건 로큰롤
늑대들이 널 에워싸
열에 들뜬 꿈
늑대들이 널 에워싸
그러니 비명을 질러

울부짖어, 밤 속으로
울부짖어, 해가 뜰 때까지
울부짖어, 네가 싸울 차례가 될 때까지
울부짖어, 그냥 바로잡아

울부짖어 울부짖어 울부짖어 울부짖어
(마더퍼커)

영원히 싸울 수는 없어
순응해야 해
인생이 잘 안 풀린다면
그 이유를 물어야 해

(내레이션)
기억해
우리가 내일을 두려워하지도 않고,
어제를 슬퍼하지도 않고
우리가 그냥
우리였고
시간이 그냥
지금이었고
우리가 소매 속에 들어 있는 팔처럼

삶 밖으로 나오지 않고
삶 안에
머물렀던 어린 시절을
왜냐하면 우리에게는 시간이 있었으니까
숨을 쉴 시간이 있었으니까

지금은 힘든 시기야
힘든 시기가 왔어
하지만 시작도 하지 않은 삶은
극복할 수 없어
호수는 빛나고 물은 차가워
반짝이는 것은 모두 금으로 변할 수 있어
더 나은 선율을 만들려면 음악은 침묵시켜
거짓 미소는 그만두고 달을 향해 울부짖어

울부짖어, 밤의 어둠 속으로
울부짖어, 해가 뜰 때까지
울부짖어, 네가 싸울 차례가 될 때까지
울부짖어, 그냥 바로잡아

울부짖어 울부짖어 울부짖어 울부짖어
(반복하며 서서히 사라진다)

사랑과 고통

"난 이…… 과정이 싫어요. 그만하고 싶어요." 노라가 엘름 부인에게 힘주어 말했다.

"제발 조용히 하렴. 여긴 도서관이야." 화이트 나이트를 집어 들고 다음 수를 두는 데 집중하며 엘름 부인이 말했다.

"여긴 우리 둘뿐이잖아요."

"그건 상관없어. 여긴 여전히 도서관이야. 네가 성당에서 조용히 하는 이유는 거기가 성당이기 때문이지 다른 사람들이 있어서가 아니잖니. 도서관도 마찬가지야."

"알겠어요." 노라가 목소리를 낮춰서 말했다. "이 과정이 싫어요. 그만하고 싶다고요. 이 도서관에서 탈퇴할래요. 도서관 카드를 반납할게요."

"너 자신이 도서관 카드야."

노라는 원래 요점으로 돌아갔다. "그만두고 싶어요."

"아니, 그렇지 않아."

"아뇨, 그만두고 싶어요."

"그럼 왜 아직 여기 있지?"

"다른 선택의 여지가 없으니까요."

"날 믿어라, 노라. 네가 정말 여기 있고 싶지 않았다면 지금쯤 여기 있지 않을 거야. 내가 처음에 말했잖니."

"이 과정이 싫어요."

"왜?"

"너무 고통스러우니까요."

"왜 고통스럽지?"

"진짜니까요. 이번 삶에서는 오빠가 죽었어요."

엘름 부인의 얼굴이 다시 엄격해졌다. "조의 삶 중에도 네가 죽는 삶이 있어. 그게 조에게 고통스러울까?"

"아닐 거예요. 요즘 오빠는 나와 관련된 건 다 싫어하니까. 오빠에게는 자기 인생이 있고, 저 때문에 잘 안 풀렸다고 생각해요."

"그러니까 이게 다 오빠 때문이니?"

"아뇨. 전부 다요. 다른 사람에게 상처를 주지 않고서는 살 수가 없는 것 같아요."

"원래 인생은 그런 거야."

"그럼 대체 왜 살죠?"

"변호하자면, 죽음 역시 타인에게 상처를 준단다. 자, 이젠 어떤 삶을 살고 싶지?"

"살고 싶지 않아요."

"뭐?"

"더는 책을 펴고 싶지 않아요. 다른 삶은 원치 않아요."

엘름 부인의 얼굴이 창백해졌다. 마치 오래전 노라의 아버지가 돌아가셨다는 전화를 받았을 때처럼.

노라의 발밑이 흔들렸다. 미약한 지진이었다. 책이 바닥으로 떨어지는 동안 그녀와 엘름 부인은 서가를 붙잡았다. 전구들이 깜박거리더니 완전히 꺼져버렸다. 체스판과 테이블이 엎어졌다.

"아, 안 돼. 또 이러네." 엘름 부인이 말한다.

"왜 이러죠?"

"왜 이러겠니. 이 장소는 오로지 너 때문에 존재하는 거야. 네가 전력원이라고. 그 전력원에 심각한 문제가 생기면 이 도서관은 위기에 처해. 너 때문이야, 노라. 넌 최악의 순간에 포기하려는 거야. 포기하면 안 돼, 노라. 너에게는 더 많은 기회가 있어. 더 많은 삶을 살아볼 수 있다고. 이 우주에 다른 삶을 사는 노라가 얼마나 많은데. 북극곰 사건을 겪고 어떤 기분이 들었는지 잊지 마라. 네가 얼마나 살고 싶어 했는지 잊지 마."

북극곰.

북극곰.

"그런 나쁜 경험도 다 도움이 되는 거야. 알겠니?"

노라는 깨달았다. 그녀가 살면서 했던 대부분의 후회는 아무런 도움도 안 되었다는 걸.

"알겠어요."

미약한 지진이 가라앉았다.

하지만 책이 사방에 떨어져 있었다.

다시 불이 켜지기는 했어도 여전히 깜빡거렸다.

"죄송해요." 노라는 그렇게 말하고 책을 주워 제자리에 꽂기 시작했다.

"아니, 만지지 마라. 내려놔." 엘름 부인이 쏘아붙였다.

"죄송해요."

"죄송하다는 말 좀 그만하렴. 자, 이제 날 도와다오. 그편이 더 안전해."

노라는 엘름 부인을 도와 테이블을 세우고 기물을 주운 다음, 새 게임을 할 수 있도록 체스판에 다시 기물을 배치했다.

"바닥에 떨어진 이 많은 책은 어쩌죠? 그냥 이대로 둬요?"

"그걸 네가 왜 상관하지? 이 책이 다 사라져버렸으면 좋겠다고 하지 않았니?"

틀림없이 엘름 부인은 복잡다단한 양자 우주를 단순화하기 위해 존재하는 메커니즘일 것이다. 하지만 체스판 옆, 반쯤 빈 두 서가 사이에 서서 새로운 체스 게임을 준비하는 지금 이 순간에는 슬프고 현명하며 한없이 인간적으로 보였다.

"너무 매정하게 말할 생각은 아니었는데." 마침내 엘름 부인이 말했다.

"괜찮아요."

"옛날 생각이 나는구나. 우리가 학교 도서관에서 체스를 둘 때 넌 게임이 시작된 지 얼마 안 돼서 제일 좋은 기물을 빼앗기곤 했지. 네 차례가 돼서 퀸과 룩을 내놓았다가 빼앗기고 나면 넌 이미 게임에 진 것처럼 굴었어. 네겐 폰과 나이트 한두 개만 남았으니까."

"왜 지금 그 얘기를 꺼내세요?"

엘름 부인은 스웨터에서 빠져나온 실밥을 소매 안으로 집어넣었다가 마음을 바꾸어서 그냥 밖으로 나오게 내버려두었다.

"체스에서 한 번이라도 이기려면 무언가를 깨달아야 해." 이것이 노라에게 가장 중요한 문제라는 듯이 엘름 부인이 말했다. "경기는 끝날 때까지 끝난 게 아니야. 넌 그걸 깨달아야 해. 체스판에 폰이 하나라도 남아 있으면 경기는 끝난 게 아니야. 한 사람은 폰 하나와 킹 하나만 남고, 다른 사람은 기물이 다 있어도 경기는 아직 진행 중인 거야. 설사 네가 폰이라고 해도, 아마 우리 모두 그럴 테지만, 넌 폰이 가장 마법 같은 기물이라는 사실을 기억해야 해. 폰은 하찮고 평범해 보이지만 사실은 그렇지 않아. 왜냐하면 폰은 절대 그냥 폰이 아니니까. 폰은 차기 퀸이야.◆ 넌 그저 계속 앞으로 나아갈 방법만 찾으면 돼. 한 칸 한 칸 앞으로 나아가는 거야. 그러다 반대편 끝에 도달하면 얼마든지 다른 기물로 승급할 수 있어."

노라는 주위의 책을 둘러보았다. "그러니까 제게는 폰밖에 안 남았다는 말씀이세요?"

"가장 평범해 보이는 게 나중에는 널 승리로 이끄는 요인이 될 수 있다는 말이야. 넌 계속 나아가야 해. 그날 강에서처럼. 기억하니?"

◆ 폰은 끝줄로 넘어가면 킹을 제외한 다른 기물로 승급할 수 있는데 대부분 퀸으로 승급한다.

물론 기억했다.

그때 노라가 몇 살이었을까? 더는 수영 대회에 출전하지 않았을 때니까 틀림없이 열일곱 살이었으리라. 아빠는 늘 노라에게 화가 나 있고, 엄마는 우울증으로 거의 말을 하지 않던 힘든 시기였다. 아트 칼리지에 다녔던 오빠는 주말에 라비와 함께 돌아왔다. 라비에게 멋진 베드퍼드를 보여주기 위해서였다. 그러고는 음악과 맥주, 마리화나를 준비하고 오빠의 관심을 받지 못해 실망한 여자들을 초대해 즉흥으로 강가에서 파티를 열었다. 노라도 파티에 초대되어 술을 잔뜩 마셨고, 어쩌다 보니 라비와 수영에 대해 이야기하게 되었다.

"그럼 강에서도 수영할 수 있어?" 라비가 노라에게 물었다.

"물론이지."

"말도 안 돼." 누군가가 말했다.

그러자 순간적인 어리석음에 노라는 그들이 틀렸다는 걸 증명하기로 마음먹었다. 술과 마리화나에 심하게 취한 조가 상황을 깨달았을 때는 너무 늦었다. 노라는 이미 한창 수영하는 중이었다.

노라가 이 사건을 떠올리자 도서관 통로 맨 끝에 보이는 복도가 흐르는 강으로 변했다. 주위 서가는 그대로였는데 발밑 타일에서는 풀이 돋아나고, 머리 위 천장은 하늘로 변했다. 하지만 노라가 다른 삶의 현재로 사라졌을 때와 달리 엘름 부인과 책들은 그대로 남아 있었다. 노라는 반은 도서관에 반은 기억 속에 있었다.

노라는 복도, 아니 강물 속에 있는 누군가를 바라보았다. 물속에 있는 사람은 어린 그녀였다. 마지막 여름 햇빛이 어둠 속으로 녹아들고 있었다.

등거리

강은 차가웠고 물살은 셌다.

어린 자신을 지켜보던 노라는 저 때 느꼈던 어깨와 팔의 통증이 기억났다. 갑옷이라도 입고 있는 듯이 팔과 어깨가 무겁고 뻣뻣했다. 이유는 모르겠지만 아무리 헤엄쳐도 앞에 보이는 플라타너스 나무의 실루엣이 조금도 커지지 않았다. 마찬가지로 강둑까지의 거리도 전혀 줄어들지 않았다. 더러운 강물도 몇 번 삼켰다. 노라는 반대편 강둑, 그녀가 출발한 곳이자 지금 그녀가 서 있는 강둑을 돌아보았다. 지금 노라는 옆에 있는 어린 시절의 오빠 그리고 오빠의 친구들과 나란히 서서 어린 자신을 지켜보고 있었다. 양쪽에 있는 서가와 현재 자신의 존재는 까맣게 잊은 채.

저 때 정신이 반쯤 나간 상태에서 노라는 '등거리'라는 단어를 떠올렸다. 안전한 교실에 속한 단어. 등거리. 노라가 마지막 힘을 쥐어짜는데도 거의 제자리에 머무는 동안 너무도 중립적이고 수학적인 그 단어가 강박적인 만트라가 되어 머릿속을 계속 맴돌았다. 등거리. 등거리. 등거리. 어느 쪽 강둑하고도 더 가깝지 않았다.

노라는 평생 그런 느낌으로 살았다.

중간에 끼어서 안간힘을 쓰고, 허우적거리며 그저 살아남으려고 했다. 어느 길로 가야 할지, 어느 길에 헌신해야 후회가 없을지 모른 채.

노라는 반대쪽 강둑을 바라보았다. 이제 강둑에는 서가가 겹쳐졌지만 여전히 큼지막한 플라타너스 실루엣이 걱정스러운 부모처럼 강물 쪽으로 몸을 내밀고 있었다. 바람이 이파리 사이를 지나가며 쉿 소리를 냈다.

"하지만 넌 이미 할 만큼 했어. 그리고 살아남았지." 노라의 생각을 읽은 엘름 부인이 말했다.

다른 사람의 꿈

"인생은 언제나 행동하는 거란다." 강에 뛰어들었던 조가 친구들에 의해 끌려 나오는 모습을 노라와 함께 지켜보며 엘름 부인이 말했다. 노라가 오래전에 이름을 잊어버린 한 여자가 소방서에 전화했고, 조는 그런 여자를 바라보았다. "그리고 결정적인 순간이 되면 넌 행동했어. 반대쪽 강둑까지 헤엄쳐 갔지. 강에서 기어 나왔어. 기침을 심하게 하고 저체온증에 걸렸지만 불가능해 보이는 상황에서도 강을 횡단했어. 네 안에 있던 무언가를 찾아낸 거야."

"네, 박테리아가 나왔죠. 몇 주 동안 앓아누웠고요. 더러운 물을 너무 많이 마셨어요."

"하지만 살아남았잖니. 네겐 희망이 있었어."

"네, 뭐, 날이 갈수록 사라졌지만요."

노라는 바닥을 바라보았다. 잔디가 움츠러들더니 다시 돌바닥으로 변했다. 노라는 고개를 들어 희미하게 어른거리는 강과 조 그리고 조의 친구들, 어린 그녀와 함께 허공으로 녹아드는 플라타너스 나무의 마지막 모습을 바라보았다.

도서관은 원래 모습으로 돌아왔다. 하지만 이제 책들은 모두 서가에 꽂혀 있었고, 불은 깜빡이지 않았다.

"전 너무 어리석었어요. 그저 사람들에게 인정받으려고 강을 헤엄쳤죠. 전 늘 오빠가 나보다 우월하다고 생각했어요. 오빠가 날 좋아하기를 바랐어요."

"왜 오빠가 너보다 우월하다고 생각했지? 부모님이 그렇게 생각해서?"

노라는 엘름 부인의 직설적인 발언에 화가 났다. 하지만 일리 있는 말이었다. "전 늘 부모님의 인정을 받으려고 부모님이 원하는 대로 했어요. 물론 오빠에게도 문제가 있었죠. 나중에 오빠가 게이라는 걸 알고서야 그 문제가 이해되더군요. 하지만 형제나 남매간의 경쟁은 당사자들보다는 부모 때문이라고들 하죠. 전 늘 부모님이 오빠의 꿈을 좀 더 응원한다고 느꼈어요."

"오빠가 음악을 한다고 했을 때처럼?"

"네. 오빠가 라비와 함께 록스타가 되겠다고 했을 때 부모님은 오빠에게 기타와 디지털 피아노를 사주셨죠."

"그래서 어떻게 됐지?"

"기타는 계속 쳤어요. 오빠는 일주일을 연습하더니 〈스모크 온 더 워터(Smoke on the water)〉를 치더군요. 하지만 피아노는 별로 좋아하지 않았고, 방에서 치워버리고 싶어 했죠."

"그래서 네 차지가 됐지." 엘름 부인은 질문이라기보다 단언하듯이 말했다. 그녀는 이미 알고 있었다. 당연히.

"네."

"디지털 피아노는 네 방으로 옮겨갔고, 넌 그걸 친구처럼 환영했지. 그리고 꾸준히 연습했어. 용돈으로 피아노 독학 교재와《초심자를 위한 모차르트》《피아노로 연주하는 비틀스》를 샀지. 피아노가 좋았으니까. 오빠에게 인정받고 싶기도 했고."

"선생님에게 이런 이야기는 한 적이 없는데요."

엘름 부인은 씩 웃었다. "걱정 마라. 책으로 다 읽었으니까."

"네, 당연히 그렇겠죠. 알겠어요."

"다른 사람에게 인정받으려고 전전긍긍하는 건 그만둬야 할지 몰라, 노라." 엘름 부인이 속삭였다. 그 말의 중요성을 강조하고 둘의 친밀함을 더하기 위해. "네 자신이 되기 위해 다른 사람의 허락을—"

"네, 알아요." 노라가 그녀의 말을 잘랐다.

그리고 정말로 알게 되었다.

이 도서관에 들어온 이후로 지금까지 노라가 선택했던 삶은 사실 모두 다른 사람의 꿈이었다. 결혼해서 펍을 운영하는 것은 댄의 꿈이었다. 오스트레일리아로 떠나는 것은 이지의 꿈이었고, 같이 가지 못한 후회는 자신에 대한 슬픔이라기보다 단짝에 대한 죄책감이었다. 올림픽 수영 메달리스트가 되는 것은 아빠의 꿈이었다. 노라가 어릴 때 북극에 관심이 있었고, 빙하학자가 되고 싶었던 건 사실이지만 그 꿈마저도 학교 도서관에서 엘름 부인과 나눈 대화에 상당한 영향을 받았다. 그리고 라비린스는 늘 오빠의 꿈이었다.

어쩌면 그녀를 위한 완벽한 삶은 없을지 모른다. 하지만 어딘가에 틀림없이 살 가치가 있는 인생이 있을 것이다. 진정으로 살아볼 가치가 있는 인생을 발견하려면 더 큰 그물을 던져야 한다는 걸 노라는 깨달았다.

엘름 부인의 말이 맞았다. 게임은 끝나지 않았다. 체스판에 말이 남아 있는데 게임을 포기하는 선수는 없다.

노라는 등을 곧추세워 당당하게 섰다.

"맨 밑이나 맨 위 선반에서 더 골라보렴. 지금까지 넌 가장 큰 후회들을 되돌렸어. 더 위쪽이나 아래쪽 선반에 있는 책들은 너에게서 좀 더 동떨어진 삶이야. 이 우주에 있기는 하지만 네가 상상했거나 슬퍼했거나 생각해본 적 없는 삶들. 살 수는 있지만 한 번도 꿈꿔본 적 없는 삶이지."

"그럼 불행한 삶인가요?"

"그런 삶도 있고 아닌 삶도 있어. 가장 예측하기 쉬운 삶이 아닐 뿐이야. 들어가려면 상상력을 약간 발휘해야 해. 하지만 넌 할 수 있어……."

"선생님이 골라줄 수는 없나요?"

엘름 부인은 미소 지었다. "시를 낭송해줄 순 있지. 사서들은 시를 좋아한단다." 그러더니 로버트 프로스트의 시를 인용했다. "'숲속에 두 갈래 길이 있었고 나는/ 나는 인적이 적은 길을 선택했다고,/ 그리고 그 때문에 모든 게 달라졌다고…….' 만약 숲에서 길이 두 갈래 이상으로 갈라졌다면 어떻게 될까? 나무보다 길이 더 많다면? 네가 고를 수 있는 선택지가 끝없이 많다면? 로버트 프로스트라면 그럴 때 어떻게 했을까?"

노라는 철학과 1학년이었을 때 아리스토텔레스를 공부한 기억이 났다. 그리고 최상의 결과는 결코 우연이 아니라는 그의 주장에 약간 실망했던 기억도 났다. 아리스토텔레스의 주장에 따르면 최상의 결과는 '여러 대안 중에서 현명한 선택을 내린 결과'다. 그런데 지금 노라는 이렇게 여러 대안을 조금씩 맛보는 특권을 누리는 처지에 있다. 이는 지혜로 가는 지름길이며 아마 행복으로 가는 지름길이기도 할 것이다. 이제 노라에게는 이 기회가 짐이 아니라 소중히 여겨야 할 선물로 보였다.

"우리가 정돈해놓은 체스판을 보렴." 엘름 부인이 부드럽게 말했다. "게임이 시작되기 전인 지금은 얼마나 질서 있고 안전하고 평화로워 보이니. 아주 아름답지. 하지만 동시에 지루하고 죽어 있어. 그러다 네가 체스판의 말을 움직이는 순간 상황은 변하지. 좀 더 무질서해져. 네가 말을 한 번씩 움직일 때마다 그 무질서는 점점 쌓이는 거야."

노라는 체스판이 놓인 탁자로 가서 엘름 부인 맞은편 자리에 앉았다. 그러고는 체스판을 내려다보다가 폰을 앞으로 두 칸 옮겼다.

엘름 부인도 반대편에서 노라와 똑같은 수를 두었다.

"체스는 쉬운 게임이지. 하지만 잘하기는 어려워. 네가 수를 둘 때마다 완전히 새로운 가능성의 세상이 열리거든."

노라는 나이트를 움직였다. 두 사람은 이런 식으로 잠시 체스를 두었다.

엘름 부인이 설명했다. "게임이 시작될 때는 변화수가 없어. 기물을 배치하는 데는 한 가지 방법뿐이야. 하지만 첫 여섯 수만 둬도 변화수는 9백만 개나 된단다. 여덟 수를 둔 뒤에는 2888억 개의 다른 위치가 나올 수 있지. 그리고 그런 가능성은 계속 증가해. 관측 가능한 우주의 원자 양보다 체스를 둘 수 있는 방법이 훨씬 더 많아. 그래서 아주 복잡해지지. 그리고 체스를 두는 데 올바른 법은 없어. 그저 많은 방법이 있을 뿐이야. 인생과 마찬가지로 체스에서는 가능성이 모든 것의 기본이야. 모든 희망과 꿈, 후회, 살아 있는 모든 순간의 기본이지."

마침내 노라는 게임에서 이겼다. 엘름 부인이 일부러 져줬다는 의심이 들기는 했지만 그래도 기분이 약간 나아졌다.

"좋아. 이제 책을 고를 시간이 된 것 같구나. 뭘 고를래?"

노라는 서가를 훑어보았다. 좀 더 구체적인 제목만 달렸어도…….

'여기 완벽한 삶이 있다'라는 제목의 책이 있으면 좋으련만.

처음에는 본능적으로 엘름 부인의 질문을 무시하고 싶었지만 책을 보면 늘 펼쳐보고 싶기 마련이다. 노라는 삶도 그렇다는 걸 깨달았다.

엘름 부인은 예전에 했던 말을 반복했다.

"절대 사소한 것의 중요성을 과소평가하지 마라."

나중에 알고 보니 이는 유용한 조언이었다.

"편안한 삶을 살아보고 싶어요. 동물들과 함께하는 삶, 동물 보호소에서 일하는 삶이요. 스트링 시어리가 아니라 학교에서 경력을 쌓는 삶요. 네, 그런 삶을 주세요."

편안한 삶

이번 삶은 들어가기가 꽤나 쉬웠다.

이 삶을 사는 노라는 잠도 아주 잘 자서 7시 45분에 알람이 울린 후에야 일어났다. 노라는 개와 비스킷 냄새가 풍기고, 빵 부스러기가 떨어진 폐차 직전의 현대자동차를 끌고 병원과 스포츠센터를 지나 회색 벽돌로 지은 현대적인 단층 건물 앞의 작은 주차장에 차를 세웠다. 그곳이 동물보호센터였다.

노라는 아침 내내 동물들에게 사료를 주고, 개들을 산책시켰다. 이 삶에 스며들기 쉬운 이유 중 하나는 갈색 곱슬머리에 요크셔 억양을 쓰며 싹싹하고 털털한 여자가 노라를 맞아주었기 때문이다. 폴린이라는 이름의 그 여자는 노라가 오늘부터 고양이 보호소가 아닌 개 보호소에서 일할 예정이었다고 말했다. 덕분에 노라에게는 무슨 일을 해도 되는지 묻고 어리둥절한 표정을 지어도 될 만한 구실이 생겼다. 또한 모든 직원이 이름표를 달고 있던 터라 이름을 모르는 문제도 해결되었다.

노라는 새로 온 불마스티프를 보호소 뒤쪽 언덕으로 데려가 산책시켰다. 폴린은 그 개가 주인에게 심한 학대를 받았다면서 둥근 흉터 몇 개를 가리켰다.

"담뱃불로 지진 자국이에요."

노라는 잔인한 행위가 존재하지 않는 세상에 살고 싶었지만 그녀가 살 수 있는 세상은 인간들이 사는 세상뿐이었다. 불마스티프의 이름은 샐리였다. 샐리는 모든 걸 무서워했다. 자기 그림자도, 덤불도, 다른 개들도, 노라의 다리도, 풀도, 공기도. 그래도 확실히 노라를 좋아했고, 심지어 배를 (아주 잠깐) 문질러줘도 가만히 있었다.

나중에 노라는 개들이 지내는 여러 개의 오두막 중 일부를 청소했다. '우리'보다 어감이 좋기 때문에 오두막이라고 하는 듯했는데 그게 훨씬 적절한 명칭이었다. 디젤이라는 이름의 다리가 세 개뿐인 저먼 셰퍼드는 여기서 꽤 오래 지낸 듯했다. 노라는 디젤과 캐치볼 놀이를 하면서 디젤이 반사신경이 뛰어나다는 걸 알게 되었다. 디젤은 거의 매번 입으로 공을 잡아냈다. 노라는 이 삶이 좋았다. 더 정확히 말하면 이번 삶의 자신이 마음에 들었다. 사람들이 그녀에게 말하는 태도에서 자신이 어떤 사람인지 알 수 있었고, 좋은 사람이 되니 기분이 좋았다. 위안이 되면서 마음이 든든해졌다.

여기서는 마음도 달랐다. 이번 삶에서는 생각을 많이 했는데, 하나같이 다정한 생각들이었다.

"연민은 도덕성의 근본이다"라고 아서 쇼펜하우어는 덜 냉소적이던 시절에 말했다. 어쩌면 연민은 삶의 근본일지 모른다.

동물보호센터에는 딜런이라는 남자도 있었는데 개들을 아주 잘 다뤘다. 나이는 노라와 비슷하거나 더 어린 듯했다. 친절하면서 다정하고 슬픈 얼굴이었고, 서퍼처럼 긴 머리는 레트리버처럼 금색이었다. 노라가 들판이 내려다보이는 벤치에서 점심을 먹고 있을 때 그가 다가와 벤치에 앉았다.

"오늘 메뉴는 뭐야?" 노라의 도시락을 향해 고갯짓하며 딜런이 다정하게 물었다.

솔직히 말해서 노라도 몰랐다. 그날 아침 달력과 마그넷이 어수선하게 붙어 있는 냉장고 문을 열어 보니 이미 도시락이 있었다. 뚜껑을 열었더니 치즈와 마마이트◆ 샌드위치, 그리고 솔트 앤드 비니거 감자 칩 한 봉지가 들어 있었다. 하늘이 어두워지고 바람이 거세졌다.

"젠장, 비가 오려나 봐." 노라가 말했다.

"그럴 것 같네. 하지만 개들은 아직 야외에 있어."

"그게 무슨 말이야?"

"개들은 비가 오는 냄새를 맡을 수 있어. 그래서 비가 올 것 같다 싶으면 안으로 들어가. 멋지지 않아? 코로 미래를 예측할 수 있다는 게?"

"그러게. 진짜 멋지다."

노라가 치즈 샌드위치를 한 입 먹는데 딜런이 그녀의 어깨에 한쪽 팔을 둘렀다.

◆ 영국인들이 사랑하는 스프레드로 강한 짠맛이 특징.

노라는 너무 놀라서 벌떡 일어났다.

"왜 이래?"

딜런은 매우 미안해하는 표정이었고, 약간 자책하는 듯했다.

"미안. 나 때문에 어깨를 다친 거야?"

"아니…… 난 그냥…… 난…… 아냐. 아냐……. 괜찮아."

노라는 딜런이 자신의 남자 친구이며, 자신과 같은 학교 출신이라는 걸 알게 되었다. 헤이즐딘 스쿨. 그리고 자신보다 2년 후배라는 사실도.

노라는 아버지가 돌아가신 날이 기억났다. 학교 도서관에서 빗방울이 떨어진 창밖을 내다보고 있을 때 자신보다 두 학년 아래인 금발 남학생이 창밖에서 뛰어가고 있었다. 누군가를 쫓아가거나 쫓기는 거라고 생각했다. 그 남학생이 바로 딜런이었다. 노라는 멀리서나마 그 남학생이 마음에 든다고 생각했지만 그가 누구인지 전혀 알지 못했고, 생각하지도 않았다.

"괜찮아, 노스터?" 딜런이 물었다.

노스터?

"응. 그냥…… 응, 괜찮아."

노라는 다시 벤치에 앉았지만 딜런과 약간 거리를 두었다. 딜런에게 눈에 띄게 나쁜 점은 없었다. 그는 다정했고, 이번 삶의 노라는 정말로 딜런을 좋아할 거라는 확신이 들었다. 어쩌면 사랑할 수도 있었다. 하지만 이 삶에 들어왔다고 해서 이 삶을 살던 노라와 감정까지 같아지는 건 아니었다.

"그건 그렇고, 지노스 예약했어?"

지노스. 이탈리안 레스토랑이다. 노라는 학생 때 거기 간 적이 있었다. 아직 그 식당이 있다니 놀라웠다.

"응?"

"지노스. 피자 가게. 오늘 저녁 예약했냐고. 거기 매니저랑 아는 사이라고 했잖아."

"예전에 아빠랑 아는 사이였어, 응."

"그래서 통화했어?"

"응." 노라는 거짓말했다. "근데 오늘은 예약이 다 찼대."

"평일인데? 이상하다. 아쉽네. 난 피자 좋은데. 파스타도. 라자냐도. 또—"

"그래, 알았어. 나도 이상하다는 거 알아. 근데 단체 예약이 두 개나 잡혀 있대."

딜런은 벌써 휴대전화를 꺼내 들었다. 열성적이었다. "그럼 라 칸티나에 전화해볼게. 멕시코 식당 말이야. 비건 메뉴가 엄청 많아. 난 멕시코 음식 좋아해. 당신도 좋아하지?"

노라는 딜런과의 대화가 재미없다는 점을 제외하고는 이 제안을 거절해야 할 적당한 이유가 생각나지 않았다. 특히나 현재 그녀가 먹고 있는 부실한 샌드위치와 거의 텅 빈 냉장고를 생각하면 멕시코 음식은 구미가 당겼다.

그래서 딜런은 식당을 예약했고, 그들은 계속 이야기를 나눴다. 뒤쪽 건물에서 개들이 짖어댔다. 대화를 나누는 동안 노라는 그들이 동거를 고려하고 있다는 걸 알게 되었다.

"〈라스트 찬스 살룬〉을 함께 볼 수도 있어." 딜런이 말했다.

노라는 건성으로 듣고 있었다. "그게 뭔데?"

딜런은 수줍음이 많았고, 상대의 눈을 똑바로 보는 데 서툴렀다. 그런 모습이 꽤 사랑스러웠다.

"당신이 보고 싶어 했던 라이언 베일리 영화. 그때 예고편 보면서 재미있겠다고 했잖아. 찾아봤더니 로튼 토마토 지수가 86퍼센트야. 지금 넷플릭스에 올라와 있어. 그러니까……."

노라가 세계적으로 성공한 록밴드의 리드 싱어이자 글로벌 아이콘이며, 실제로 라이언 베일리와 사귀었다가 차버린 삶도 있다고 말한다면 딜런은 그 말을 믿을까?

"좋아." 노라는 빈 감자 칩 봉지가 바람에 날아올라 풀이 듬성듬성한 들판을 가로지르는 걸 바라보며 대답했다.

딜런은 얼른 일어나 봉지를 붙잡더니 벤치 옆 쓰레기통에 버리고는 빙그레 웃으며 다시 노라 옆에 털썩 앉았다. 노라는 이번 삶의 노라가 왜 그를 좋아했는지 알 수 있었다. 딜런에게는 아주 순수한 구석이 있었다. 강아지처럼.

이 우주에서 개와 함께 살고 있는데 왜 다른 우주를 원해?

라 칸티나는 캐슬 로드에 있었는데 스트링 시어리 부근이라서 그 앞을 지나가야 했다. 낯익은 곳에 오니 기분이 이상했다. 스트링 시어리 앞에 이르자 평소와 달랐다. 쇼윈도에 기타들이 없었다. 아무것도 없었다. 빛바랜 A4 용지 한 장만 유리창 안쪽에 붙어 있었다.

노라는 닐의 필체를 알아볼 수 있었다.

아아, 애석하게도 스트링 시어리는 이제 영업을 접습니다. 임대료 인상 때문에 더는 영업을 계속할 수가 없습니다. 단골손님들께 감사합니다. 마음 쓰지 마십시오, 괜찮습니다.◆ 여러분은 여러분의 길을 가세요.◆ 여러분 없는 우리는 상상도 할 수 없네요.◆

딜런은 재미있어 했다. "가사를 짜깁기했네." 그러더니 잠시 후에 덧붙였다. "내 이름은 밥 딜런에서 따온 거야. 내가 말했던가?"

◆ Don't think twice, it's all right. 밥 딜런의 노래 제목.
◆ You can go your own way. 플리트우드 맥의 〈Go your own way〉 가사.
◆ God only knows what we'll be without you. 비치 보이스의 〈God only knows〉의 가사.

"기억 안 나."

"그 가수 있잖아."

"응, 나도 밥 딜런 알아, 딜런."

"누나 이름은 수잰이야. 레너드 코헨의 노래에서 따왔지."

노라는 미소 지었다. "우리 부모님도 레너드 코헨 좋아해."

"여기 와본 적 있어? 좋은 가게 같았는데."

"한두 번."

"당신은 음악에 관심이 있으니까 들어가봤을 거라고 생각했어. 예전에 피아노를 쳤잖아, 그렇지?"

예전에.

"응. 키보드를 약간."

쇼윈도에 붙은 종이는 오래되어 보였다. 닐이 했던 말이 생각났다. "시들시들한 얼굴로 손님을 쫓아내는 자네에게 돈을 줄 수가 없어."

'글쎄요, 닐, 문제는 내 얼굴이 아니었던 것 같네요.'

두 사람은 계속 걸었다.

"딜런, 평행우주를 믿어?"

딜런은 어깨를 으쓱였다. "그럴걸."

"당신은 다른 삶이 있다면 어떻게 살고 있을 것 같아? 지금 여기가 좋은 우주라고 생각해? 아니면 베드퍼드를 떠난 우주에서 살고 싶어?"

"별로. 난 여기서 사는 게 행복해. 이 우주에서 개와 함께 살고 있는데 왜 다른 우주를 원해? 개는 런던이나 여기서나 똑같아. 예전에 수의학을 공부하려고 글래스고 대학에 진학했는데 첫 일주일 동안 우리 집 개들이 너무 보고 싶은 거야. 그런데 마침 아버지가 실직되는 바람에 대학 등록금을 보태줄 형편이 안 되었어. 그래서 난 영영 수의사가 되지 못했지. 정말로 수의사가 되고 싶었는데 말이야. 하지만 후회 안 해. 난 행복하게 살고 있어. 좋은 친구가 있고, 개도 있지."

노라는 미소 지었다. 비록 이 삶을 사는 노라만큼 그에게 끌릴 것 같지는 않지만 딜런이 마음에 들었다. 딜런은 좋은 사람이었고, 좋은 사람은 드물었다.

레스토랑에 다 왔을 때 그들 맞은편에서 운동복 차림의 키가 크고 검은 머리 남자가 달려오고 있었다. 노라는 잠시 어리둥절해하다가 그게 애쉬임을 깨달았다. 외과 의사 애쉬, 스트링 시어리의 손님이었으며 그녀에게 커피를 마시자고 제안했던 애쉬, 병원에서 그녀를 위로해주었고, 다른 삶에서는 어젯밤에 그녀의 집을 찾아와 볼테르가 죽었다고 알려준 애쉬. 그 기억이 생생했지만 어디까지나 그녀만의 기억이었다. 애쉬는 일요일에 열린다던 하프 마라톤을 대비해 달리고 있었다. 이번 삶의 애쉬가 원래 삶의 애쉬와 다르다고 믿을 이유는 전혀 없었다. 다만 그는 어젯밤에 길에서 죽은 볼테르를 발견하지 않았으리라. 어쩌면 발견했을지도 모른다. 다만 이름이 볼테르가 아니었으리라.

"안녕하세요." 여기가 다른 세상이라는 걸 깜빡 잊고 노라가 애쉬에게 인사했다.

애쉬도 그녀에게 미소를 지었으나 어리둥절한 미소였다. 어리둥절하지만 친절한 미소. 그걸 보자 노라는 왠지 한층 더 민망했다. 이번 삶에서는 당연히 그가 노라의 집 현관문을 두드리는 일도 없었을 테고, 심지어 커피를 마시자고 청하거나 사이먼 앤드 가펑클 악보집을 사러 온 일도 없었을 것이다.

"누구야?" 딜런이 물었다.

"아, 그냥 다른 세상에서 알던 사람."

딜런은 혼란스러운 표정이었지만 그 말을 빗방울처럼 털어내버렸다.

두 사람은 레스토랑으로 들어갔다.

딜런과의 저녁 식사

라 칸티나는 거의 예전 그대로였다.

노라는 몇 년 전, 댄이 처음 베드퍼드를 방문했을 때 저녁을 먹으려고 그를 여기 데려왔던 일이 떠올랐다. 둘은 구석 자리에 앉았고, 마르가리타를 잔뜩 마셨으며, 함께하는 미래에 대해 이야기했다. 그때 처음으로 댄은 시골에서 펍을 운영하고 싶다는 꿈을 털어놓았다. 이번 삶에서 노라가 딜런과 동거할 생각이었듯이 당시 노라도 댄과 동거하기 직전이었다. 그제야 기억났다. 그때 댄은 웨이터에게 상당히 무례했고, 노라는 미안한 마음에 웨이터에게 지나칠 정도로 미소를 지어 보였다. '저임금 서비스직 종사자를 함부로 대하는 사람을 절대 믿지 마라.' 이는 인생 법칙이고, 이 법칙에 따르면 댄은 탈락이었다. 다른 많은 법칙에서도. 하지만 솔직히 말해서 라 칸티나는 그녀가 다시 오고 싶을 정도로 좋은 식당은 아니었다.

"난 여기가 너무 좋아." 노란색과 빨간색으로 요란하게 꾸미고, 사람들로 붐비는 실내를 둘러보며 딜런이 말했다. 과연 이 세상에 딜런이 싫어하는 혹은 싫어할 곳이 있을까? 노라는 속으로 생각했다. 딜런은 체르노빌 근처의 벌판에 앉아서도 아름다운 경치에 감탄할 사람 같았다.

블랙빈 타코를 먹으면서 두 사람은 개와 학교에 대해 이야기했다. 노라보다 두 학년 아래인 딜런은 그녀를 '수영을 잘하는 선배'로 기억했다. 심지어 조회 시간에 노라가 단상에 올라가 헤이즐딘 스쿨을 대표하는 우수한 학생이라는 증명서를 받았던 일—노라가 오랫동안 잊으려고 했던 사건—까지 기억했다. 이제 생각해보니 그 일로 수영을 그만둬야겠다고 마음먹었던 것 같다. 친구들과 어울리기가 점점 더 어려워지고, 학교생활의 변방으로 물러난 순간이었다.

"쉬는 시간에 당신이 도서관에 있는 걸 자주 봤어." 그 기억을 떠올리며 딜런이 미소 지었다. "그때 당신은 우리 학교 도서관 사서와 체스를 두곤 했지. 그분 이름이 뭐였더라?"

"엘름 부인." 노라가 말했다.

"맞아! 엘름 부인!" 딜런은 그렇게 말하더니 한층 더 놀라운 이야기를 했다. "며칠 전에 그분을 봤어."

"그래?"

"응. 셰익스피어가에서. 간호사 유니폼 같은 옷을 입은 사람과 함께 있었어. 산책을 마치고 요양원으로 돌아가는 길 같더라고. 아주 쇠약해 보였어. 많이 늙으셨더라."

무슨 이유에서인지 노라는 엘름 부인이 오래전에 죽었을 거라고 생각했고, 자정의 도서관으로 돌아가 엘름 부인을 볼 때마다 그 생각은 더욱 굳어졌다. 왜냐하면 도서관에서 보는 엘름 부인은 노라가 학교에 다닐 때와 똑같은 모습, 중생대 호박에서 발견된 모기처럼 노라의 기억 속에 보존된 모습 그대로였기 때문이다.

"아, 저런. 가여운 엘름 부인. 난 부인을 아주 좋아했는데."

라스트 찬스 살룬

저녁을 먹은 뒤 노라는 딜런의 집으로 가서 라이언 베일리의 영화를 보기로 했다. 그들은 레스토랑에 양해를 구하고 반쯤 남은 와인을 가져왔다. 노라는 딜런이 다정하고, 어떤 질문이든 할 수 있으며, 꼬치꼬치 캐묻지 않아도 그들의 삶에 대해 많이 알려줄 거라는 이유로 그의 집에 가는 것을 정당화했다.

딜런은 헉슬리가에 있는 작은 테라스 하우스에 살았는데 어머니에게 물려받은 집이었다. 그렇지 않아도 작은 집이 개들 때문에 한결 더 좁아졌다. 노라가 본 것만 해도 다섯 마리였는데 아마 위층에 더 있을 터였다. 노라는 늘 자신이 개 냄새를 좋아한다고 생각했지만 갑자기 거기에도 한계가 있음을 깨달았다.

소파에 앉았더니 엉덩이 밑에 무언가가 느껴졌다. 개들이 물어뜯을 수 있는 플라스틱 링 장난감이었다. 노라는 그걸 집어 들어 카펫 위에 놓인 다른 장난감들 옆에 내려놓았다. 한쪽이 뜯겨나간 노란색 점핑볼과 뼈다귀 장난감, 절반이 뜯긴 봉제 인형 장난감이었다.

백내장에 걸린 치와와가 그녀의 오른쪽 다리와 교미하려고 했다.

"그만해, 페드로." 딜런이 웃으며 치와와를 노라에게서 떼어냈다.

이번에는 밤색 대형견 뉴펀들랜드가 소파로 올라와 노라 옆에 앉더니 슬리퍼만 한 혀로 그녀의 귀를 핥아댔다. 그 때문에 딜런은 소파에 앉지 못하고 바닥에 앉아야 했다.

"소파로 올라올래?"

"아니, 난 바닥도 편해."

노라는 강요하지 않았다. 사실 꽤 안심이 되었다. 덕분에 어색하지 않게 〈라스트 찬스 살룬〉을 감상할 수 있었다. 뉴펀들랜드도 귀 핥던 걸 멈추고 노라의 무릎에 머리를 올려놓았다. 노라는 딱히 행복하지 않았지만 우울하지도 않았다.

하지만 라이언 베일리가 영화 속 연인에게 "인생은 살아보는 거야, 공주님"이라고 말하는 걸 보면서 동시에 딜런이 또 다른 개도 침대에서 데리고 잘까 하는 생각 중이라는("녀석이 밤새 울어. 아빠랑 함께 있고 싶은 거야.") 말을 듣고 있자니 노라는 자신이 이 삶을 그다지 좋아하지 않는다는 걸 깨달았다.

또한 딜런은 다른 노라, 그와 사랑에 빠진 노라를 가질 자격이 있었다. 이런 감정은 처음이었다. 마치 다른 사람의 자리를 빼앗은 듯했다.

이번 삶에서 자신이 술이 세다는 걸 깨달은 노라는 와인을 잔에 좀 더 따랐다. 캘리포니아산 싸구려 진판델 와인이었다. 노라는 병 뒤에 붙은 라벨을 바라보았다. 무슨 이유에서인지 와인을 만드는 포도밭 소유주인 자닌과 테런스 손튼 부부의 자기소개가 짤막하게 적혀 있었다. 노라는 마지막 부분을 읽었다. "처음 결혼했을 때부터 우리는 늘 언젠가 우리만의 포도밭을 운영하는 꿈을 꿨습니다. 그리고 이제 그 꿈이 이뤄졌습니다. 이곳 드라이 크릭 밸리에서 우리의 인생은 진판델 한 잔처럼 훌륭합니다."

노라는 그녀를 핥는 대형견을 쓰다듬으며 녀석의 넓고 따뜻한 이마에 대고 "잘 있어"라고 속삭인 뒤 딜런과 개들을 남겨둔 채 떠났다.

부에나 비스타 포도밭

자정의 도서관으로 돌아갔을 때 엘름 부인은 노라가 와인 병 라벨에서 읽었던 글과 가장 비슷한 삶을 찾아냈다. 그리하여 노라에게 그 책을 건넸고, 노라는 미국으로 가게 되었다.

이번 삶에서 그녀는 노라 마르티네스였으며 눈동자가 반짝거리는 40대 초반 멕시코계 미국인 에두아르도의 아내였다. 원래 삶에서는 대학을 졸업하기 전에 갭이어를 가지지 않은 걸 후회했는데 이 삶에서는 갭이어에 미국에 갔다가 에두아르도를 만났다. 에두아르도는 보트 사고로 부모님이 돌아가신 뒤에 꽤 많은 유산을 물려받았고, 그들은 유산으로 캘리포니아에 작은 포도밭을 구입했다. (노라는《와인 인수지애스트》에 그들이 소개된 기사를 읽고 그런 사실을 알게 되었다. 떡갈나무 패널로 벽을 덧댄 시음실에 그 기사가 담긴 액자가 걸려 있었다.) 3년간 실적이 꽤 좋아서—특히 시라 와인—옆 포도밭이 매물로 나왔을 때 구입할 수 있었다. 부에나 비스타라고 불리는 그들의 포도밭은 산타크루즈산맥의 작은 언덕에 자리했다. 두 사람 사이에는 알레한드로라는 아들이 있었는데 몬트레이베이 근처의 기숙 학교에서 지냈다.

그들의 사업 상대는 대부분 와이너리 투어를 하는 관광객이었다. 한 시간 간격으로 관광객이 탄 관광버스가 도착했는데 관광객들은 정말로 잘 속았기 때문에 즉흥적으로 말을 꾸며내기가 쉬웠다. 주로 이런 식이었다. 관광버스가 오기 전에 에두아르도가 시음용으로 어떤 와인을 따라놓을지 결정하고 노라에게 와인 병을 건넨다. 그러다 노라가 와인을 너무 많이 따르면 스페인어가 섞인 영어로 상냥하게 노라를 나무란다. "그만, 그만, 노라, despacio(조금씩), un poco(좀) 너무 많아." 관광객들이 도착하면 노라는 그들이 와인을 한 모금씩 마시다가 벌컥벌컥 들이켜는 동안 와인의 향을 들이마신다. 그러고는 에두아르도의 말을 흉내 내서 그럴싸한 표현을 한다.

"이 와인에는 다양한 우디 향이 있죠." 혹은 "식물 향이 느껴지실 거예요. 잘 익은 블랙베리의 강한 향과 향긋한 천도복숭아 향이 목탄 향의 여운과 완벽한 조화를 이루죠."

교향곡의 다른 악장처럼 새로운 삶을 경험할 때마다 다른 느낌이 들었는데 이번 삶은 꽤 과감하고 희망적이었다. 에두아르도는 엄청나게 자상했고, 그들의 결혼 생활은 행복한 듯했다. 어쩌면 딜런의 대형견이 그녀를 핥는 동안 그녀가 딜런과 마셨던 싸구려 와인에 붙어 있던 라벨 속 부부의 삶에도 뒤지지 않을 것이다. 노라는 심지어 그들 이름까지 기억했다. 자닌과 테런스 손튼. 이제는 그녀도 와인 병 라벨 속에서 사는 듯했다. 겉모습도 그렇게 보였다. 완벽한 캘리포니아식 머리 모양에 돈을 많이 들인 듯한 치아,

구릿빛 피부, 시라 와인을 꽤 많이 마시는데도 건강했고, 매주 몇 시간씩 필라테스를 한 듯 복부는 납작하고 단단했다.

하지만 이 삶에서는 와인에 대한 지식뿐 아니라 다른 모든 것들도 꾸며내기 쉬웠다. 이는 에두아르도와 행복한 결혼 생활을 하는 비결이 그가 매사에 별로 주의를 기울이지 않는다는 신호일 수 있었다.

마지막 관광객이 떠난 뒤, 에두아르도와 노라는 각자 와인을 들고 별빛 아래 앉았다.

"이제 LA 산불은 다 진화됐대." 에두아르도가 말했다.

노라는 그녀가 가수였던 삶에서 LA의 집에는 누가 살았을지 궁금했다. "그거 다행이네."

"응."

"아름답지 않아?" 노라는 성운이 가득한 맑은 하늘을 올려다보며 남편에게 물었다.

"뭐가?"

"은하수."

"응."

에두아르도는 휴대전화를 들여다보고 있었고 별로 말이 없었다. 그러다 전화를 내려놓았지만 여전히 말이 없었다.

노라는 인간관계에 세 가지 침묵이 있다는 걸 알고 있었다. 자신이 화가 났다는 걸 수동적으로 드러내는 침묵이 있고, '우린 더는 대화가 통하지 않아'라는 침묵도 있고, 마지막으로 에두아르도와 노라가 키워온 듯한 침묵, 말하지 않아도 편안한 침묵이 있다. 그저 함께 있고, 함께 존재하는 침묵이었다. 자기 자신과 기꺼이 침묵할 수 있는 것처럼.

하지만 그래도 노라는 이야기하고 싶었다.

"우리 행복한 거 맞지?"

"왜 그런 걸 물어봐?"

"아, 나도 우리가 행복한 거 알아. 그래도 가끔 당신이 그렇게 말하는 걸 듣고 싶어."

"우린 행복해, 노라."

노라는 와인을 한 모금 마시며 남편을 바라보았다. 날이 따뜻한데도 에두아르도는 스웨터를 입고 있었다. 그들은 한동안 그렇게 앉아 있었고, 에두아르도가 먼저 일어났다.

"난 여기 좀 더 있다가 들어갈게." 노라가 말했다.

에두아르도는 개의치 않는 듯했고, 노라의 정수리에 살짝 키스한 뒤 조용히 자리를 떴다.

노라는 와인 잔을 든 채 자리에서 일어나 달빛에 잠긴 포도밭 사이를 걸어 다녔다.

별이 가득한 맑은 하늘을 올려다보았다.

이 삶에는 아무 문제도 없었지만 노라는 다른 것들, 다른 삶, 다른 가능성을 갈망했다. 착지할 준비가 안 된 채 여전히 허공에 떠 있는 듯했다. 어쩌면 그녀는 생각보다 위고 르페브르와 비슷할지 모른다. 책장을 넘기듯 이 삶에서 저 삶으로 쉽게 넘어갈 수 있을

지 모른다.

노라는 숙취가 없으리라는 걸 알고서 남은 와인을 다 들이켰다. "흙과 나무 향이네." 그녀는 그렇게 중얼거리고 눈을 감았다.

이번에는 오래 걸리지 않았다.

전혀.

노라는 그저 우두커니 서서 사라지기를 기다렸다.

노라 시드의 수많은 삶

노라는 무언가를 이해하게 되었다. 스발바르의 부엌에서 위고가 제대로 설명해주지 않은 것이었다. 삶을 계속 경험하기 위해 각 삶의 모든 면을 다 즐길 필요는 없었다. 그저 어딘가에 즐길 수 있는 삶이 존재한다는 사실만 포기하지 않으면 된다. 마찬가지로 삶을 즐긴다고 해서 그 삶을 계속 산다는 뜻도 아니다. 더 나은 삶을 상상할 수 없을 때만 영원히 그 삶을 살게 된다. 하지만 역설적이게도 더 많은 삶을 살아볼수록 더 나은 삶이 있을 거라는 생각을 버리기 힘들다. 새로운 삶을 맛볼 때마다 상상력의 한계가 조금씩 넓어지기 때문이다.

시간이 흐르고, 엘름 부인의 도움을 받은 노라는 서가에서 많은 책을 꺼내 다양한 삶을 맛보며 자신이 원하는 삶을 찾아갔다. 노라는 후회를 되돌리는 것이 소원을 이루는 진정한 방법임을 알게 되었다. 결국 하나의 우주에는 그녀가 살 수 있는 거의 모든 형태의 삶이 있었다.

어떤 삶에서는 파리에 혼자 살면서 몽파르나스에 있는 대학에서 영어를 가르쳤고, 센강을 따라 자전거를 탔고, 공원 벤치에 앉아 책을 읽고 또 읽었다. 또 어떤 삶에서는 목이 올빼미만큼 자유자재로 돌아가는 요가 선생이었다.

또 어떤 삶에서는 수영을 계속했지만 올림픽에는 출전하지 않았다. 그냥 재미로 수영을 했다. 그 삶에서는 바르셀로나 근교 시체스의 리조트에서 안전요원으로 일했는데 카탈루냐어와 스페인어에 둘 다 능통했고, 가브리엘라라는 재미있는 단짝 친구가 있었다. 가브리엘라는 노라에게 서핑하는 법을 가르쳐주었고, 둘은 해변에서 5분 떨어진 아파트에서 함께 살았다.

노라가 대학 때 가끔 재미 삼아 쓰던 소설을 계속 써서 책으로 내는 삶도 있었다. 그녀의 소설《후회의 형태》는 평단의 열렬한 극찬을 받았고, 주요 문학상에 최종후보로 올랐다. 그 삶에서 노라는 매직랜턴 프로덕션의 상냥하고 느긋한 제작자 두 명과 소호에 있는 지극히 평범한 회원 전용 식당에서 점심을 먹었다. 그들은 그녀의 작품을 영화로 만들고 싶어 했다. 노라는 플랫브레드를 먹다가 질식할 뻔했고, 레드 와인을 제작자 바지에 엎질러 그날 미팅을 엉망으로 만들었다.

어떤 삶에서는 헨리라는 10대 아들이 있었는데 그녀의 코앞에서 계속 방문을 쾅쾅 닫아대는 바람에 얼굴을 제대로 본 적이 없었다.

어떤 삶에서는 피아니스트였는데 현재 북유럽 순회공연 중이어서 매일 밤 그녀에게 푹 빠진 관중들 앞에서 연주했다. (그러다 헬싱키 핀란디아홀에서 쇼팽의 피아노 협주곡 2번을 엉망으로 치던 도중에 자정의 도서관으로 돌아왔다.)

어떤 삶에서는 토스트만 먹었다.

어떤 삶에서는 옥스퍼드 대학에 진학해 세인트캐서린 대학에서 철학을 가르쳤다. 그리고 비교적 조용한 동네에 일렬로 늘어선 우아한 집 중에서 조지 왕조 시대 양식으로 지은 테라스 하우스에서 혼자 살았다.

어떤 삶에서는 감정이 풍부해서 뭐든지 깊게 직접적으로 느꼈다. 모든 슬픔과 기쁨을 다 느꼈다. 짧은 순간에도 강렬한 기쁨과 강렬한 슬픔이 공존했다. 마치 좌우로 움직이는 진자처럼 둘 다 서로에게 의존한다는듯이. 산책만 나가도 태양이 구름 뒤로 숨어버리면 너무 슬펐다. 반대로 그녀의 관심에 고마워하는 강아지를 만나면 어찌나 기쁜지 그 순수한 기쁨에 몸이 녹아내리는 듯했다. 그 삶에서는 침대 머리맡 테이블에 에밀리 디킨슨의 시집이 있었고, '극도의 희열'이라는 제목의 플레이 리스트가 있었다. 또 다른 플레이 리스트의 제목은 '마음이 찢어질 때 발라줄 접착제'였다.

어떤 삶에서는 여행 블로거로 175만 명의 유튜브 구독자를 거느렸으며, 인스타그램 팔로워도 거의 그 정도 되었다. 그녀의 유튜브 채널에서 가장 인기 있는 동영상은 그녀가 베네치아에서 곤돌라를 타다가 떨어지는 장면이 찍힌 것이었다. 로마를 주제로 한 동영상도 있었는데 제목이 '아 로마(A Roma) 테라피'였다.

어떤 삶에서는 말 그대로 통 자려고 하지 않는 아기를 키우는 미혼모였다.

어떤 삶에서는 연예지에서 연예계 칼럼을 썼는데 라이언 베일리의 연애를 다룬 기사도 썼다.

어떤 삶에서는《내셔널 지오그래픽》의 사진 편집자였다.

어떤 삶에서는 성공한 친환경 건축가로 자신이 직접 설계한 작은 집에서 탄소를 전혀 배출하지 않고 살았다. 그 집에서는 빗물을 모아서 다시 썼으며 전기 대신 태양 에너지를 사용했다.

어떤 삶에서는 보츠와나에서 국제 구호원으로 일했다.

어떤 삶에서는 고양이 돌보미로 일했다.

어떤 삶에서는 노숙자 쉼터에서 자원봉사자로 일했다.

어떤 삶에서는 하나뿐인 친구 집 소파에서 자고 있었다.

어떤 삶에서는 몬트리올에서 음악을 가르쳤다.

어떤 삶에서는 온종일 모르는 사람들과 트위터에서 논쟁하다가 결국에는 대부분의 트윗을 '그게 최선이냐?'라고 썼다. 내심 그게 자신에게 하는 말임을 깨달으면서.

어떤 삶에서는 SNS 계정이 없었다.

어떤 삶에서는 술을 한 번도 마신 적이 없었다.

어떤 삶에서는 체스 챔피언이었고, 대회에 출전하기 위해 우크라이나를 방문 중이었다.

어떤 삶에서는 왕가의 먼 친척과 결혼해서 매 순간 자신의 삶을 미워했다.

어떤 삶에서는 페이스북과 인스타그램에 노자와 루미의 명언만 적혀 있었다.

어떤 삶에서는 세 번째 결혼 생활 중이었는데 이미 남편에게 싫증이 났다.

어떤 삶에서는 채식만 하는 역도 선수였다.

어떤 삶에서는 남미를 여행하다가 칠레에서 지진을 겪었다.

어떤 삶에서는 베키라는 친구가 있었는데 그 친구는 좋은 일이 일어날 때마다 "아 완전 신나"◆라고 말했다.

어떤 삶에서는 코르시카섬 해변에서 다이빙하다가 위고를 다시 만났고, 그들은 바닷가 술집에서 함께 술을 마시며 양자역학에 대해 이야기했다. 그러다 위고가 한창 말하던 중에 그 삶을 떠나버렸고, 그래서 노라는 그녀의 이름도 기억 못 하는 멍한 위고에게 혼자 떠들어댔다.

어떤 삶에서는 사람들의 관심을 많이 받았고, 어떤 삶에서는 전혀 관심을 받지 못했다. 어떤 삶에서는 부자였고, 어떤 삶에서는 가난했다. 어떤 삶에서는 건강했고, 어떤 삶에서는 계단만 올라가도 숨이 헐떡거렸다. 어떤 삶에서는 남자 친구가 있었고, 어떤 삶에서는 혼자였고, 많은 삶에서는 그 중간이었다. 어떤 삶에서는 엄마였지만 대다수의 삶에서는 아니었다.

노라는 록스타, 올림픽 국가대표, 음악 선생, 초등학교 선생, 교수, CEO, 비서, 셰프, 빙하학자, 기후학자, 곡예사, 나무 심는 사람, 회계 담당자, 미용사, 개 산책 전문가, 회사원, 소프트웨어 개발자, 호텔 접수원, 호텔 청소부, 정치가, 변호사, 가게에서 물건 훔치는

◆ Oh what larks! 19세기 표현으로 찰스 디킨스가 《위대한 유산》에서 사용했다.

좀도둑, 해양보호단체 대표, (또) 매장 직원, 웨이트리스, 현장 관리직, 유리 공예가, 그 외 천 가지 다른 직업을 거쳤다. 매번 자동차, 버스, 기차, 페리, 자전거를 타거나 걸어서 힘들게 통근했다. 이메일을 받고 또 받고 또 받았다. 입 냄새가 지독한 53세 직장 상사가 테이블 아래로 그녀의 다리를 만지고, 자신의 페니스를 찍은 사진을 보내기도 했다. 거짓말을 하는 동료도 있었고, 그녀를 사랑하는 동료도 있었지만 대다수는 그녀에게 완전히 무관심했다. 노라는 여러 삶에서 일하지 않기를 선택했고, 어떤 삶에서는 일하고 싶어 했지만 일자리를 구할 수 없었다. 어떤 삶에서는 유리 천장을 완전히 박살 냈고, 어떤 삶에서는 거기에 순순히 굴복했다. 자기 수준보다 지나치게 높은 혹은 지나치게 떨어지는 일을 하기도 했다. 엄청 잘 자기도 하고, 제대로 못 자기도 했다. 어떤 삶에서는 항우울제를 먹었고, 어떤 삶에서는 머리가 아파도 진통제조차 먹지 않았다. 어떤 삶에서는 몸이 건강한데도 늘 건강을 걱정했고, 어떤 삶에서는 심하게 아프면서 늘 건강을 걱정했으며, 어떤 삶에서는 전혀 건강을 걱정하지 않았다. 어떤 삶에서는 만성 피로에 시달렸고, 어떤 삶에서는 암에 걸렸으며, 어떤 삶에서는 교통사고를 당한 후로 허리 디스크와 갈비뼈 골절로 후유증을 겪었다.

한마디로 숱하게 많은 삶이 있었다.

그렇게 많은 삶을 살면서 노라는 웃고 울고, 평온하고 무서웠으며, 그 사이에 있는 모든 감정을 다 느꼈다.

그리고 도서관으로 돌아갈 때마다 엘름 부인을 만났다.

처음에는 더 많은 삶을 경험할수록 다른 삶으로 더 쉽게 넘어갈 수 있는 듯했다. 도서관이 무너질 뻔하거나 완전히 사라질 뻔한 위험에 처한 적도 없었다. 삶이 여러 번 바뀌는 동안 조명은 한 번도 깜빡거리지 않았다. 그녀가 삶을 받아들이는 단계에 이르러서 이제 나쁜 경험이 있으면 좋은 경험도 있다는 사실을 깨달았기 때문인 듯했다. 노라는 자신이 삶을 끝내려고 했던 이유가 불행해서가 아니었음을 깨달았다. 불행에서 벗어날 수 없다고 믿었기 때문이었다.

그것이 우울증의 기본이며 두려움과 절망의 차이점이기도 하다. 두려움은 지하실로 들어가게 되어 문이 닫힐까 봐 걱정하는 것이다. 반면 절망은 문이 닫히고 잠겨버린 뒤에 느끼는 감정이다.

하지만 새로운 삶을 살 때마다 상상력이 점점 더 발달하면서 저 비유 속 문이 조금씩 열린다는 걸 알게 되었다. 때로는 새로운 삶에 채 1분도 머무르지 않았고, 때로는 며칠 혹은 몇 주씩 머무르기도 했다. 더 많은 삶을 살면 살수록 어디에서도 마음이 편치 않았다.

마침내 노라는 자신이 누구인지 전혀 모르게 되었다. 이 사람에서 저 사람으로 전해지는 귓속말처럼 이젠 자신의 이름마저 아무 의미 없는 소음처럼 들렸다.

"나한테는 이 방법이 소용없어요." 코르시카섬 해변의 술집에서 위고가 사라지기 직전에 노라는 그렇게 말했다. "이젠 재미가 없어요. 난 당신이 아니에요. 내겐 머물 곳이 필요해요. 근데 바닥이 늘 불안정하다고요."

"이 삶에서 저 삶으로 뛰어다니는 데 재미가 있는 거예요, mon amie(친구)."

"하지만 정착하는 데 있다면요?"

바로 그 순간, 위고는 연옥에 있는 비디오 가게로 돌아갔다.

"미안하지만 당신 이름이 뭔지 잊어버렸네요." 다른 위고가 와인을 홀짝거리며 말했다. 그의 뒤로 해가 지고 있었다.

"걱정 말아요. 나도 잊어버렸으니까." 노라가 말했다.

그러고는 방금 지평선이 삼켜버린 태양처럼 그녀도 서서히 그 삶에서 사라졌다.

도서관에서 길을 잃다

"선생님?"

"왜 그러니, 노라?"

"어두워요."

"나도 안다."

"이건 좋은 징조가 아니죠?"

"그래." 엘름 부인이 당황한 목소리로 말했다. "좋은 징조가 아니라는 걸 너도 잘 아는구나."

"더는 못하겠어요."

"넌 늘 그렇게 말하지."

"삶이 다 바닥났어요. 전 온갖 일을 다 해봤어요. 그런데도 늘 여기로 돌아오죠. 늘 무언가가 내 즐거움을 가로막는 기분이에요. 늘. 전 배은망덕한 사람이 된 기분이고요."

"그럴 필요 없다. 그리고 전혀 바닥나지 않았어." 엘름 부인이 말을 멈추고 한숨을 쉬었다. "네가 책을 고를 때마다 그 책은 절대 다시 서가로 돌아오지 않는 거 알고 있니?"

"네."

"그래서 한 번 살아본 삶으로는 다시 돌아갈 수 없는 거야. 언제나 어떤…… 주제의 변화가 필요하지. 자정의 도서관에서는 결코 같은 책을 두 번 꺼낼 수 없어."

"무슨 말인지 모르겠어요."

"음, 어둡기는 해도 지난번에 봤을 때처럼 서가가 책으로 가득 찼다는 걸 알고 있지? 원한다면 직접 만져보렴."

노라는 직접 만져보지 않아도 알고 있었다. "네, 알아요."

"네가 여기 처음 왔을 때만큼 꽉 차 있지?"

"전—"

"그건 네가 살아볼 수 있는 삶이 여전히 많다는 뜻이야. 사실 한없이 많지. 네 가능성은 절대 바닥날 수 없단다."

"하지만 살아보고 싶은 마음은 바닥날 수 있죠."

"오, 노라."

"왜요?"

어둠 속에서 잠시 침묵이 흘렀다. 노라는 시간을 확인하려고 시계의 야광등을 켰다.

00:00:00

"실례를 무릅쓰고 말하자면, 아무래도 넌 좀 길을 잃은 것 같구나." 마침내 엘름 부인이 말했다.

"애초에 그래서 제가 이 도서관에 온 거 아닌가요? 길을 잃었기 때문에요."

"음, 맞아. 하지만 넌 지금 길을 잃은 와중에 길을 잃었어. 달리 말하면 완전히 길을 잃은 셈이지. 이런 식으로 가다가는 네가 원하는 삶을 찾을 수 없어."

"제가 원하는 삶이 없다면요? 제가…… 갇혀버렸다면요?"

"서가에 계속 책이 있는 한 넌 절대 갇히지 않아. 모든 책이 잠재적 출구야."

"전 그냥 삶을 이해하지 못하겠어요." 노라가 부루퉁하게 말했다.

"삶을 이해할 필요 없다. 그냥 살면 돼."

노라는 고개를 저었다. 철학과 졸업생인 그녀에게도 그 말은 받아들이기가 버거웠다.

"하지만 전 이렇게 살기 싫어요. 위고처럼 되고 싶지 않다고요. 영원히 이 삶에서 저 삶으로 옮겨 다니고 싶지 않아요."

"알겠다. 그럼 내 말 잘 들어라. 내 충고가 필요하니, 필요하지 않니?"

"당연히 필요하죠. 약간 늦은 감이 있지만, 이 일에 관해 선생님이 충고해준다면 아주 감사할 거예요."

"그래. 음. 내 생각에는 네가 나무만 보고 숲은 못 보는 지경에 이른 것 같구나."

"무슨 말씀이신지 잘 모르겠어요."

"이 삶들을 살 때마다 피아노 앞에 앉아 너답지 않은 곡을 연주한다는 기분이 들 수 있어. 넌 네가 누군지 잊어가고 있는 거야. 모든 사람이 되다 보니 아무도 안 되는 거지. 네 원래 삶을 잊어가고 있어. 네게 효과가 있던 것과 없던 것, 후회했던 것들을 잊고 있는 거야."

"지금까지 계속 제 후회를 살펴봤는데요."

"아니. 전부 다는 아니지."

"물론 사소한 것까지 다 되돌리지는 못했죠. 당연히."

"《후회의 책》을 다시 보는 게 좋겠다."

"이렇게 칠흑처럼 캄캄한데 어떻게 책을 봐요?"

"넌 이미 그 책의 내용을 다 알고 있어. 그 책은 네 안에 있거든. 마치…… 내가 네 안에 있듯이 말이야."

노라는 딜런이 요양원 근처에서 엘름 부인을 봤다고 했던 말이 기억나서 그 말을 하려다가 마음을 바꾸었다. "그렇군요."

"우린 감각을 통해 인식하는 것만 알아. 우리가 경험하는 모든 것은 결국 그것에 대한 우리의 인식일 뿐이야. '중요한 건 무엇을 보느냐가 아니라 어떻게 보느냐'지."

"그건 소로가 한 말인데요. 소로를 아세요?"

"물론이지. 네가 알면 나도 알아."

"사실은 제가 뭘 후회하는지 더는 모르겠어요."

"알겠다. 어디 보자. 넌 내가 그냥 네 머릿속의 생각일 뿐이라고 했어. 그렇다면 왜 날 생각한 거지? 왜 하필 넌 나를, 루이스 엘름을 본 걸까?"

"모르겠어요. 제가 믿었던 사람이니까요. 선생님은 제게 친절하셨어요."

"친절은 강력한 힘이지."

"드문 힘이기도 하고요."

"그럼 지금까지 엉뚱한 곳에서 답을 찾은 것일 수도 있겠구나."

"어쩌면요."

그때 도서관 곳곳에 있는 전구에 서서히 불이 들어오며 어둠에 구멍이 뚫렸다.

"그럼 원래 삶에서 그런 친절을 또 언제 느꼈지?"

노라는 애쉬가 찾아왔던 밤이 기억났다. 애쉬는 길에서 죽은 고양이를 들고 비를 맞으며 그녀의 아파트까지 가주고, 슬픔에 취해 우는 노라를 대신해 작은 뒷마당에 고양이를 묻어주었다. 그걸 세상에서 가장 낭만적인 일이라고 할 수는 없지만 달리기를 하던 중에 40분이라는 시간을 내서 도움이 필요한 사람을 도와주고, 그 대가로 물 한 잔만 받아마신 것은 확실히 친절을 베풀었다고 할 수 있다.

당시 노라는 너무 슬프고 절망한 상태라서 그 친절을 제대로 깨닫지 못했다. 하지만 이제 와서 생각해보니 정말 큰 친절이었다.

"언제인지 알 것 같아요. 제가 자살을 시도하기 전날 밤, 제게 친절을 베풀어준 사람이 있어요."

"그렇다면 어제저녁이라는 말이니?"

"그런 것 같아요. 네. 애쉬라는 외과 의사예요. 죽은 볼츠를 발견한 사람. 오래전에 제게 커피를 마시자고 했던 사람. 그때 전 댄과 사귀는 중이라서 거절했어요. 하지만 댄과 사귀는 중이 아니었다면 어떻게 됐을까요? 댄과 헤어진 상태였고, 그래서 그와 커피를 마셨고, 그 토요일에 모든 사람이 보는 앞에서 커피를 마시자는 그의 제안을 승낙했다면요? 왜냐하면 그 순간에 제가 남자 친구가 없고 제가 원하는 대로 대답했던 삶이 분명 존재할 테니까요. '네, 언제 당신이랑 커피 마시고 싶어요, 애쉬, 그거 정말 좋겠네요'라고 말하는 삶. 제가 애쉬를 선택하는 삶. 전 그 삶을 살아보고 싶어요. 그건 어떤 삶일까요?"

어둠 속에서 서가가 움직이는 익숙한 소리가 들렸다. 천천히, 삐걱삐걱. 그러다가 점점 빨리, 매끄럽게 움직이더니 마침내 엘름 부인이 문제의 책, 문제의 인생을 찾아냈다.

"바로 이런 삶이야."

조개 속 진주

얕은 잠에서 깨어난 노라가 제일 먼저 알아차린 것은 엄청난 피로였다. 어둠 속에서 벽에 걸린 그림이 보였다. 나무를 살짝 추상적으로 해석한 그림이라는 정도만 알 수 있었다. 키가 크고 가느다란 나무는 아니었다. 작고 옆으로 퍼지며 꽃이 피는 나무였다.

옆에서는 한 남자가 자고 있었다. 그녀에게 등을 돌린데다 방 안이 어둡고, 몸 대부분이 이불로 가려져서 이 남자가 애쉬인지 아닌지 알 수 없었다.

왠지 이번 삶은 평소보다 더 이상하게 느껴졌다. 물론 고양이를 묻어주고, 악기점 계산대 뒤에서 재미있는 대화를 몇 마디 나눈 게 전부인 남자와 한 침대에 누워 있는 건 이상하게 느껴져야 마땅했다. 하지만 자정의 도서관에 들어간 후로 노라는 어떤 이상한 상황에도 점차 적응하게 되었다.

이 남자가 애쉬일 가능성이 있듯이, 애쉬가 아닐 가능성도 있었다. 한 번의 결정만으로 미래의 결과를 모두 예측할 수는 없다. 이를테면 애쉬와 커피를 마시러 가서 노라가 웨이터와 사랑에 빠졌을 수도 있다. 그것이 양자 물리학의 예측할 수 없는 성질이다.

노라는 약지를 만져보았다.

반지 두 개를 끼고 있었다.

남자가 돌아누웠다.

어둠 속에서 남자가 노라의 몸 위로 팔을 턱 올리자 그녀는 팔을 조심스럽게 들어서 다시 이불 위에 내려놓고 침대에서 내려왔다. 늘 그랬듯이 아래층으로 내려가서 소파에 누워 휴대전화로 자신에 대해 알아볼 작정이었다.

아무리 많은 인생을 경험하고, 아무리 그 인생이 다 다르다 해도 신기하게 노라는 거의 매번 침대 옆에 휴대전화를 놓아두었다. 이번 삶에서도 다르지 않았다. 노라는 휴대전화를 집어 들고 조용히 침실을 빠져나왔다. 누가 되었든 간에 남자는 어찌나 깊이 자는지 꿈쩍도 하지 않았다.

노라는 남자를 바라보았다.

"노라?" 남자가 비몽사몽간에 중얼거렸다.

그였다. 확실했다. 애쉬.

"화장실 가려고." 노라가 말했다.

그는 '알았어' 비슷한 말을 웅얼거리고 다시 잠들었다.

노라는 부드럽게 마룻널을 밟았다. 하지만 문을 열고 침실에서 나간 순간, 너무 놀라서 기절할 뻔했다.

왜냐하면 바로 앞, 흐릿한 층계참에 다른 사람이 있었기 때문이다. 키가 아주 작았다. 어린아이처럼.

"엄마, 나 무서운 꿈 꿨어."

복도 천장에 달린 흐릿한 전구의 부드러운 불빛 덕분에 노라는 아이의 얼굴과 자고 일어나서 헝클어진 머리, 축축한 이마에 달라붙은 머리카락을 볼 수 있었다.

노라는 아무 말도 하지 않았다. 이 아이가 그녀의 딸이었다.

무슨 말을 할 수 있겠는가.

이제는 익숙해진 질문이 떠올랐다. 몇 년이나 놓쳐버린 삶에 어떻게 그냥 끼어들 수 있을까? 노라는 눈을 감았다. 다른 삶에서도 아이가 있었던 적이 있기는 했지만 모두 1, 2분 내로 끝나버렸다. 하지만 이 삶은 이미 미지의 영역으로 접어들고 있었다.

노라가 누르려는 감정이 무엇이든 간에 그로 인해 몸이 떨렸다. 아이를 보고 싶지 않았다. 자신을 위해서만이 아니라 아이를 위해서도. 배신처럼 느껴졌다. 노라는 아이의 엄마였지만 또 다른, 더 중요한 의미에서는 엄마가 아니었다. 그저 낯선 집에서 낯선 아이를 바라보는 낯선 여자였다.

"엄마? 내 말 들었어? 나 무서운 꿈 꿨다고."

뒤쪽 침실에서 남자가 움직이는 소리가 들렸다. 지금 남자가 잠을 깨면 상황이 더 이상해진다. 그래서 노라는 아이와 이야기하기로 했다.

"저런, 그거 안됐구나. 하지만 그 꿈은 진짜가 아니야. 그냥 꿈일 뿐이지." 노라가 속삭였다.

"곰이 나오는 꿈이었어."

노라는 침실 문을 닫았다. "곰?"

"그 이야기 때문에."

"맞아. 그래. 그 이야기 때문이네. 어서 네 침실로 돌아가……." 노라는 이 말이 매몰차게 들리는 걸 깨닫고 "우리 딸"이라고 덧붙였다. 아이의 이름이 뭔지 궁금했다. "이 집에는 곰 없어."

"곰 인형만 있지."

"그래, 곰 인형만—"

아이는 잠이 더 깼는지 눈이 반짝거렸다. 노라는 아이에게서 엄마를 보았다. 순간적으로 그런 기분이 들었다. 이 아이는 노라의 엄마를 닮았다. 노라는 타인을 통해 세상과 연결되는 이상한 기분이 들었다. "엄마는 왜 나와 있었어?"

아이가 큰 소리로 말했다. 아이는 오로지 네 살(많아야 네 살이었다) 아이 특유의 아주 심각한 상태였다.

"쉬." 노라가 말했다. 이 아이의 이름을 알아야 했다. 이름에는 힘이 있다. 딸의 이름을 모르고서는 도저히 아이를 통제할 수 없다. "엄마는 아래층에 내려가서 뭘 좀 하려던 참이었어. 넌 어서 침대로 가." 노라가 속삭였다.

"하지만 곰은 어쩌고."

"네 방에는 곰 없어."

"내 꿈속에는 있단 말이야."

노라는 안갯속에서 그녀를 향해 돌진해왔던 북극곰이 생각났다. 그때 느꼈던 공포가 기억났다. 그 순간에 갑자기 살고 싶다고 느꼈던 욕망도. "이젠 꿈에 나오지 않을 거야. 엄마가 약속해."

"엄마, 왜 그렇게 말해?"

"엄마가 어떻게 말하는데?"

"그렇게."

"속삭인다고?"

"아니."

노라는 아이가 무슨 생각을 하는지 도통 알 수가 없었다. 그녀가 이번 삶의 노라와 다른 점은 엄마가 아니라는 사실이다. 그게 말투에 영향을 미친 걸까?

"겁에 질린 사람처럼 말하잖아." 아이가 말해주었다.

"엄만 겁나지 않아."

"난 손을 잡아줄 사람이 필요해."

"뭐?"

"손을 잡아줄 사람이 필요하다고."

"그렇구나."

"엄마 바보!"

"그래, 그래, 엄만 바보야."

"나 정말 무섭단 말이야."

아이는 나직이 담담하게 말했고 그제야 노라는 아이를 바라봤다. 제대로 바라보았다. 아이는 완전히 낯선 동시에 완전히 친근하게 느껴졌다. 가슴에서 무언가가 울컥 치밀었다. 강력하면서도 걱정스러운 무언가였다.

아이는 지금까지 노라를 바라봤던 어떤 사람과도 다른 눈길로 노라를 바라봤다. 그 감정이 무서웠다. 아이는 노라와 입매가 똑같았다. 그리고 사람들이 가끔 노라 특유의 표정이라고 하는, 살짝 길을 잃은 듯한 표정도 똑같았다. 아이는 아름다웠고 그녀의 딸이었다. 혹은 그런 셈이었다. 비이성적인 사랑이 치밀었다. 밀려왔다. 만약 그녀가 지금 당장 도서관으로 돌아가지 않는다면(그리고 실제로도 돌아가지 않았다) 어서 달아나야 했다.

"엄마, 내 손 좀 잡아줄래……?"

"그게……."

아이가 노라의 손을 잡았다. 아이의 손은 너무 작고 따뜻했으며 조개 속 진주처럼 자연스럽게 노라의 손에 폭 안겼다. 그 느낌이 노라를 슬프게 했다. 아이는 노라를 옆방으로 끌고 갔다. 아이의 방이었다. 노라는 문을 다 닫지 않고 빼꼼 열어둔 채 손목시계로 시간을 확인하려 했다. 하지만 이번 삶에서는 야광 기능이 없는 아날로그 시계를 차고 있어서 눈이 어둠에 적응하려면 시간이 걸렸다. 노라는 휴대전화로 한 번 더 확인했다. 새벽 2시 32분이었다. 이번 삶에서 몇 시에 잤는지 몰라도 별로 많이 자지 못했을 테고 확실히 몸 상태도 그랬다.

"죽으면 어떻게 돼, 엄마?"

방은 아주 캄캄했다. 복도에서 한 줄기 빛이 들어왔고, 집 옆에 가로등이 있어서 강아지 무늬 커튼으로 빛이 얇게 새어들었다. 나지막한 직사각형 모양의 침대가 보였다. 바닥에 떨어진 코끼리 인형 실루엣도 보였다. 다른 장난감도 있었다. 행복하게 어질러진 방이었다.

노라를 바라보는 아이의 눈동자가 반짝거렸다.

"엄마도 몰라. 정확히 아는 사람은 아무도 없어." 노라가 말했다.

아이는 얼굴을 찡그렸다. 대답이 만족스럽지 않은 것이다. 손톱만큼도 만족스럽지 않았다.

"있잖아. 넌 죽기 직전에 다시 살아볼 기회가 있단다. 전에는 해보지 못했던 일들을 해볼 수 있어. 네가 원하는 삶을 선택할 수 있어."

"신난다."

"하지만 죽은 뒤의 일을 걱정할 필요는 없어. 넌 신나는 모험으로 가득 찬 삶을 살게 될 거야. 행복한 일들이 아주 많을 거란다."

"캠핑처럼!"

노라는 이 사랑스러운 아이에게 미소를 지었고, 그러자 몸 구석구석까지 따뜻한 기운이 퍼졌다. "그래. 캠핑처럼!"

"나 캠핑 가는 거 너무 좋아!"

노라는 여전히 미소 짓고 있었지만 눈에 눈물이 맺혔다. 이번 삶은 좋았다. 가정을 이뤘고, 휴일에 함께 캠핑을 떠날 딸도 있었다.

"있잖아." 이 방에서 금방 나가지 못하리라는 걸 깨닫고 노라가 말했다. "미래처럼 네가 모르는 일이 걱정될 때는 말이야, 네가 아는 것들을 되짚어 보는 게 좋단다."

"무슨 말인지 모르겠어." 노라가 침대 옆 바닥에 앉자 아이가 이불 속으로 들어가며 말했다.

"음, 게임 같은 거야."

"나 게임 좋아해."

"그럼 우리 게임 할까?"

"응. 좋아." 딸이 미소 지었다.

게임

"이제부터 엄마는 우리가 이미 아는 걸 물을 거야. 그럼 네가 대답하는 거야. 만약에 내가 '엄마 이름이 뭐지?'라고 물으면 넌 '노라'라고 대답하는 거야. 알겠어?"

"대충."

"그럼 네 이름은 뭐지?"

"몰리."

"좋아, 아빠 이름은?"

"아빠!"

"그거 말고 진짜 이름."

"애쉬!"

음. 커피를 마시기로 한 그 데이트가 매우 성공적이었네.

"우린 어디 살지?"

"케임브리지!"

케임브리지. 납득이 갔다. 노라는 늘 케임브리지를 좋아했고, 베드퍼드에서 겨우 50킬로미터 떨어져 있었다. 애쉬도 틀림없이 케임브리지를 좋아했으리라. 만약 애쉬가 아직 베드퍼드에서 일한다면 충분히 통근할 수 있는 거리였다. 원래 삶에서 노라는 브리스톨에서 학사를 딴 뒤에 케임브리지 대학원 철학 석사 과정에 지원해 카이우스 칼리지에 합격한 적이 있다.

"케임브리지 어느 지역? 기억할 수 있겠니? 우리 집이 있는 거리 이름이 뭐지?"

"볼…… 볼턴가."

"잘했어! 넌 언니나 오빠, 동생이 있어?"

"없어!"

"엄마랑 아빠는 사이가 좋아?"

그 질문에 몰리는 살짝 웃었다. "응!"

"엄마나 아빠가 소리 지른 적 있어?"

아이는 짓궂게 웃었다. "가끔! 특히 엄마가!"

"미안!"

"엄마는 정말 정말 정말 피곤할 때만 소리 질러. 그리고 늘 미안하다고 하니까 괜찮아. 엄마가 미안하다고 하면 다 괜찮아. 엄마가 그렇게 말했어."

"엄마는 일하러 다녀?"

"응. 가끔."

"아빠랑 처음 만났던 악기점에서 계속 일해?"

"아니."

"그럼 엄마가 무슨 일을 하지?"

"사람들을 가르쳐!"

“어떻게 노라가, 아니 내가 사람을 가르치지? 뭘 가르쳐?”

“처…… 처라…….”

“철학?”

“응 그거야!”

“엄마가 어디서 가르치지? 대학에서?”

“응!”

“어느 대학?” 노라는 지금 사는 곳이 기억나서 다시 물었다. “케임브리지 대학?”

“응!”

노라는 공백을 메우려 했다. 어쩌면 이번 삶에서 다시 석사 과정을 밟았고, 성공적으로 마쳐서 가르치는 일까지 하게 되었는지 모른다.

어느 쪽이든 이번 삶에서 가르치는 흉내라도 내려면 철학책을 더 읽어야 했다. 하지만 그때 몰리가 말했다. “하지만 지금은 안 가르쳐.”

“안 가르쳐? 왜 안 가르쳐?”

“책 쓰려고.”

“널 위한 책?”

“아니, 바보 같긴. 어른을 위한 책.”

“엄마가 책을 써?”

“응! 방금 말했잖아.”

“알아. 그냥 네가 두 번씩 말하게 하려고 그러는 거야. 그럼 두 배로 좋으니까. 곰도 덜 무서워지고. 알겠어?"

"알겠어."

"아빠도 일해?"

"응."

"아빠 직업은 뭐야?"

"응. 아빠는 칼로 사람들을 잘라!"

순간적으로 노라는 애쉬가 외과 의사라는 사실을 잊고 잠시 자신이 연쇄 살인마의 집에 있는 건가 생각했다. "사람들을 칼로 잘라?"

"응. 사람 몸을 칼로 잘라서 고쳐줘."

"아, 그래. 당연하지."

"사람들을 살려줘!"

"그래, 맞아."

"아빠가 슬플 때만 제외하고. 그땐 사람들이 죽은 거야."

"그래, 그건 슬프지. 아빠가 아직 베드퍼드에서 일하니? 아니면 지금은 케임브리지에서 일해?"

몰리가 어깨를 으쓱였다. "케임브리지?"

"아빠가 음악을 연주해?"

"응. 응, 아빠는 음악을 연주해. 근데 진짜 진짜 진짜 진짜 못해!" 몰리는 그렇게 말하고 킥킥 웃었다.

노라도 함께 웃었다. 몰리의 웃음에 전염되었다. "음…… 너한테 이모나 삼촌이 있어?"

"응, 자야 고모."

"자야 고모가 누구야?"

"아빠 누나."

"또 다른 사람은?"

"조 삼촌과 이완 삼촌."

노라는 안도했다. 이번 삶에서는 오빠가 살아 있고, 그녀가 올림픽에 출전했던 삶에서와 같은 남자를 사귀었으며, 몰리가 그의 이름을 알 정도로 노라와 가깝게 지내고 있었다.

"조 삼촌을 마지막으로 본 때가 언제지?"

"크리스마스!"

"몰리는 조 삼촌 좋아해?"

"응! 삼촌 재미있어! 그리고 나한테 판다도 사줬어!"

"판다?"

"내가 젤 좋아하는 인형이야!"

"판다도 곰이야."

"착한 곰이야."

몰리가 하품했다. 점점 졸리는 모양이었다.

"엄마랑 조 삼촌은 친하니?"

"응! 엄만 맨날 삼촌이랑 통화해!"

신기했다. 노라는 아직도 오빠와 잘 지내는 삶은 그녀가 아예 라비린스 활동을 하지 않은 삶뿐일 거라고 가정한 터였다(수영을 계속하겠다는 결정과 달리 애쉬와의 커피 데이트는 라비린스에서 활동한 이후였다). 하지만 이걸로 그 가설은 틀어져버렸다. 노라는 이 사랑스러운 몰리가 잃어버린 고리가 아니었나 하는 의문이 들었다. 어쩌면 앞에 있는 이 어린 소녀가 그녀와 오빠 사이의 균열을 치유했는지 모른다.

"할아버지, 할머니는 있어?"

"친할머니만 있어."

노라는 자신의 부모가 어떻게 돌아가셨는지 묻고 싶었지만 지금은 적당한 때가 아닐 것이다.

"넌 행복하니? 그러니까 곰을 생각하지 않을 때 말이야."

"그런 거 같아."

"엄마랑 아빠도 행복해?"

"응." 몰리가 천천히 대답했다. "가끔. 피곤하지 않을 때!"

"우리 가족이 즐겁게 보내는 시간이 많아?"

몰리가 눈을 비볐다. "응."

"우리 집에 반려동물 있어?"

"응. 플라톤."

"플라톤이 누구야?"

"우리 강아지."

"무슨 종이지?"

하지만 몰리는 대답이 없다. 잠이 들었기 때문이다. 노라는 침대 옆 카펫에 누워 눈을 감았다.

잠에서 깼을 때는 누군가의 혓바닥이 그녀의 얼굴을 핥아대고 있었다.

웃는 눈으로 꼬리를 흔들어대는 래브라도 한 마리가 그녀를 보고 기뻐하거나 흥분하는 듯했다.

"플라톤이니?" 노라가 잠이 덜 깬 목소리로 물었다.

플라톤은 맞다는 뜻으로 꼬리를 흔들어대는 듯했다.

아침이었고 커튼으로 들어오는 햇살이 방 안에 흘러넘쳤다. 판다와 어젯밤에 노라가 알아봤던 코끼리 이외에도 많은 인형이 바닥에 널려 있었다. 침대는 비어 있었다. 몰리는 방에 없었다. 그러자 발소리가, 몰리보다 무거운 발이 계단을 올라오는 소리가 들렸다.

노라는 일어나 앉았다. 헐렁한 더 큐어 티셔츠에(원래 삶에도 이 티셔츠가 있었다) 체크무늬 파자마 바지(이건 처음 본다)를 입고 막 잠에서 깬 자신의 모습이 얼마나 끔찍할지 알고 있었다. 얼굴을 만져보았더니 바닥에 대고 잔 쪽에 자국이 생겼고, 머리카락은 더럽고 부스스했다. 노라는 매일 밤 같이 잔 동시에 한 번도 잔 적이 없는 남자, 다시 말해 슈뢰딩거 남편이 나타나기 전까지 2초 만에 최대한 괜찮게 보이려고 여기저기 매만졌다.

그러고 갑자기 그가 나타났다.

완벽한 인생

호리호리하고 소년미가 느껴지는 애쉬의 잘생긴 얼굴은 아빠가 된 후에도 별로 망가지지 않았다. 오히려 노라의 집을 찾아왔을 때보다 더 건강해 보였다. 그리고 그때처럼 역시 조깅복을 입고 있었다. 다만 이번 삶에서는 좀 더 고급스럽고 더 비싸 보였으며, 팔에 피트니스 트래커 같은 것을 달고 있었다.

그는 미소 띤 얼굴로 커피 두 잔을 들고 있었는데 하나를 노라에게 건넸다. 첫 데이트 때 함께 마신 후로 그들은 커피를 몇 잔이나 같이 마셨을까? 노라는 궁금했다.

"아, 고마워."

"아냐, 노르. 밤새 여기서 잤어?"

노르.

"거의. 침실로 돌아가려고 했는데 몰리가 무섭다고 해서 진정시켜야 했어. 그러고 났더니 너무 피곤해서 꼼짝도 못 하겠더라고."

"저런. 미안해. 난 몰리가 온 줄도 몰랐어." 애쉬는 정말로 안타까운 듯했다. "아마 내 탓일 거야. 어제 출근하기 전에 곰이 나오는 유튜브를 보여줬거든."

"괜찮아."

"어쨌든 플라톤은 산책시켰어. 오늘은 정오까지 출근하면 돼. 아마 야근하게 될 거야. 오늘 도서관에 가고 싶다는 생각은 변함이 없어?"

"아니, 오늘은 안 갈래."

"그래, 난 몰리에게 아침 차려주고 유치원에 데려갈게."

"당신 오늘 큰 수술 잡혀 있으면 몰리는 내가 데려갈게."

"아냐, 괜찮아. 아직까지는 쓸개와 췌장 수술이 전부야. 여유 있어. 잠깐 뛰고 오려고."

"그래, 응. 당연히 그렇겠지. 일요일에 하프 마라톤 대회가 있으니까."

"뭐?"

"아무것도 아니야. 별거 아냐. 바닥에서 자고 일어나서 정신이 없어."

"괜찮아. 어쨌든 누나가 전화했는데 큐가든 달력에 들어갈 그림을 그려 달라는 의뢰를 받았대. 꽃이랑 나무를 잔뜩 그리는 거지. 아주 좋아하더라고."

애쉬가 미소 지었다. 노라가 만난 적 없는 누나 일로 기쁜 듯했다. 노라는 자신의 죽은 고양이를 데려와 묻어준 일로 애쉬에게 고맙다고 말하고 싶었지만 당연히 그럴 수 없었으므로 그냥 고맙다고 말했다.

"뭐가?"

"그냥. 전부 다."

"그래. 알았어."

"그러니까 고맙다고."

애쉬가 고개를 끄덕였다. "좋아. 어쨌든 달리고 올게."

애쉬는 커피를 다 마신 뒤 자리를 떴다. 노라는 방을 둘러보며 새로운 정보를 모두 받아들였다. 인형이며 책, 플러그 소켓까지. 마치 모두가 그녀의 삶이라는 퍼즐의 한 조각이라는 듯이.

한 시간 뒤에 몰리는 아빠와 함께 유치원에 갔고, 노라는 늘 하던 대로 이메일과 SNS를 확인했다. 이번 삶에서는 SNS를 별로 많이 하지 않았는데 이는 늘 좋은 신호였다. 대신 이메일은 엄청나게 많았다. 메일을 읽어보면서 노라는 자신이 단지 일시적으로 '안 가르치는 것'이 아니라 공식적으로 중단했음을 알게 되었다. 헨리 데이비드 소로 및 현대 환경 운동과 그의 연관성에 관한 책을 쓰려고 올해 안식년을 보내고 있었다. 또 올해 안에 연구 보조금으로 매사추세츠주 콩코드에 있는 월든 호수를 방문할 계획이었다.

이번 삶은 꽤 좋은 듯했다.

짜증 날 정도로 좋았다.

좋은 딸, 좋은 남편과 함께 좋은 동네의 좋은 집에서 사는 좋은 삶. 좋은 것들이 넘쳤다. 온종일 앉아서, 늘 좋아했던 철학자에 관한 책을 읽고 연구하고 그에 대해 쓰는 삶이라니.

"정말 멋지다. 안 그러니?" 노라는 플라톤에게 말했다.

플라톤은 심드렁하게 하품했다.

노라는 집을 둘러보았다. 플라톤은 편안해 보이는 소파에 앉아 그런 노라를 지켜보았다. 거실은 넓었다. 발밑에는 푹신하고 부드러운 러그가 깔려 있었다.

흰색 마룻널, 텔레비전, 난로, 전자 피아노, 충전 중인 새 노트북 두 대, 마호가니 서랍장, 그리고 그 위에 놓인 화려한 체스판, 책이 깔끔하게 꽂힌 서가. 구석에 놓인 멋진 기타. 노라는 그 기타를 단번에 알아보았다. 펜더 말리부의 어쿠스틱 기타 '미드나잇 새틴'이었다. 스트링 시어리에서 마지막으로 일했던 주에 저 기타를 하나 팔았다.

거실 곳곳에 사진이 놓여 있었다. 모르는 아이들이 애쉬를 닮은 여자랑 함께 찍은 사진이 있었는데 아마 애쉬의 누나일 것이다. 돌아가신 노라 부모님의 오래된 결혼사진, 그리고 그녀와 애쉬의 결혼사진도 있었다. 그들 뒤에 서 있는 오빠가 보였다. 플라톤 사진, 몰리로 추정되는 아기 사진도 있었다.

이번에는 책을 훑어보았다. 요가책이 몇 권 있었는데 원래 삶에서와 달리 중고책은 아니었다. 의학책도 있었다. 원래 삶에서 대학 시절에 구입한 버트런드 러셀의 《서양 철학의 역사》, 헨리 데이비드 소로의 《월든》도 그대로 있었다. 눈에 익은 《지질학 원리》도 있고, 소로에 대한 책도 꽤 많았다. 플라톤의 《국가》와 한나 아렌트의 《전체주의의 기원》도 있었다. 원래 가지고 있던 책들이었지만 판본이 달랐다. 줄리아 크리스테바와 주디스 버틀러, 치마만다 응

고지 아디치에 같은 사람이 쓴, 어려워 보이는 책들도 있었다. 한 번도 읽어본 적 없는 동양 철학자의 책들도 많았고, 노라는 만약 이 삶을 계속 산다면—그러지 않을 이유가 없었다—케임브리지에서 다시 가르치기 전에 과연 이 책들을 다 읽을 수 있을지 의문이었다.

디킨스 작품과 실비아 플라스의 《벨 자》 같은 소설책도 있었다. 소수의 독자를 위한 과학책도 있는가 하면 음악책과 자녀 교육책 서너 권, 랠프 월도 에머슨의 《자연》과 레이철 카슨의 《침묵의 봄》, 기후변화에 관한 책들, 《북극의 꿈: 북쪽 풍경 속에서 상상하고 바라는 것들》이라는 큼직한 하드커버 책도 있었다.

노라는 이렇게 지속적으로 학구적이었던 적이 거의 없었다. 케임브리지 대학에서 석사 과정을 밟고, 가장 좋아하는 철학자를 주제로 글을 쓰기 위해 안식년을 얻으면 이렇게 되는 모양이었다.

"너도 나한테 놀랐지? 솔직히 말해." 노라는 플라톤에게 말했다.

악보집도 한 무더기 있었는데 맨 위에 놓인 책이 애쉬가 그녀에게 커피를 마시자고 제안한 날 구입한 사이먼 앤드 가펑클의 악보인 걸 알고 노라는 빙그레 웃었다. 커피 테이블에는 스페인 풍경 사진을 엮은, 표지가 반질반질한 하드커버 책이, 소파에는 《식물과 꽃 백과사전》이라는 책이 있었다.

잡지꽂이에는 표지에 블랙홀 사진이 실린 《내셔널 지오그래픽》 최신호가 꽂혀 있었다.

벽에는 그림이 걸려 있었는데 바르셀로나 박물관에서 구입한 미로의 그림 복사본이었다.

“나랑 애쉬랑 함께 바르셀로나에 갔었니, 플라톤?” 노라는 둘이 손을 잡고 바르셀로나의 고딕 지구를 거닐며 바에 들어가 리오하 와인에 타파스 먹는 모습을 상상했다.

서가 반대쪽 벽에는 거울이 걸려 있었다. 정교한 하얀색 프레임이 달린 큰 거울이었다. 그녀는 다른 삶을 살 때마다 달라지는 외모에 더는 놀라지 않았다. 모든 체형과 사이즈, 머리 모양을 다 겪은 터였다. 이번 삶의 노라는 아주 유쾌해 보였다. 친해지고 싶은 사람이었다. 그녀가 바라보는 사람은 올림픽 국가대표나 록스타, 태양의 서커스단 곡예사는 아니었지만 행복해 보였다. 물론 외모만으로 다 파악할 수는 없지만. 자신이 누구인지, 이번 삶의 목표가 무엇인지 대충 아는 어른이었다. 짧은 머리였지만 지나치게 짧지는 않았고, 피부는 원래 삶에서보다 건강해 보였다. 다이어트 때문인지, 레드 와인을 마시지 않아서인지, 운동을 해서인지, 아까 욕실에서 본 클렌저와 영양 크림을 쓰기 때문인지는 몰라도. 화장품은 전부 그녀가 원래 쓰던 것보다 더 비쌌다.

“음, 멋진 삶이야, 그렇지?” 노라가 플라톤에게 말했다.

플라톤은 동의하는 듯했다.

우주와 더 깊이 교감하기 위한 영적 탐색

노라는 부엌에서 약을 넣어두는 서랍을 발견하고 그 안을 뒤져 보았다. 반창고와 진통제, 어린이용 해열 진통제, 종합 비타민, 무릎 보호대는 있었지만 항우울제는 없었다.

아마 이 삶일 것이다. 이것이 마침내 그녀가 정착할 삶일 것이다. 그녀가 선택할 삶. 도서관으로 돌아가지 않을 삶.

'여기서는 행복할 수 있어.'

잠시 뒤에 노라는 샤워를 하면서 몸에 새로운 자국이 있는지 살펴보았다. 문신은 없지만 흉터가 있었다. 자해흔이 아니라 수술로 인한 흉터 같았는데 배꼽 아래 길게 가로로 나 있었다. 제왕절개로 생긴 흉터는 전에도 본 적이 있었다. 노라는 엄지로 흉터를 쓰다듬었다. 설사 이 삶을 계속 산다 해도 몰리를 낳는 경험은 다시 할 수 없으리라.

애쉬는 몰리를 데려다주고 집에 돌아왔다.

노라는 애쉬에게 알몸을 보여주고 싶지 않아 서둘러 옷을 입었다.

둘은 함께 아침을 먹었다. 식탁에 앉아 휴대전화로 오늘의 뉴스를 확인하며 사워도우 빵으로 만든 토스트를 먹는 둘의 모습은 모범적인 부부였다.

그러다 애쉬는 병원에 출근했고, 노라는 집에서 온종일 소로에 대해 조사했다. 집필 중인 원고를 읽어봤는데 글자 수가 벌써 4만 2729자나 되었다. 원고를 읽으며 점심으로 간단히 토스트를 먹고 몰리를 데리러 유치원에 갔다.

몰리는 '평소처럼' 공원에 가서 오리에게 먹이를 주고 싶다고 했다. 그래서 노라는 몰리를 데리고 공원으로 갔다. 구글 지도로 공원까지 가는 길을 몰래 검색하면서.

노라는 팔이 아플 때까지 몰리가 탄 그네를 밀어주었고, 몰리와 함께 미끄럼틀을 탔고, 커다란 금속 터널에 들어가 몰리 뒤에서 기어갔다. 그런 다음에는 오트밀 상자에 든 마른 귀리를 퍼서 호수에 있는 오리들에게 던져주었다.

집에 돌아온 뒤에는 몰리와 함께 텔레비전을 보고, 아이에게 저녁을 먹이고, 침대에 누운 아이에게 동화책을 읽어주었다. 이 모두가 애쉬가 퇴근하기 전의 일이었다.

애쉬가 퇴근한 후에 한 남자가 찾아와 현관문을 열고 집으로 들어오려고 하자 노라는 그의 면전에서 문을 닫아버렸다.

"노라?"

"응?"

"애덤한테 왜 그래?"

"뭐?"

"애덤이 약간 화난 것 같아."

"무슨 말이야?"

"왜 애덤을 낯선 사람처럼 대하는 거야?"

"아." 노라는 미소 지었다. "미안."

"애덤이 우리 동네로 이사 온 지 3년이 됐어. 우린 애덤 부부와 함께 레이크 디스트릭트로 캠핑도 갔고."

"그래. 나도 알지, 당연히."

"그런데 당신은 애덤을 집에 들이지 않으려고 했어. 불청객처럼 대했다고."

"내가 그랬어?"

"애덤 면전에서 문을 닫아버렸잖아."

"그냥 닫은 거야. 애덤의 면전에서 닫은 게 아니라. 엄밀히 말하면 문을 닫는데 애덤이 거기 있었을 뿐이야. 하지만 애덤이 우리 집에 아무 때나 들어오는 게 싫기는 해."

"애덤은 호스를 돌려주려고 온 거야."

"아, 그렇구나. 음, 우린 호스 필요 없는데. 호스를 사용하는 건 환경에 나빠."

"당신 괜찮아?"

"안 괜찮을 이유가 없지."

"난 그냥 당신이 걱정돼서……."

그래도 전반적으로는 별문제가 없었다. 눈을 뜨면 다시 도서관이 아닐까 하는 생각이 들 때마다 어김없이 그대로였다. 하루는 요가 수업을 마친 뒤에 캠강 옆 벤치에 앉아 소로를 다시 읽었다. 이튿날은 낮에 텔레비전에서 라이언 베일리의 인터뷰를 보았다. 〈라스트 찬스 살룬 2〉 세트장에서 진행된 인터뷰였는데 그는 "낭만적 관계에 안주하는 것"을 걱정하기보다는 "우주와 더 깊이 교감하기 위한 영적 탐색"에 나섰다고 말했다.

이지가 고래 사진을 보내자 노라는 왓츠앱으로 이지에게 최근 오스트레일리아에서 끔찍한 교통사고가 일어났다는 소식을 들었다면서 늘 안전 운전하라고 신신당부했다.

댄이 어떻게 사는지 알아보고 싶은 마음이 전혀 들지 않아서 다행이었다. 대신 애쉬와 함께 산다는 데 감사했다. 더 정확히 말하면 감사해야 한다고 생각했다. 왜냐하면 애쉬는 사랑스러웠고, 그와 함께 있으면 즐거움과 사랑과 웃음이 넘치는 순간이 너무 많기 때문이다.

애쉬는 근무 시간이 길어도 퇴근하고 돌아오면 짜증을 내지 않았다. 설사 병원에서 스트레스를 많이 받고, 피를 보고, 췌장 수술을 한 날일지라도. 또한 약간 너드 기질도 있었다. 플라톤을 산책시킬 때 거리에서 노인을 보면 늘 '안녕하세요'라고 인사했다. 가끔은 그의 인사를 무시하는 노인들도 있었다. 운전할 때는 라디오에서 나오는 노래를 따라 불렀다. 전반적으로 잠이 필요 없을 만큼 기운이 넘쳐 보였다. 이튿날 수술 일정이 잡혀 있어도 자신이 몰리를 재워야 할 차례가 되면 군말 없이 재웠다.

또 징그러운 의학 사실들로 몰리를 괴롭히는 걸 좋아했다. 위

벽은 나흘마다 새로 재생돼! 귀지는 일종의 땀이야! 네 속눈썹에는 진드기가 살고 있어! 또 야한 이야기를 하는 것도 좋아해서 (그들이 처음으로 함께 보낸 토요일에 오리가 있는 연못에서, 그것도 몰리가 들을 수 있는 거리에서) 아무나 붙잡고 수컷 오리에게는 코르크 마개 뽑는 기구처럼 생긴 페니스가 달렸다고 열심히 설명했다.

일찍 퇴근하는 날에는 직접 저녁 식사를 준비했다. 렌틸콩으로 근사한 인도식 커리를 만들기도 했고, 맛 좋은 펜네 아라비아타를 만들기도 했다. 그리고 만드는 요리마다 마늘을 한 통씩 넣었다. 하지만 몰리의 말이 절대적으로 맞았다. 그의 예술적 재능은 음악적 재능으로까지 이어지지는 않았다. 사실 애쉬가 〈사운드 오브 사일런스(Sound of silence)〉를 부를 때면 노라는 제발 저 제목대로 그가 침묵했으면 좋겠다는 마음이 들어서 미안할 정도였다.

다시 말해 애쉬는 약간 괴짜 기질이 있었다. 매일 사람을 살리기는 했지만 그래도 괴짜였다. 잘된 일이었다. 노라는 괴짜를 좋아했고, 자신도 괴짜라고 생각했다. 또한 그 사실은 잘 모르는 남자와 부부로 지내야 하는 이상한 상황을 극복하는 데 도움이 되었다.

이 정도면 괜찮은 인생이야, 노라는 거듭 그렇게 생각했다.

맞다, 육아는 힘들지만 몰리는 사랑스러운 아이였다. 적어도 낮에는. 사실 노라는 몰리가 유치원에서 돌아와 집에 있는 시간이 더 좋았다. 왜냐하면 부부간 스트레스도, 직장이나 돈 스트레스도 없는 다소 단조로운 삶에서 몰리가 약간의 시험대가 되어주었기 때문이다.

감사할 게 많았다.

피치 못하게 위험한 순간들도 있었다. 노라는 자신이 해야 할 대사를 모른 채 연극을 하고 있는 익숙한 느낌이 들었다.

"왜 그래?" 어느 날 밤에 노라는 애쉬에게 물었다.

"그냥……." 애쉬는 다정한 미소를 지으며 그녀를 뜯어보는 듯한 강렬한 눈길로 노라를 바라보았다. "모르겠어. 당신은 곧 있으면 우리 결혼기념일이라는 것도 모르잖아. 우리가 함께 본 영화를 안 봤다고 생각하고, 또 안 본 영화를 봤다고 생각하지. 당신에게 자전거가 있다는 사실도 잊어버리고, 접시가 어디 있는지도 잊어버리고, 내 슬리퍼를 신고, 침대에서는 내가 자는 쪽에서 자잖아."

"아, 애쉬." 노라는 약간 긴장되었다. "지금 곰 세 마리한테 신문당하는 기분이야."◆

"난 그냥 걱정이 돼서……."

"난 괜찮아. 연구에 너무 몰입해서 그래. 숲에서 길을 잃었어. 소로의 숲에서."

그런 순간이 오면 노라는 아마도 자신이 자정의 도서관으로 돌아가게 될 거라고 생각했다. 그녀가 처음 도서관에 갔을 때 엘름 부인이 했던 말이 가끔 생각나기도 했다. "정말로 그 삶을 살고 싶다면 걱정할 것 없어……. 그 삶을 살고 싶다고 결정하는 순간, 진

◆ 영국의 고전 동화《골디락스와 곰 세 마리》에 나오는 곰을 말한다. 주인공 골디락스는 곰 세 마리가 사는 집에 몰래 들어가 오트밀을 먹고 실수로 가구를 부수고 잠을 자다가 곰 세 마리에게 들켜 도망친다.

정으로 그런 마음이 드는 순간, 지금 네 머릿속에 있는 모든 기억은 이 자정의 도서관을 포함해서 아주 희미해질 거야. 너무 아련해서 거의 기억나지 않을 정도로."

그 말을 생각하면 이런 의문이 든다. 만약 이게 완벽한 삶이라면 왜 노라는 아직 자정의 도서관을 기억할까?

시간이 얼마나 더 흘러야 그 기억이 사라질까?

가끔 아무 이유 없이 가벼운 우울감이 느껴지기는 했지만, 원래 삶에서 혹은 그 외의 많은 삶에서 느꼈던 그 끔찍한 감정에 비할 바는 아니었다. 콧물이 약간 흐르는 증상을 폐렴과 비교하는 격이었다. 스트링 시어리에서 해고된 날 느꼈던 끔찍한 기분이나 절망감, 외로움, 더는 살고 싶지 않았던 절박한 기분을 생각하면 이 정도 우울감은 아무것도 아니었다.

노라는 매일 밤 다시 이 삶에서 눈을 뜰 거라고 생각하며 잠자리에 들었다. 왜냐하면 모든 요소를 고려할 때 이번 삶이 그녀가 아는 최고의 삶이기 때문이다. 급기야 계속 이 삶을 살게 될 거라고 생각하며 잠자리에 들던 단계에서 혹시라도 자정의 도서관으로 돌아가게 될까 봐 잠들기 두려운 지경에 이르렀다.

그런데도 매일 밤 잠들었고, 매일 아침 같은 침대에서 깼다. 가끔은 카펫 위에서 깨기도 했지만 그 고통을 애쉬와 함께 나누었고, 몰리가 안 깨고 자는 날이 많아지면서 대개 침대에서 깨어났다.

물론 어색한 순간들도 있었다. 노라는 길을 전혀 몰랐고, 집 안에 둔 물건이 어디 있는지도 몰랐다. 가끔 애쉬는 큰 소리로 병원에 가봐야 하는 거 아니냐고 말했다. 노라는 처음에는 애쉬와의 섹스를 피했지만 어느 날 밤에 하게 되었고, 그러고 나자 그에게 거짓말을 하고 있다는 죄책감이 들었다.

섹스 후의 정적이 흐르는 동안 그들은 잠시 어둠 속에 누워 있었다. 하지만 이 이야기를 반드시 꺼내야 했기에 노라는 상황을 살폈다.

"애쉬."

"왜?"

"자기는 평행우주 이론을 믿어?"

노라는 애쉬가 환하게 미소 짓는 걸 볼 수 있었다. 이건 애쉬의 주파수와 맞는 대화였다. "응, 믿지."

"나도. 그러니까 그거 과학이지? 어떤 괴짜 과학자가 '이봐, 평행우주라는 개념, 멋지지 않아? 그에 대한 이론을 만들어보자'라고 해서 만들어진 게 아니잖아."

"물론이지." 애쉬가 동의했다. "과학은 지나치게 멋진 것들을 불신해. 너무 공상과학 같거든. 과학자들은 회의주의자들이야, 일반적으로."

"맞아, 그런데 물리학자들은 평행우주를 믿지."

"과학을 공부하다 보면 평행우주의 개념이 당연해지니까. 양자역학과 끈 이론은 다중 우주가 존재한다는 걸 가리켜. 아주 아주 많은 우주가 존재한다는 거지."

"만약 내가 다른 삶들을 방문했고, 그래서 이 삶을 선택했다고 말하면 당신은 뭐라고 할 거야?"

"당신이 미쳤다고 생각하겠지. 그래도 여전히 당신을 좋아할 거야."

"사실이야. 난 여러 삶을 살았어."

애쉬가 빙그레 웃었다. "대단하네. 그중에서 내게 다시 키스하는 삶도 있어?"

"당신이 내 죽은 고양이를 묻어주는 삶은 있지."

애쉬가 웃음을 터뜨렸다. "그거 진짜 멋진데, 노르. 당신의 좋은 점은 함께 있으면 내가 늘 정상이라는 기분이 든다는 거야."

거기까지였다.

노라는 자신이 아무리 솔직히 말해도 사람은 누구나 자신의 현실과 가까운 사실만 볼 수 있다는 걸 깨달았다. 소로가 말한 대로 "중요한 것은 무엇을 보느냐가 아니라 어떻게 보느냐이다." 그리고 애쉬에게는 오로지 자신이 사랑에 빠져 결혼한 노라만 보였다. 따라서 어떤 면에서 노라는 그 여자가 되어가고 있었다.

언제나 듣고 싶었던 말

학기 중 짧은 방학을 맞아 몰리가 유치원을 쉬는 동안, 그리고 애쉬가 비번인 화요일에 그들은 기차를 타고 런던으로 갔다. 해머스미스에 사는 노라의 오빠 조와 이완을 만나기 위해서였다.

조는 좋아 보였고, 이완은 노라가 올림픽 선수로 살았던 삶에서 본 조의 사진 속 모습 그대로였다. 조와 이완은 동네 헬스장에서 크로스 트레이닝 수업을 듣다가 만났다. 이번 삶에서 조는 음향 기사로 일했고 이완, 정확히 말하면 이완 랭포드는 로열 마스든 병원에서 방사선 전문의로 일했기 때문에 병원과 관련해서 애쉬와 함께 불평할 거리가 많았다.

조와 이완은 몰리도 반갑게 맞이하며 판다는 어떻게 지내냐고 물었다. 조는 그들에게 마늘이 들어간 브로콜리 파스타를 만들어 주었다.

"보다시피 풀리아 요리야. 우리 혈통을 따라서 만들어봤지." 조가 노라에게 말했다.

노라는 이탈리아인이었던 할아버지를 생각했다. 런던 벽돌 공장이 사실은 베드퍼드에 있다는 걸 알았을 때 할아버지는 어떤 심정이었을까? 정말로 실망했을까? 아니면 그걸 최대한 이용하기로 마음먹었을까? 아마도 할아버지가 런던으로 갔고, 도착한 첫날 피커딜리 서커스에서 이층 버스에 치여 죽는 삶도 존재할 것이다.

이 집 부엌에는 와인이 가득 든 거치대가 있었는데 그중 하나가 부에나 비스타 포도밭에서 만든 캘리포니아 시라 와인이었다. 와인 병 라벨 밑에 인쇄된 사인 두 개를 본 노라는 살갗이 따끔거렸다. 얼리샤 마르티네스와 에두아르도 마르티네스. 직감적으로 에두아르도는 이번 삶에서도 행복할 거라는 생각이 들어서 노라는 미소 지었다. 잠시 얼리샤가 누구이고 어떻게 생겼을지 궁금했다. 적어도 포도밭 석양은 아주 멋졌다.

"괜찮아?" 노라가 넋을 놓고 라벨을 들여다보자 애쉬가 물었다.

"응, 그럼. 그냥, 어, 좋은 와인 같아서."

"내가 제일 좋아하는 와인이에요. 진짜 좋은 와인이죠. 그거 딸까요?" 이완이 말했다.

"음, 당신이 마실 거라면요." 노라가 말했다.

"난 사양할게. 요새 너무 많이 마셨어. 당분간 금주하려고." 조가 말했다.

"오빠가 어떤지 알죠?" 이완이 조의 볼에 키스하며 말했다. "매사에 양극단이에요."

"아, 그럼요. 알죠."

이완은 이미 손에 와인 오프너를 들고 있었다. "오늘 병원에서 너무 힘들었어요. 그러니까 아무도 안 마시겠다면 기꺼이 나 혼자라도 병나발을 불겠습니다."

"저도 마실래요." 애쉬가 말했다.

"난 됐어요." 노라가 말했다. 호텔 VIP 라운지에서 마지막으로 오빠를 만났을 때 조가 알코올 중독이라고 털어놓았던 일이 기억났다.

그들은 몰리에게 그림책을 주었고, 노라는 소파에 앉아서 몰리에게 책을 읽어주었다.

저녁 시간이 지나갔다. 네 사람은 뉴스와 음악, 영화에 대해 이야기했다. 조와 이완은 〈라스트 찬스 살룬〉을 꽤 재미있게 봤다고 했다.

조금 시간이 지나자 노라는 대중문화라는 안전한 화제에서 벗어나 갑자기 조에게 사적인 질문을 던져 모두를 놀라게 했다.

"오빠, 나한테 화난 적 있어? 내가 밴드를 그만둔 일로 말이야."

"그게 언제 적 일인데. 그 후로 몇 년이나 흘렀어."

"그래도 오빠는 록스타가 되고 싶어 했잖아."

"여전히 록스타죠." 이완이 웃으며 말했다. "나만의 록스타."

"난 늘 오빠를 실망시킨 기분이 들어."

"그러지 마……. 나야말로 널 실망시켰어. 내가 너무 바보 같았지……. 한동안 너한테 못되게 굴었잖아."

이거야말로 노라가 오랫동안 듣고 싶었던 단비 같은 말이었다. "괜찮아." 노라는 간신히 그렇게 대답했다.

"이완을 만나기 전에는 정신 건강에 대해 무지했어. 공황장애는 별거 아니라고 생각했지……. 모든 게 마음먹기에 달렸다고 말이야. 네가 소심하다고만 생각했어. 하지만 이완에게 공황장애가 생기자 그게 얼마나 힘든 증상인지 알게 됐어."

"단지 공황장애 때문만은 아니었어. 그냥 뭔가 잘못되었다는 느낌이었어. 모르겠어……. 어쨌든 오빠는 이번 삶에서 훨씬 행복한 것 같아. 오빠가—" 노라는 하마터면 "죽은 삶에서보다"라고 말할 뻔했다. "밴드 활동을 했던 삶보다."

조는 웃으며 이완을 바라봤다. 노라는 오빠가 과연 그녀의 말을 믿을지 의심스러웠다. 하지만 이제는 그녀도 잘 알게 되었듯이 이해하기 불가능한 진실도 있음을 받아들여야 했다.

세발자전거

몇 주가 지나면서 놀라운 일이 벌어졌다.

노라가 실제로 겪지 않았던 이 삶의 단편들이 기억나기 시작한 것이다.

이를테면, 하루는 원래 삶에서 전혀 몰랐던 누군가가 전화를 했다. 노라가 대학원에서 공부하고, 대학에서 교편을 잡으면서 알게 된 친구인 듯했다. 전화기에 발신인이 '라라'라고 뜨자 노라의 머릿속에 '라라 브라이언'이라는 이름이 떠올랐고, 그녀의 얼굴이 완벽하게 기억났다. 또한 라라에게 모라는 남편과 올더스라는 아이가 있다는 사실도 알 수 있었다. 실제로 라라를 만났을 때 노라는 그런 사실이 모두 맞다는 걸 확인했다.

이렇듯 일종의 기시감을 느끼는 경우가 점점 더 많아졌다. 물론 아직도 가끔 실수를 저질렀다. 이를테면 애쉬에게 천식이 있고, 그래서 그가 천식이 심해지지 않도록 달리기를 한다는 사실을 '잊어버렸듯이'.

"언제 천식이 생겼어?"

"일곱 살 때라고 했잖아."

"아, 맞다. 그랬지. 난 당신이 습진이라고 말한 줄 알았어."◆

"노라, 당신 괜찮아?"

"응. 괜찮아. 낮에 라라랑 와인을 마셨더니 좀 멍해."

하지만 그런 실수는 점점 줄어들었다. 마치 매일 퍼즐이 한 조각씩 맞춰지고, 한 조각이 더해질 때마다 없는 조각이 어떤 모양일지 상상하기가 더 쉬워지는 듯했다.

다른 삶에서는 늘 절박하게 단서를 찾으려 했고, 자신이 연기한다는 기분이 들었지만 이번 삶에서는 긴장을 풀면 풀수록 더 많은 사실이 떠올랐다.

또한 몰리랑 함께하는 시간이 좋았다.

몰리의 침실에서 난장판을 만들며 놀 때라든가, 잠들기 전에 《간식을 먹으러 온 호랑이》처럼 단순하면서도 훌륭한 동화를 읽어주며 두 사람 사이에 섬세한 유대감이 생길 때라든가, 정원에서 함께 노는 시간이 좋았다.

"엄마, 나 봐봐." 토요일 아침에 세발자전거를 타고 가며 몰리가 말했다. "엄마, 이거 봐! 보고 있어?"

"진짜 잘 타네, 몰리. 페달 잘 밟는다."

"엄마, 봐봐! 나 빠르지?"

"잘한다, 몰리!"

하지만 그때 잔디 위에서 앞바퀴가 미끄러지면서 자전거가 화단으로 들어가버렸다. 몰리는 자전거에서 떨어져 작은 돌에 머리

◆ 천식은 asthma, 습진은 eczema로 발음이 비슷하다.

를 찧었다. 노라는 달려가 몰리를 일으켜 세우고 아이를 바라봤다. 몰리는 다친 게 분명했다. 이마가 까지고 피가 났는데도 다친 내색을 하지 않으려고 했다. 비록 울먹이느라 턱은 떨렸지만.

"난 괜찮아." 금방이라도 울음을 터뜨릴 듯한 목소리로 몰리가 천천히 말했다. "괜찮아. 괜찮아. 괜찮아. 괜찮아." '괜찮아'라고 할 때마다 점점 더 울먹였지만, 정점에 도달한 후에 점점 진정되어 다시 차분해졌다. 밤에 곰을 무서워하기는 해도 이 아이는 회복 능력이 뛰어났다. 노라는 그런 아이가 대견하기도 하고 그 모습에 자극을 받기도 했다. 그녀에게서 태어난 이 작은 아이는 어떤 면에서 그녀의 일부였다. 이 아이에게 이렇게 숨겨진 힘이 있다면 노라에게도 있을 것이다.

노라는 몰리를 껴안았다. "괜찮아, 아가……. 용감한 우리 딸. 괜찮아. 이젠 좀 어때?"

"괜찮아. 그때 방학 때 같아."

"방학?"

"응, 엄마……." 노라가 기억하지 못하자 몰리는 살짝 토라졌다. "미끄럼틀 말이야."

"아, 그래, 맞다. 미끄럼틀. 엄마가 바보야. 바보 엄마."

갑자기 노라는 무언가 울컥 치미는 걸 느꼈다. 일종의 두려움이었다. 스발바르에서 북극곰과 대면했을 때와 같은 진짜 두려움.

지금 자신이 느끼는 감정, 사랑에 대한 두려움이었다.

최고급 레스토랑에서 식사할 수도 있고, 오감의 온갖 호사를 누릴 수도 있고, 상파울루에서 2만 명 관객 앞에서 노래할 수도 있고, 우레와 같은 박수를 받을 수도 있고, 지구 끝으로 여행할 수도 있고, 수백 만의 팔로워를 거느릴 수도 있고, 올림픽 메달을 딸 수도 있지만 사랑이 없다면 이 모든 건 무의미하다.

원래 삶을 돌이켜볼 때 가장 근본적인 문제, 노라가 정말로 힘들었던 이유는 사랑의 부재였다. 심지어 그 삶에서는 오빠마저 그녀를 버렸다. 볼츠가 죽은 뒤로는 노라 곁에 아무도 없었다. 그녀가 사랑하는 사람은 아무도 없었고, 그녀를 사랑해주는 사람도 없었다. 그녀는 텅 빈 껍데기였다. 그녀의 삶은 텅 빈 껍데기였다. 그녀는 지각 능력이 있는, 체념한 마네킹처럼 정상적인 인간 흉내를 내며 돌아다녔다. 간신히 하루하루를 버텨낼 뿐이었다.

하지만 그날, 칙칙한 잿빛 하늘 아래 케임브리지에 있는 집 정원에서 노라는 누군가를 깊이 사랑하고 사랑받는 것의 무시무시한 힘을 느꼈다. 이번 삶에서도 부모님은 돌아가셨지만 그녀에게는 몰리가 있었고, 애쉬가 있었고, 조가 있었다. 그녀가 추락하지 않게 받쳐주는 사랑의 그물망이 있었다.

그런데도 마음 깊은 곳에서는 이 삶이 곧 끝나리라는 느낌이 들었다. 이렇게 완벽한데도 그 완벽함 가운데 무언가 잘못되었다는 느낌이 들었다. 그리고 그 잘못된 점은 바로잡을 수 없었다. 왜냐하면 결함 자체가 올바르기 때문이다. 모든 게 제대로 되었지만 이것은 그녀가 이룬 삶이 아니었다. 노라는 그저 영화 중간에 들어왔을 뿐이다. 이건 도서관에서 뽑은 책일 뿐 사실 그녀의 소유가 아니었다. 노라는 창문 너머로 자신의 삶을 바라보는 셈이었다. 자신이 사기꾼이라는 느낌이 들기 시작했다. 이 삶이 자신의 삶이기를 바랐다. 자신의 진짜 삶이기를 바랐다. 하지만 그렇지 않았고, 노라는 그 사실을 잊고 싶었다. 정말로 간절히.

"엄마, 울어?"

"아니, 몰리, 아니야. 엄마 괜찮아."

"우는 거 같은데."

"어서 들어가서 씻자……."

그날 오후에 몰리가 정글 동물이 그려진 퍼즐을 맞추는 동안 노라는 소파에 앉아 자신의 무릎에 놓인 플라톤의 따뜻하고 묵직한 머리를 쓰다듬었다. 그러다 마호가니 서랍장 위에 놓인 화려한 체스판을 바라보았다.

어떤 생각이 천천히 떠올랐으나 무시해버렸다. 하지만 그 생각은 다시 떠올랐다.

애쉬가 집에 돌아오자마자 노라는 옛 친구를 만나러 잠시 베드퍼드에 다녀오겠다고 말했다.

이젠 여기에 없다

오크리프 요양원에 들어서서 안내 데스크에 가기도 전에 노라는 아는 사람을 만났다. 노쇠하고 안경을 쓴 노인이었다. 노인은 화가 난 듯한 간호사와 살짝 열띤 대화를 나누고 있었다. 간호사는 한숨이 인간으로 변한 듯한 얼굴이었다.

"난 꼭 정원에 나가고 싶다니까." 노인이 말했다.

"죄송하지만 오늘 정원에서 행사가 있다니까요."

"그냥 벤치에 앉아서 신문만 읽을 거야."

"정원에서 하는 야외 활동을 신청하시면—"

"야외 활동은 하고 싶지 않아. 다박에게 전화해야겠어. 이건 다 착오야."

노라는 옆집에 살던 배너지 씨에게 약을 주러 갔다가 그의 아들 다박에 대해 들은 적이 있다. 배너지 씨의 아들은 아버지를 요양원에 보내고 싶어 했지만 배너지 씨는 계속 그 집에서 살겠다고 고집을 부렸다. "그냥 정원에 앉아 있을—"

거기까지 말한 배너지 씨는 누가 자신을 바라보고 있다는 걸 알아차렸다.

"배너지 씨?"

그는 어리둥절한 표정으로 노라를 바라보았다. "누구신지?"

"저 노라예요. 노라 시드." 노라는 너무 당황해서 둘러댈 말도 생각나지 않았다. "제가 옆집에 살았잖아요. 밴크로프트 대로에서요."

배너지 씨는 고개를 저었다. "착각한 것 같군요. 난 거길 떠난 지 3년이나 됐어요. 그리고 당신은 절대 내 옆집에 살지 않았고요."

간호사가 배너지 씨를 보며 고개를 갸웃했다. 마치 그가 혼란스러워하는 강아지라도 된다는 듯이. "어르신이 잊어버리셨겠죠."

"아니에요." 자신의 실수를 깨달은 노라가 얼른 대답했다. "이분 말씀이 맞아요. 제가 착각했어요. 가끔 기억이 오락가락하거든요. 전 밴크로프트 대로에 살았던 적이 없어요. 다른 곳이었고, 다른 분이었어요. 죄송합니다."

배너지 씨는 다시 간호사와 대화를 이어나갔고, 노라는 아이리스와 디기탈리스가 가득했던 배너지 씨 정원을 떠올렸다.

"뭘 도와드릴까요?"

노라는 안내 데스크로 몸을 돌렸다. 빨간 머리에 안경을 쓰고, 피부가 얼룩덜룩한 남자 직원이 부드러운 스코틀랜드 억양으로 온화하게 말했다.

노라는 자신의 신분을 밝히고 아까 전화했다고 말했다.

남자는 약간 혼란스러워했다.

"메시지를 남기셨다고요?"

남자는 노라가 보낸 메일을 찾으려고 메일함을 뒤지며 조용히 콧노래를 흥얼거렸다.

"네, 계속 전화했는데 통화가 되지 않아서 음성 메시지를 남겼어요. 이메일도 보냈고요."

"그러시군요. 죄송하게 됐습니다. 가족을 만나러 오셨나요?"

"아뇨. 가족은 아니고 예전에 알던 분이에요. 그분도 절 알고요. 성함은 엘름이에요." 노라는 그녀의 이름을 기억해내려 했다. "죄송해요. 루이스 엘름요. 그분께 제 이름을 말해주시겠어요? 노라, 노라 시드요. 그분은…… 예전에 우리 학교 사서였어요. 헤이즐딘 스쿨요. 제가 말벗을 해드리면 좋을 것 같아서요."

남자는 컴퓨터에서 눈을 떼고 놀란 기색을 감추지 못한 채 노라를 올려다보았다. 처음에 노라는 자신이 잘못 안 줄 알았다. 혹은 라 칸티나에 갔던 날 그녀에게 그 사실을 말해준 딜런이 잘못 알았거나. 아니면 이 삶에서 엘름 부인은 요양원에 오지 않았거나. 하지만 왜 노라가 동물보호센터에서 일하기로 결정한 삶에서는 엘름 부인이 요양원에 있었는지 잘 이해가 가지 않았다. 말이 되지 않았다. 지난번 삶이나 이번 삶이나 노라는 학교를 졸업한 후로 엘름 부인에게 연락한 적이 없기 때문이다.

"왜 그러시죠?" 노라가 남자 직원에게 물었다.

"정말 죄송합니다만 루이스 엘름 씨는 이제 여기에 안 계십니다."

"그럼 어디에 있나요?"

"그분은…… 사실 3주 전에 돌아가셨습니다."

처음에 노라는 필시 행정 착오일 거라고 생각했다. “확실한가요?”

“네. 유감스럽지만 아주 확실합니다.”

“아.” 노라는 정말로 무슨 말을 해야 할지, 어떤 감정을 느껴야 할지 몰랐다. 그래서 아까 조수석에 놓아두었던 가방을 내려다보았다. 그 안에는 엘름 부인과 함께할 생각으로 가져온 체스판이 있었다. “죄송해요. 몰랐네요. 전…… 몇 년 동안 부인을 뵙지 못했거든요. 아주 오랫동안요. 그러다 아는 사람한테 부인이 여기 있다는 말을 듣고…….”

“정말 죄송합니다.” 남자가 말했다.

“아뇨. 괜찮아요. 그냥 부인께 감사하다는 말을 하고 싶었어요. 제게 친절히 대해주셔서요.”

“부인은 아주 평화롭게 돌아가셨습니다. 자다가 숨을 거두셨죠.”

노라는 미소를 짓고 공손하게 물러섰다. “잘됐네요. 감사합니다. 부인을 보살펴주셔서 감사해요. 그만 가볼게요. 안녕히 계세요…….”

사소한 것의 중요성

노라는 체스판이 든 가방을 들고 셰익스피어가로 나왔다. 이제 뭘 해야 할지 막막했다. 온몸이 따끔거렸다. 핀과 바늘로 찌른다기보다 살갗이 흐릿하게 지직거리는 듯한 이상한 느낌이었다. 예전에도 특정한 삶을 떠날 때가 가까워지면 이런 느낌이 들곤 했다.

노라는 그 느낌을 무시한 채 막연히 주차장을 향해 걸어갔다. 예전에 그녀가 살았던 밴크로프트 대로 33A의 낡은 아파트를 지나갔다. 전에 본 적이 없는 남자가 재활용 쓰레기가 든 상자를 들고 밖으로 나오고 있었다. 노라는 지금 그녀가 사는 케임브리지의 멋진 집을 떠올리며 쓰레기가 뒹구는 거리에 있는 이 낡은 아파트와 비교하지 않을 수 없었다. 살갗이 따끔거리는 증상은 조금 가라앉았다. 이번에는 배너지 씨 집, 혹은 예전에 배너지 씨가 살았던 집 앞을 지나갔다. 이 거리에서 유일하게 다세대 주택이 아닌 집이었다. 비록 지금은 완전히 달라 보였지만. 집 앞 작은 화단은 잔디가 무성하게 자랐고, 작년 여름에 배너지 씨가 고관절 수술을 한 직후에 노라가 그를 대신해 물을 주었던 클레마티스나 봉선화 화분은 찾아볼 수 없었다.

보도에는 찌그러진 맥주 캔 두 개가 버려져 있었다.

맞은편에서 두 아이가 탄 2인용 유모차를 밀면서 걸어오는 여자가 보였다. 구릿빛 피부에 금색 단발머리 여자는 지쳐 보였다. 노라가 죽기로 결심했던 날 서점에서 이야기를 나눴던 여자였다. 행복하고 느긋해 보였던 여자. 케리 앤. 볼이 빨간 남자아이가 울면서 칭얼거리자 케리 앤은 아이 눈앞에 플라스틱 공룡을 흔들어 대느라 노라를 알아보지 못했다.

노라는 케리 앤이 했던 말을 떠올렸다.

"나랑 제이크도 가볍게 연애만 했는데 결국에는 아기를 가졌어. 말썽꾸러기 아이가 둘이나 돼. 하지만 그럴 만한 가치가 있어. 이제야 온전해진 기분이야. 사진 보여줄까……."

그제야 케리 앤이 고개를 들고 노라를 보았다.

"우리 아는 사이지? 노라 아니니?"

"맞아."

"안녕, 노라."

"안녕, 케리 앤."

"내 이름을 기억해? 와. 학교 다닐 때 널 엄청 부러워했는데. 넌 모든 걸 다 가진 듯했거든. 올림픽에는 출전했니?"

"응, 했어. 그런 셈이지. 한 번은 했어. 하지만 내가 원했던 삶이 아니더라. 하지만 뭔들 내가 원하는 삶이겠니. 안 그래?"

케리 앤은 잠시 어리둥절한 표정이었다. 그때 아이가 공룡을 내던지자 공룡이 찌그러진 맥주 캔 옆에 떨어졌다. "맞아."

노라는 공룡을 주워—자세히 보니 스테고사우르스였다—케리 앤에게 건넸다. 케리 앤은 감사의 뜻으로 미소를 짓더니 배너지 씨 옛집으로 들어갔다. 아이는 슬슬 떼를 부리려 했다.

"잘 있어." 노라가 말했다.

"그래. 잘 가."

노라는 차이점이 무엇일지 생각했다. 무엇이 배너지 씨로 하여금 절대 가지 않겠다던 요양원에 가게 했을까? 두 배너지 씨의 차이점이라고는 노라가 옆집에 살았다는 점뿐이었지만 그게 무슨 차이가 있을까? 노라가 한 일이라고 해봐야 인터넷 쇼핑몰을 깔아주고, 약국에서 약을 서너 번 타다 준 것이 전부였다.

절대 사소한 것의 중요성을 과소평가하지 말라고 엘름 부인은 말했다. 그 말을 늘 명심해야 한다고.

노라는 자신의 집 창문을 바라보았다. 침실에서 삶과 죽음 사이를—삶과 더 가깝지도 않고 죽음과 더 가깝지도 않게—맴돌고 있을 자신을 생각했다. 노라는 처음으로 자신이 걱정되었다. 마치 남 걱정을 하듯이. 그녀가 단지 다른 삶을 사는 노라가 아니라 완전히 다른 사람이 된 듯이. 지금 이 삶의 경험을 통해 마침내 예전의 자신을 동정할 수 있는 사람이 된 듯이. 그렇다고 자기 연민은 아니었다. 왜냐하면 이제 노라는 다른 사람이 되었기 때문이다.

그때 그녀의 집 창문에 누군가가 나타났다. 노라가 아닌 여자가 볼테르가 아닌 고양이를 안고 있었다.

어쨌든 그것이 그녀의 희망이었다. 비록 다시 현기증이 나고 흐릿해지는 기분이 들기는 했어도.

노라는 도심으로 향했다. 시내 중심가를 걸어갔다.

그렇다, 이제 그녀는 달라졌다. 더 강해졌다. 그녀 안에는 아직 개발되지 않은 자질이 있었다. 무대에서 노래하지 않았거나 북극곰과 싸우지 않았거나 사랑과 두려움과 용기를 흠뻑 느끼지 않았더라면 결코 몰랐을 자질이었다.

드럭스토어 앞이 소란스러웠다. 상점 경비원이 무전기에 대고 뭐라고 말하는 와중에 두 소년이 경찰에게 체포되고 있었다.

그중 하나는 노라가 아는 얼굴이었다.

"리오?"

경관은 노라에게 물러나라고 손짓했다.

"누구세요?" 리오가 물었다.

"난—" 노라는 '네 피아노 선생님이야'라고 말할 수는 없다는 걸 깨달았다. 또한 이렇게 걱정스러운 상황에서 지금 자신이 하려는 말이 얼마나 미친 소리로 들릴지도 알고 있었다. 하지만 그래도 노라는 말했다. "음악 수업은 받고 있니?"

리오는 손에 채워지는 수갑을 내려다보았다. "안 받는데요……."

리오의 목소리에서는 특유의 허세가 다 사라져버렸다.

이제 경관은 짜증을 냈다. "비키세요, 부인. 이 일은 우리에게 맡기세요."

"착한 아이예요. 너무 무섭게 대하지 마세요." 노라가 경관에게 말했다.

"글쎄요, 이 착한 아이가 방금 이 가게에서 200파운드 상당의 물건을 훔쳤습니다. 또 무기도 소지했고요."

"무기요?"

"칼 말입니다."

"아니에요. 분명히 뭔가 착각하셨을 거예요. 리오는 절대 그런 아이가 아니에요."

"들었어?" 경관이 자신의 동료에게 말했다. "여기 있는 이 부인이 우리의 친구 리오 톰슨은 말썽을 부리는 아이가 아니래."

그 말을 들은 동료 경관이 웃음을 터뜨렸다. "경찰서를 제집처럼 드나드는 아이예요."

"자, 이제 그만하시죠. 여긴 우리가 알아서 하겠습니다……." 처음에 말했던 경관이 다시 말했다.

"물론이죠, 네. 저분들 하라는 대로 해, 리오……." 노라가 말했다.

리오는 마치 이 상황이 몰래카메라라도 된다는 듯이 노라를 바라보았다.

몇 년 전, 리오의 엄마 도린은 아들에게 싸구려 키보드를 사주려고 스트링 시어리에 왔다. 도린은 학교에서 아들의 행실을 걱정하던 차였는데 아들이 음악에 관심을 보이자 피아노를 가르쳐주고 싶어 했다. 노라는 자신에게 디지털 피아노가 있고, 연주도 할 수 있지만 정식 교사 자격증은 없다고 했다. 도린은 수업료로 넉넉한 돈을 줄 수 없는 형편이라고 했다. 그래서 둘은 타협했고, 노라는 화요일 저녁마다 리오에게 장조와 단조의 7화음을 가르치며 리오가 배우고자 하는 의지가 넘치는 훌륭한 학생이라고 생각했다.

도린은 리오가 '나쁜 아이들과 어울린다'고 생각했다. 하지만 음악을 배우면서 리오는 다른 일들도 잘하게 되었고, 더는 학교에서 문제를 일으키지도 않았다. 쇼팽에서 스캇 조플린을 거쳐 프랭크 오션과 존 레전드, 렉스 오렌지카운티까지 모두 정성 들여, 열심히 연주했다.

노라는 자정의 도서관을 방문한 초창기에 엘름 부인이 했던 말이 떠올랐다.

"모든 삶에는 수백만 개의 결정이 수반된단다. 중요한 결정도 있고, 사소한 결정도 있어. 하지만 둘 중 하나를 선택할 때마다 결과는 달라져. 되돌릴 수 없는 변화가 생기고, 이는 더 많은 변화로 이어지지……."

지금 이 삶, 노라가 케임브리지에서 석사 학위를 받고, 애쉬와 결혼해서 딸을 낳은 이 삶에서는 4년 전 도린과 리오가 스트링 시어리를 방문했을 때 노라가 없었다. 이 삶에서 도린은 적은 돈으로 아들에게 음악을 가르쳐줄 선생님을 찾지 못했고, 따라서 리오는 자신에게 재능이 있다는 걸 깨달을 정도로 음악을 계속 배우지 못했다. 화요일 저녁에 노라와 나란히 앉았던 적이 없었고, 따라서 집에 돌아가서 작곡할 정도로 열정을 쏟아붓지도 않았다.

노라는 몸에서 힘이 빠지는 기분이 들었다. 단지 따끔거리거나 흐릿해지는 것만이 아니라 훨씬 더 강력한 느낌, 순간적으로 시야가 어두워지면서 전무의 상태로 떨어지는 듯했다. 그녀가 이 삶을 떠나는 순간, 또 다른 노라가 그 뒤를 이어가려고 대기하는 듯했다. 또 다른 노라의 뇌는 그간의 공백을 채울 준비가 되어 있었고, 당일치기로 베드퍼드를 다녀와야 하는 완벽하게 타당한 이유도 있으며, 마치 계속 이 삶을 살았던 것처럼 모든 부재를 채울 준비가 되어 있었다.

그게 무슨 의미인지 아는 노라는 걱정스러운 마음으로 리오와 그의 친구에게서 몸을 돌렸다. 아이들은 베드퍼드 중심가에 나온 사람들의 시선을 한 몸에 받으며 경찰차로 호송되었고, 노라는 주차장을 향해 발걸음을 재촉했다.

'이건 좋은 삶이야……. 이건 좋은 삶이야……. 이건 좋은 삶이야.'

새롭게 보는 법

노라는 역으로 가는 길에 빨간색과 노란색 지그재그 무늬로 요란하게 장식된, 보고 있으면 골치가 아플 정도인 라 칸티나를 지났다. 식당 안에서 웨이터들이 테이블에 올려놓은 의자를 내리고 있었다. 폐업한 스트링 시어리도 지나쳤는데, 손으로 쓴 안내문이 문에 붙어 있었다.

아아, 애석하게도 스트링 시어리는 이제 영업을 접습니다. 임대료 인상 때문에 더는 영업을 계속할 수가 없습니다. 단골손님들께 감사합니다. 마음 쓰지 마십시오, 괜찮습니다. 여러분은 여러분의 길을 가세요. 여러분 없는 우리는 상상도 할 수 없네요.

딜런과 함께 봤을 때와 똑같은 안내문이었다. 닐이 펠트펜으로 조그맣게 적어놓은 날짜는 거의 석 달 전이었다.

노라는 슬펐다. 스트링 시어리는 많은 이에게 각별했기 때문이다. 하지만 스트링 시어리가 어려워졌을 때 노라는 거기서 일하지 않았다.

'내가 여기서 디지털 피아노를 꽤 많이 팔았는데. 멋진 기타도.'

어릴 때 그녀와 조는 10대 아이들이 늘 그렇듯이 고향을 조롱하는 농담을 했다. HMP 베드퍼드 교도소가 내부 감옥이고, 나머지 도시는 외부 감옥이라고. 그러니 달아날 기회가 생기면 절대 놓치면 안 된다고.

하지만 역에 거의 다 왔을 때 구름 속에서 태양이 나오자 마치 지금까지 오랫동안 노라가 이곳을 잘못 보아온 듯했다. 사방이 나무로 둘러싸이고, 뒤쪽에 햇살이 부서지는 강이 있는 세인트폴 광장에 도착해 교도소 개혁가 존 하워드의 동상을 지나자 노라는 마치 이곳을 처음 보는 사람처럼 감탄했다. "중요한 것은 무엇을 보느냐가 아니라 어떻게 보느냐이다."

노라는 비닐과 플라스틱과 다른 합성 소재 냄새가 역겨울 정도로 진동하는 비싼 아우디에 올라타 다시 케임브리지를 향해 운전했다. 붐비는 차량 사이를 이리저리 오가며 차들이 잊힌 인생처럼 스쳐 가는 동안 노라는 진짜 엘름 부인이 돌아가시기 전에 만났더라면 얼마나 좋았을까 생각했다. 돌아가시기 전에 마지막으로 체스를 뒀더라면 정말 좋았으리라. 또 가여운 리오도 생각했다. 지금쯤 베드퍼드 경찰서의 창문 없는 작은 감방에 갇혀 도린이 데리러 와주기를 기다리고 있을 것이다.

"이게 최고의 삶이야." 노라는 다소 절박하게 중얼거렸다. "이게 최고의 삶이야. 나는 여기 남을 거야. 이건 날 위한 삶이야. 최고의 삶이야. 이게 최고의 삶이야."

하지만 시간이 얼마 남지 않았음을 노라는 알고 있었다.

꽃은 물을 충분히 마셨어

노라는 집 앞에 차를 세우고 안으로 뛰어 들어갔다. 플라톤이 그녀를 맞이하려고 사뿐사뿐 반갑게 걸어 나왔다.

"다들 어디 있어? 애쉬? 몰리?" 노라가 절박하게 외쳤다.

그들을 봐야 했다. 시간이 얼마 남지 않았다. 자정의 도서관이 그녀를 기다리고 있었다.

"우리 밖에 있어!" 애쉬가 뒤쪽 정원에서 쾌활하게 말했다.

노라가 집 안을 가로질러 정원으로 가보니 몰리는 지난번 사고에도 아랑곳하지 않고 다시 세발자전거를 타고 있었고, 애쉬는 화단을 손질하고 있었다.

"잘 다녀왔어?"

몰리는 자전거에서 내려 노라에게 달려왔다. "엄마! 보고 싶었어! 나 이제 자전거 진짜 잘 탄다."

"그래?"

노라는 딸을 꼭 끌어안고 눈을 감으며 아이의 머리카락과 개, 섬유 유연제, 어린 시절의 냄새를 들이마셨다. 이 순간의 경이로움으로 인해 여기 계속 남게 되기를 바랐다.

"사랑해, 몰리. 그걸 잊으면 안 돼. 엄마는 영원히 널 사랑할 거야. 알고 있니?"

"응, 엄마. 알아."

"엄마는 아빠도 사랑해. 그리고 다 괜찮을 거야. 왜냐하면 무슨 일이 있어도 아빠랑 엄마가 널 지켜줄 거니까. 다만 엄마는 약간 다른 방식으로 여기 있을 거야. 계속 네 곁에 있기는 할 건데……." 몰리는 그저 한 가지 진실만 알면 된다는 걸 노라는 깨달았다. "엄마는 널 사랑해."

몰리가 걱정스러운 표정으로 말했다. "엄마, 플라톤을 빼먹었어!"

"당연히 플라톤도 사랑하지……. 어떻게 플라톤을 잊을 수 있겠니? 엄마가 사랑한다는 걸 플라톤도 알아. 그렇지, 플라톤? 사랑해, 플라톤."

노라는 진정하려고 했다.

'무슨 일이 일어나든 이들은 서로를 보살피고 사랑할 거야. 서로 곁을 지켜주면서 행복하게 살 거야.'

그러자 애쉬가 원예용 장갑을 낀 채 다가왔다. "괜찮아, 노르? 얼굴이 좀 창백한데. 무슨 일 있었어?"

"나중에 말할게. 몰리가 잠든 후에."

"그래. 아, 곧 택배가 올 거야……. 그러니까 트럭 소리가 나는지 잘 들어봐."

"그래. 알았어."

그때 몰리가 물뿌리개로 꽃에 물을 줘도 되냐고 물었다. 애쉬는 최근에 비가 많이 와서 물을 줄 필요가 없다고 했다. 왜냐하면 하늘이 꽃을 돌봐주니까. "괜찮을 거야. 꽃들은 보살핌을 받고 있어. 물을 충분히 마셨어." 그 말이 노라의 마음속에서 메아리쳤다. '괜찮을 거야. 꽃들은 보살핌을 받고 있어…….' 그때 애쉬가 오늘 저녁에 그들이 영화를 보러 가기로 했고, 베이비시터에게 연락해 두었다고 말했다. 그 사실을 까맣게 잊고 있었던 노라는 그저 웃으며 이 상태를 붙잡으려고, 여기 그대로 남으려고 안간힘을 썼다. 하지만 그 일은 속수무책으로 벌어졌고, 노라는 존재의 숨겨진 구석구석까지 그 사실을 알 수 있었다. 그걸 막기 위해 할 수 있는 일은 아무것도 없었다.

어디에도 정착할 수 없다

"안 돼!"

그 일은 어김없이 벌어졌다.

노라는 다시 자정의 도서관으로 돌아왔다.

엘름 부인은 컴퓨터 앞에 있었다. 머리 위에서 전구가 이리저리 흔들렸고, 빠르고 불규칙한 리듬으로 깜빡거렸다. "그만해, 노라. 진정하고 내 말 들으렴. 난 이걸 해결해야 해."

천장에서 먼지가 가늘게 떨어져 내렸다. 비정상적인 속도로 빠르게 쳐지는 거미줄처럼 천장에 금이 가고 있었다. 갑자기 무너지는 소리가 들렸지만 슬픈 분노에 사로잡힌 노라는 그 소리를 무시했다.

"당신은 엘름 부인이 아니에요. 엘름 부인은 죽었어요……. 나도 죽었나요?"

"그 얘기는 이미 했잖니. 하지만 또 나왔으니 말인데 어쩌면 넌 이제 막……."

"제가 왜 돌아왔죠? 왜 여기 있냐고요? 제가 사라지려 한다는 걸 알았지만 사라지고 싶지 않았어요. 제가 살고 싶은 삶, 정말로 살고 싶은 삶을 발견하면 거기 남게 된다고 말씀하셨잖아요. 이 거지 같은 도서관도 잊어버리게 될 거라고 하셨잖아요. 제가 원하는 삶을 발견하게 될 거라고 하셨잖아요. 그게 제가 원하는 삶이었어요. 그거였다고요!"

몇 분 전만 해도 노라는 애쉬, 몰리, 플라톤과 함께 정원에 있었다. 사랑과 생명이 넘치던 정원에. 그런데 이제는 여기에 있었다.

"다시 돌아갈래요……."

"안 되는 거 알잖니."

"그거랑 가장 비슷한 삶이라도 주세요. 그 삶이랑 가장 비슷한 가능성이 있는 삶이라도 좋아요. 제발요, 선생님. 분명히 있을 거예요. 애쉬랑 커피를 마시러 가서 결혼하고, 몰리를 낳고, 플라톤을 키우지만…… 살짝 다른 삶, 그래서 엄밀히 따지면 별개인 삶이 있을 거라고요. 제가 플라톤에게 다른 개 목걸이를 사줬다든가 아니면…… 아니면…… 아니면 제가, 모르겠어요, 필라테스 대신 요가를 하는 삶요. 아니면 케임브리지의 다른 대학에 진학한 삶은요? 아니면 더 거슬러 올라가서 애쉬랑 커피가 아닌 차를 마시러 갔던 삶은 어떤가요? 그런 삶, 제가 그렇게 한 삶으로 데려가 주세요. 제발 부탁이에요. 절 도와주세요. 전 그런 삶을 살고 싶어요, 제발……."

컴퓨터에서 연기가 나더니 모니터가 꺼져버렸다. 이내 모니터 전체가 산산이 부서졌다.

"넌 이해를 못 하는구나." 엘름 부인이 체념한 채 다시 의자에 털썩 앉으며 말했다.

"하지만 원래 그렇잖아요, 안 그래요? 전 후회되는 일을 고르죠. 다르게 했더라면 좋았을 거라고 바라는 일……. 그러면 선생님이 그 책을 찾아오고, 전 그 책을 펼치고, 그 책에 적힌 삶을 살죠. 그게 이 도서관의 작동 원리잖아요."

"그렇게 간단하지 않아."

"왜요? 이동하는 데 문제가 있나요? 지난번처럼요?"

엘름 부인은 슬픈 얼굴로 노라를 바라봤다. "그 정도가 아니야. 네 원래 삶이 끝날 가능성은 언제나 농후했어. 내가 말했지? 넌 죽고 싶어 했고, 아마도 그렇게 될 거라고."

"네, 하지만 선생님은 제게 그냥 어딘가 갈 곳이 필요하다고 하셨잖아요. '어딘가 정착할 곳.' 선생님은 그렇게 말씀하셨어요. '다른 삶'이라고요. 정확히 그렇게 말씀하셨어요. 그러니까 제가 열심히 노력해서 제대로 된 삶을 선택하기만 하면—"

"알아. 알아. 하지만 그 방법이 통하지 않았어."

이제 천장이 산산이 무너져 내렸다. 마치 천장 회반죽이 웨딩케이크에 바른 크림처럼 아무 힘도 없다는 듯이.

그보다 더 심각한 일이 노라의 눈에 들어왔다. 한 전구에서 튄 불똥이 책에 떨어지더니 불꽃이 확 일어난 것이다. 불은 이내 선반 전체를 따라 번졌고, 책들은 기름을 부은 듯이 재빠르게 타올랐다. 선반 전체가 뜨겁고 맹렬하고 포효하는 주황빛이 되었다. 그러더니 또 다른 불똥이 다른 선반에 떨어졌고, 거기 역시 불이 붙었다. 그와 동시에 먼지투성이 천장에서 큰 돌덩어리가 노라의 발치에 떨어졌다.

"테이블 밑으로 들어가! 얼른!" 엘름 부인이 명령했다.

노라는 허리를 숙이고 엘름 부인을 뒤따라 테이블 밑으로 들어갔다. 부인은 이제 무릎과 양손으로 바닥을 딛고 있었다. 노라는 무릎을 꿇었고, 엘름 부인처럼 고개를 숙여야만 했다

"이걸 멈출 수는 없나요?"

"이젠 연쇄 작용이야. 저 불똥이 마구잡이로 떨어지는 게 아니야. 책들은 타버릴 거야. 그런 다음에는 불가피하게 이 도서관 전체가 무너지겠지."

"왜요? 이해가 안 돼요. 전 거기 있었어요. 제게 꼭 맞는 인생을 찾아냈다고요. 제가 유일하게 살고 싶은 삶이었어요. 지금까지 경험한 것 중에서 최고의 삶……."

"하지만 그게 문제야." 엘름 부인이 테이블 다리 밑에서 초조하게 주위를 둘러보며 말했다. 더 많은 선반에 불이 붙었고, 그들 주위로 더 많은 잔해가 떨어졌다. "여전히 뭔가가 부족했던 거야. 봐라!"

"뭘요?"

"네 시계. 이제 곧이야."

노라는 시계를 보았다. 처음에는 아무것도 달라지지 않았다. 그러더니 놀라운 일이 벌어졌다. 시계가 갑자기 시계답게 행동했다. 시간이 흐르기 시작한 것이다.

00:00:00

00:00:01

00:00:02

"무슨 일이죠?" 노라가 물었다. 무슨 일인지는 몰라도 좋은 일은 아닐 터였다.

"시간. 시간이 흐르기 시작했어."

"우린 여길 어떻게 빠져나가죠?"

00:00:09

00:00:10

"우리가 아냐." 엘름 부인이 말했다. "우리는 없다. 난 이 도서관을 떠날 수 없어. 이 도서관이 사라지면 나도 함께 사라질 거다. 하지만 넌 나갈 수 있어. 비록 시간이 많진 않지만. 1분도 안 남았을 거야……."

조금 전에 노라는 다른 엘름 부인을 떠나보냈다. 이 엘름 부인마저 잃고 싶지 않았다. 엘름 부인은 노라의 그런 고통을 알아차렸다.

"잘 들어라. 난 이 도서관의 일부야. 하지만 이 도서관 전체는 너의 일부야. 이해하겠니? 이 도서관이 있어서 네가 존재하는 게 아니라 네가 있기 때문에 이 도서관이 존재하는 거야. 위고가 했던 말 기억하니? 이 도서관은 이상하고 다양한 우주의 현실을 너의 뇌가 가장 단순하게 해석해낸 방법이라고 했잖니. 그러니까 이건 그냥 너의 뇌가 무언가를 해석하는 거야. 중요하면서 위험한 무언가를."

"알겠어요."

"하지만 한 가지는 확실해. 넌 그 삶을 원하지 않았어."

"그건 완벽한 삶이었어요."

"정말로 그렇게 느꼈니? 매 순간?"

"네. 그러니까…… 그렇게 느끼고 싶었어요. 전 몰리를 사랑했어요. 아마 애쉬도 사랑했을 거예요. 다만…… 내 삶이 아니라는 느낌은 있었죠. 그건 내가 만든 삶이 아니었어요. 난 그냥 그 삶을 사는 내 안으로 들어간 거예요. 완벽한 삶 속에 복제되었죠. 하지만 그게 나는 아니었어요."

00:00:15

"죽고 싶지 않아요." 갑자기 노라가 목청을 높여 말했다. 하지만 여전히 약한 목소리였다. 노라는 몸 깊은 곳에서부터 떨리고 있었다. "죽고 싶지 않아요."

엘름 부인은 눈을 크게 뜨고 노라를 바라보았다. 어떤 생각이 떠올랐는지 눈에 작은 불꽃이 일며 반짝거렸다. "넌 여기서 나가야 해."

"불가능해요! 이 도서관은 끝이 없어요. 내가 여기 들어온 순간부터 입구가 사라져버렸다고요."

"그럼 다시 찾아야지."

"어떻게요? 여긴 문이 없어요."

"책이 있는데 문이 왜 필요해?"

"책은 다 타고 있잖아요."

"절대 타지 않을 책이 있어. 넌 그 책을 찾아야 해."

"《후회의 책》요?"

엘름 부인은 웃음을 터뜨렸다. "아니. 그건 네게 가장 필요 없는 책이지. 지금쯤은 재가 됐을 거다. 그 책이 제일 먼저 탔을 거야. 저쪽으로 가렴!" 엘름 부인은 왼쪽을 가리켰다. 불꽃이 타오르고, 천장이 떨어지며 아수라장인 쪽을. "저쪽으로 열한 번째 통로야. 밑에서 세 번째 선반이란다."

"도서관 전체가 무너질 거예요!"

00:00:21

00:00:22

00:00:23

"아직도 모르겠니, 노라?"

"뭘요?"

"모든 게 맞아떨어져. 이번에 네가 여기 돌아온 건 죽고 싶었기 때문이 아니라 살고 싶었기 때문이야. 이 도서관은 널 죽이려고 무너지는 게 아니야. 네게 돌아갈 기회를 주려고 무너지는 거지. 마침내 결정적인 일이 일어났어. 넌 살고 싶다고 결정한 거야. 이제 계속 살아가렴. 기회가 있을 때."

"하지만…… 선생님은요? 선생님은 어떻게 되는 거죠?"

"내 걱정은 하지 마라. 약속하마. 난 아무것도 느끼지 못할 거야." 그러더니 엘름 부인은 예전에 노라 아버지가 돌아가신 날 도서관에서 진짜 엘름 부인이 그녀를 껴안았을 때와 같은 말을 했다. "다 잘될 거야, 노라. 괜찮을 거야."

엘름 부인은 책상으로 손을 올리더니 무언가를 찾아 황급히 더듬거렸다. 이내 오렌지색 만년필을 찾아내 노라에게 건넸다. 노라가 학교 다닐 때 썼던 것과 같은 만년필이었다. 진작 알아봤던 만년필.

"이게 필요할 거다."

"왜요?"

"그 책은 아직 쓰이지 않았어. 네가 써야 해."

노라는 만년필을 받아들었다.

"안녕히 계세요, 엘름 부인."

잠시 후 천장에서 거대한 돌덩어리가 탁자로 쿵 떨어졌다. 회반죽의 뿌연 먼지가 숨이 막힐 정도로 피어올랐다.

00:00:34

00:00:35

"어서 가서 살아." 엘름 부인이 기침하며 말했다.

감히 포기할 생각은 하지 마, 노라 시드!

노라는 뿌연 먼지와 연기를 뚫고 엘름 부인이 가리킨 쪽으로 걸어갔다. 천장은 계속 무너져 내렸다.

숨을 쉬기가 힘들고 앞도 잘 보이지 않았지만 간신히 통로를 세어 나갔다. 조명에서 튄 불똥이 그녀의 머리로 떨어졌다.

먼지가 목에 달라붙어 구역질이 나올 듯했다. 하지만 뿌연 안개 속에서도 대부분의 책이 불타오르는 걸 볼 수 있었다. 사실 불타지 않은 선반이 없는 듯했고, 열기가 강하게 느껴졌다. 가장 먼저 불이 붙은 선반은 이제 재만 남았다.

노라가 막 열한 번째 통로에 섰을 때 천장에서 큰 돌덩어리가 떨어져 그 밑에 깔리게 되었다.

돌에 깔린 노라는 만년필을 놓쳐버렸고, 만년필은 그녀의 손에서 빠져나가 굴러가버렸다.

노라는 돌 밑에서 빠져나오려고 했지만 실패했다.

이걸로 끝이구나. 좋든 싫든 난 여기서 죽는 거야. 이렇게 죽는 거야.

도서관은 황무지였다.

00:00:41

00:00:42

다 끝났다.

노라는 다시 한번 확신했다. 그녀에게 가능한 모든 삶이 주위에서 훨훨 타오르는 가운데 자신은 여기서 죽을 거라고.

하지만 그때 잠시 연기가 걷히며 노라는 보게 되었다. 열한 번째 통로 저쪽에 밑에서 세 번째 선반이 있었다.

선반에 있는 책을 모두 태우는 불길 속에 틈이 있었다.

'죽고 싶지 않아.'

노라는 더 노력해야 했다. 늘 원하지 않는다고 생각했던 바로 그 삶을 원해야 했다. 이 도서관이 그녀의 일부이듯, 다른 인생도 그녀의 일부이기 때문이다. 다른 삶에서 느꼈던 감정을 모두 느끼지 못할 수는 있지만 그녀에게는 능력이 있었다. 올림픽 메달리스트, 여행가, 와이너리 대표, 록스타, 지구를 살리는 빙하학자, 케임브리지 대학 졸업생, 엄마, 혹은 그 외의 백만 가지 사람이 될 수 있는 특별한 기회를 놓쳤을지 몰라도 노라는 어떤 면에서 여전히 그런 사람이었다. 그들은 모두 그녀였다. 그녀는 그 모든 훌륭한 사람이 될 수 있었고, 한때는 그 사실이 우울하다고 생각했지만 전혀 그렇지 않았다. 오히려 자극이 되었다. 왜냐하면 이제는 마음먹고 노력하면 자신이 해낼 수 있는 일이 무엇인지 알기 때문이다. 또한 그녀가 살았던 삶에는 나름대로 타당성이 있다는 사실도 알게 되었다. 오빠가 살아 있었고, 이지도 살아 있었고, 노라는 리오가 문제아로 자라지 않게 도와주었다. 가끔은 덫처럼 느껴지는 것이 사실은 그저 마음의 속임수일 수 있다. 행복해지기 위해서 포도밭을 소유하거나 캘리포니아 석양을 봐야 할 필요는 없다. 심지어 넓은 집과 완벽한 가정도 필요치 않다. 그저 잠재력만 있으면 된다. 그리고 노라는 잠재력 덩어리였다. 왜 전에는 이걸 몰랐는지 노라는 의아했다.

그때 소음을 뚫고 한참 뒤쪽 어딘가에 있는 테이블 밑에서 엘름 부인이 소리쳤다.

"포기하지 마라! 감히 포기할 생각은 하지도 마, 노라 시드!"

노라는 죽고 싶지 않았다. 또한 자신의 것이 아닌 삶은 살고 싶지 않았다. 그녀의 삶은 엉망진창에 고군분투일지라도 그녀의 것이었다. 그조차 아름다웠다.

00:00:52

00:00:53

노라가 몸부림치며 돌을 밀어내고 자신을 누르는 돌의 무게에 저항하는 동안 시간은 재깍재깍 흘렀다. 노라는 폐가 불타는 듯하고 숨이 막힐 정도로 힘을 잔뜩 준 후에야 간신히 돌 밑에서 빠져나올 수 있었다.

바닥을 더듬거려 먼지를 잔뜩 뒤집어쓴 만년필을 찾아내 연기를 뚫고 열한 번째 통로로 달려갔다.

거기 있었다.

불에 타지 않은 유일한 책. 완벽한 초록색을 유지한 채 그대로 있었다.

노라는 열기에 움찔거리며 책등 위에 조심스럽게 검지를 걸어 선반에서 책을 꺼냈다. 그러고는 늘 하던 대로 책을 펼치고 첫 장을 찾으려 했다. 하지만 이 책의 유일한 차이점은 첫 장이 없다는 것이었다. 책 전체에 아무것도 적혀 있지 않았다. 처음부터 끝까지 백지였다. 다른 책처럼 이것 역시 그녀의 미래였다. 하지만 다른 책과 달리 이 책의 미래는 아직 적혀 있지 않았다.

그러니까 이것이다. 이것이 그녀의 삶이다. 그녀의 본래 삶.

그리고 백지였다.

노라는 학창 시절에 썼던 만년필을 쥔 채 잠시 우두커니 서 있었다. 이제 자정에서 거의 1분이 지났다.

같은 선반의 다른 책들은 시커멓게 타버렸고, 천장에 달린 전구는 먼지 속에서 깜빡거리며 금이 간 천장을 희미하게 비쳤다. 전구 주위의 큼직한 덩어리—대충 프랑스와 비슷한 모양—가 그녀 위로 떨어져 내릴 듯했다.

노라는 만년필 뚜껑을 벗기고, 시꺼멓게 탄 선반 위에 책을 펼쳤다.

천장이 신음했다.

오래 버티지 못할 것이다.

노라는 책에 적기 시작했다. 노라는 살고 싶었다.

그렇게 쓴 후 잠시 기다렸다. 하지만 애석하게도 아무 일도 일어나지 않았다. 노라는 예전에 엘름 부인이 했던 말을 떠올렸다. "'—하고 싶다'는 흥미로운 말이지. 그 말은 결핍을 의미해." 그래서 노라는 그 문장 위에 줄을 긋고 다시 썼다.

노라는 살기로 마음먹었다.

아무 일도 일어나지 않았다. 노라는 다시 썼다.

노라는 살 준비가 되어 있었다.

여전히 아무 일도 일어나지 않았다. '살'이라는 단어에 밑줄까지 그었는데도.

이제 사방이 부서지고 허물어졌다. 천장이 무너지면서 모든 게 파괴되고, 각 서가 위로 먼지가 수북이 쌓였다. 노라는 입을 딱 벌린 채 아까 숨어 있었던 책상 밑에서 엘름 부인이 나와 당당히 서 있는 모습을 바라보았다. 그때 사방에서 천장이 무너져 내리며 남아 있던 불길과 서가 그리고 다른 것을 모두 덮치자 부인은 연기처럼 사라져버렸다.

노라는 숨이 막혔고, 이제 아무것도 보이지 않았다.

하지만 그녀가 서 있는 곳은 아직 무너지지 않고 버텨주었다. 덕분에 노라는 계속 남아 있었다.

이제 곧 모든 게 사라질 터였다.

그러니 뭐라고 쓸지 고민하는 건 그만두기로 했다. 대신 짜증이 치밀어서 그냥 제일 먼저 생각나는 문장, 이 요란한 붕괴를 압도할 수 있을 정도로 그녀 안에서 소리 없이 반항하듯 외쳐대는 함성을 적었다. 그녀가 가진 단 하나의 진실이자, 이제는 너무나 자랑스럽고 기쁜 진실, 타협하게 되었을 뿐 아니라 온몸의 세포 하나하나가 대놓고 환영하는 진실이었다. 노라는 그 진실을 서둘러,

하지만 종이 위로 펜촉을 꾹꾹 눌러가면서 확실히 적었다. 대문자, 일인칭 현재 시제로.

그녀에게 가능한 모든 인생의 씨앗이자 시작인 진실. 예전에는 저주였으나 이제는 축복이 된 진실.

다중 우주의 잠재력과 힘을 간직한 간단한 문장이었다.

나는 살아 있다.

이렇게 쓰자 땅이 분노하듯 흔들렸고, 남아 있던 자정의 도서관은 폭삭 무너져 먼지가 되었다.

깨어나다

자정이 1분 하고도 27초가 지났을 때 노라 시드는 이불 위로 다 토해내면서 다시 살아났다. 살아 있지만 살아 있다고 하기 힘든 상태였다.

숨이 막히고, 힘이 하나도 없고, 탈수 증세가 있었고, 버둥거리고, 부들부들 떨리고, 몸이 납덩이처럼 무겁고, 의식이 혼미하고, 가슴에 통증이 있고, 심지어 두통은 더 심했다. 경험할 수 있는 최악의 삶이었지만 그래도 삶이었다. 그녀가 원했던 바로 그 삶.

침대에서 내려가기가 거의 불가능할 정도로 힘들었지만 내려가야 했다.

노라는 어떻게 해서 간신히 내려갔고, 휴대전화를 집어 들었지만 너무 무겁고 미끈거려서 잡을 수가 없었다. 결국 전화는 바닥에 떨어져 시야에서 사라져버렸다.

"도와주세요." 비틀비틀 침실에서 나가며 노라가 목쉰 소리로 말했다.

폭풍우를 맞이한 배처럼 복도가 기울어진 듯했다. 하지만 노라는 기절하지 않고 현관에 도달해 걸쇠에서 체인을 뺀 다음, 죽을 힘을 다해 문을 밀쳤다.

"제발 도와주세요."

토사물이 얼룩진 파자마 차림으로 집 밖에 나간 노라는 아직 비가 오고 있다는 사실조차 깨닫지 못한 채 계단을 내려갔다. 어제 애쉬가 볼츠의 죽음을 알려줄 때 서 있었던 계단이었다.

주위에는 아무도 없었다.

아무도 보이지 않았다. 그래서 노라는 비틀거리며 배너지 씨 댁으로 갔다. 어지러워서 발을 헛디디기도 하고 휘청거리기도 했지만 결국에는 간신히 초인종을 눌렀다.

갑자기 집 앞쪽 사각형 창문이 환해졌다.

현관문이 열렸다.

배너지 씨는 안경을 쓰지 않았고, 어리둥절한 표정이었다. 아마도 노라의 상태와 늦은 시간 때문이었을 것이다.

"정말 죄송해요, 배너지 씨. 제가 아주 멍청한 짓을 저질렀어요. 앰뷸런스 좀 불러주세요……."

"맙소사. 이게 무슨 일이야?"

"제발요."

"그래. 불러줄게. 당장……."

00:03:48

그제야 노라는 마음 놓고 앞으로, 현관 매트를 향해 꽤 빠른 속도로 쓰러졌다.

하늘에 어둠이 드리우며

푸른 빛이 검게 물들어도

별은 여전히 용감하게

널 위해 반짝

절망의 반대편

"절망의 반대편에서 인생은 시작된다"라고 사르트르는 썼다.

이제 비는 그쳤다.

노라는 건물 안에, 병원 침대에 누워 있었다. 병실로 이송되었고, 음식을 먹었으며, 몸 상태는 한결 나아졌다. 의료진은 기뻐하며 추가 검진을 했다. 가벼운 복통이 있을 거라고 했다. 노라는 애쉬에게 들은 이야기, 즉 위벽이 나흘에 한 번씩 재생된다고 말하면서 똑똑한 척하려 했다.

그다음에는 간호사가 들어오더니 클립보드를 들고 침대에 앉아 노라의 마음 상태와 관련된 질문을 쏟아부었다. 노라는 자정의 도서관에서 있었던 일은 말하지 않기로 했다. 그녀의 정신 감정서에 나쁜 영향만 미칠 터였다. 거의 알려지지 않은 다중 우주의 현실은 아마도 의료보험에 포함되지 않을 거라고 생각하는 편이 안전했다.

간호사의 질문은 체감상 한 시간 정도 계속된 듯했다. 그녀가 복용하는 약과 어머니의 죽음, 볼츠, 실직, 재정적 불안, 상황성 우울증 증상에 관한 질문이었다.

"전에도 이런 시도를 한 적이 있나요?" 간호사가 물었다.

"이번 삶에서는 처음이에요."

"지금 기분은 어떻죠?"

"모르겠어요. 약간 이상해요. 하지만 이제 죽고 싶은 생각은 없어요."

간호사는 그 말을 받아적었다.

간호사가 나간 뒤 노라는 창문 너머로 오후의 미풍을 따라 부드럽게 움직이는 나무들과 베드퍼드 순환 도로를 따라 천천히 움직이는 러시아워 차량을 지켜보았다. 그저 나무와 차와 평범한 건물에 불과했지만 또한 아주 중요한 것이기도 했다.

삶이었다.

조금 뒤에 노라는 SNS에 올렸던 자살 글을 지우고, 순간적으로 감상에 젖어 다른 글을 썼다. 제목은 '내가 배운 것들(한때 온갖 삶을 살았으나 지금은 보잘것없는 삶을 사는 사람이 쓰는 글)'이었다.

내가 배운 것들(한때 온갖 삶을 살았으나 지금은 보잘것없는 삶을 사는 사람이 쓰는 글)

자신이 살지 못하는 삶을 아쉬워하기란 쉽다. 다른 적성을 키웠더라면, 다른 제안을 승낙했더라면 하고 바라기는 쉽다. 더 열심히 일할걸, 더 많이 사랑할걸, 재테크를 더 철저히 할걸, 더 인기가 있었더라면 좋았을걸, 밴드 활동을 계속할걸, 오스트레일리아로 갈걸, 커피 마시자는 제안을 받아들일걸, 망할 요가를 더 많이 할걸.

사귀지 않은 친구들, 하지 않는 일, 결혼하지 않은 배우자, 낳지 않은 자녀를 그리워하는 데는 아무 노력도 필요 없다. 다른 사람의 눈을 통해 날 보고, 그들이 원하는 온갖 다른 모습이 내게 있었으면 좋겠다고 바라는 건 어렵지 않다. 후회하고 계속 후회하고 시간이 바닥날 때까지 한도 끝도 없이 후회하기는 쉽다.

하지만 진짜 문제는 살지 못해서 아쉬워하는 삶이 아니다. 후회 그 자체다. 바로 이 후회가 우리를 쪼글쪼글 시들게 하고, 우리 자신과 다른 사람을 원수처럼 느껴지게 한다.

또 다른 삶을 사는 우리가 지금의 나보다 더 나을지 나쁠지는 알 수 없다. 우리가 살지 못한 삶들이 진행되고 있는 건 사실이지만, 우리의 삶도 진행되고 있으며 우리는 거기에 초점을 맞춰야 한다.

물론 모든 곳을 다 방문할 수 없고, 모든 사람을 다 만날 수 없으며, 모든 일을 다 할 수는 없다. 하지만 어떤 삶에서든 우리가 느끼는 감정은 대부분 여전히 느낄 수 있다. 모든 경기에서 다 이기지 않아도 승리가 어떤 기분인지 알 수 있다. 세상의 모든 음악을 다 듣지 않아도 음악을 이해할 수 있다. 세상 모든 포도밭에서 수확한 온갖 품종의 포도를 다 먹어보지 않아도 와인이 주는 즐거움을 알 수 있다. 사랑과 웃음과 두려움과 고통은 모든 우주에서 보편적으로 통용된다.

우리는 그저 눈을 감은 채 앞에 있는 와인을 음미하고, 연주되는 음악을 듣기만 하면 된다. 우리는 다른 삶에서처럼 온전히 그리고 완전히 살아 있으며, 동일한 범주의 감정에 접근할 수 있다.

우리는 한 사람이기만 하면 된다.

한 존재만 느끼면 된다.

모든 것이 되기 위해 모든 일을 할 필요는 없다. 왜냐하면 우리는 이미 무한하기 때문이다. 살아 있는 동안 우리는 늘 다양한 가능성의 미래를 품고 있다.

그러니 우리가 존재하는 세상 속에 있는 사람들에게 친절하자. 가끔 서 있는 곳에서 하늘을 올려다보자. 어느 세상에 서 있든지 간에 머리 위 하늘은 끝없이 펼쳐져 있을 테니까.

어제 나는 내게 미래가 없다고 확신했다. 도저히 내 인생을 있는 그대로 받아들일 수 없었다. 비록 오늘도 내 인생은 여전히 엉망진창이고, 존재하는 게 버겁지만 무언가가 바뀌었다. 이 어둠 속에서 무언가를 발견했다. 희망이었다. 잠재력이었다.

의사는 내 우울증이 병적인 것이 아니라 상황에서 비롯된 것이라고 했다. 하지만 내 상황은 조금도 바뀌지 않았다. 내가 가진 문제들도 그대로다. 우울증 성향이 있는 뇌도 그대로다. 다만 다른 선택을 했더라면 어떻게 되었을지 경험해볼 수 있었다. 그 이야기를 할 수도 있지만 여러분은 절대 믿지 않을 것이다. 그저 딱 하나가 변했는데 그게 결정적이었다고만 말해두겠다. 이젠 죽고 싶지 않다. 나는 밑바닥에 떨어졌고 거기서 귀중한 무언가를 발견했다. 여러분에게 하룻밤처럼 느껴지는 짧은 시간에 나는 무수히 많은 삶을 살았다. 상상도 할 수 없는 삶에서 실현 가능한 삶으로, 죽음에서 삶으로 긴 여행을 했다.

살아보지 않고서는 불가능을 논할 수 없으리라.

삶에서 고통과 절망과 슬픔과 마음의 상처와 고난과 외로움과 우울함이 사라지는 기적이 일어날까? 아니다.

그래도 난 살고 싶을까?

그렇다. 그렇다.

천 번이라도 그렇다고 대답할 수 있다.

살기 vs 이해하기

몇 분 뒤 조가 그녀를 찾아왔다. 조는 그녀가 남긴 음성 메시지를 듣고 자정에서 7분이 지났을 때 문자를 보냈다. "너 괜찮니?" 그러다 병원에서 연락이 오자 런던에서 출발하는 첫차를 타고 왔다. 세인트 판크라스 역에서 기차를 기다리는 동안 노라에게 줄 《내셔널 지오그래픽》 최신호도 샀다.

"예전에 네가 좋아했잖아." 조는 침대 옆에 잡지를 내려놓으며 말했다. "지금도 좋아해."

조를 보니 좋았다. 숱이 많은 눈썹과 마지못해 웃는 미소가 예전과 똑같았다. 조는 고개를 숙인 채 어색한 걸음걸이로 걸어왔다. 노라가 그를 봤던 지난 두 번의 삶에서보다 머리는 더 길었다.

"요새 연락을 끊어서 미안해." 조가 말했다. "라비가 말한 이유 때문이 아니야. 이제 라비린스는 생각도 안 해. 그냥 내 상태가 좀 안 좋아. 엄마가 돌아가신 뒤에 만난 남자가 있는데 아주 안 좋게 헤어졌어. 너한테는 이야기하고 싶지 않았어. 너뿐 아니라 누구한테도 이야기하고 싶지 않더라. 그냥 술만 마시고 싶었어. 그러다 보니 너무 많이 마셔서 문제가 됐지. 하지만 얼마 전부터 도움을 받고 있어. 덕분에 몇 주 동안 한 방울도 안 마셨어. 요즘에는 운동도 해. 크로스 트레이닝 수업을 듣고 있어."

"아, 오빠. 그랬구나. 안 좋게 헤어졌다니 유감이야. 술 문제도."

"내게 남은 건 너뿐이야." 조가 약간 울먹거렸다. "최근에 너한테 소홀했던 거 알아. 내가 늘 좋은 오빠는 아니었지. 하지만 나도 나름대로 사정이 있었어. 아버지 때문에 내 본모습대로 살 수 없었고, 성 정체성을 숨겨야만 했어. 너도 어릴 때 힘들었겠지만 나도 마찬가지였어. 넌 팔방미인이었지. 공부도 잘하고, 수영도 잘하고, 음악에도 소질이 있었어. 난 너와 비교가 안 됐지……. 게다가 아버지가 생각하는 남성상에 부합하는 남자인 척해야 했어." 조는 한숨을 쉬었다. "이상해. 아마 네가 기억하는 과거는 나와 다르겠지? 어쨌든 날 떠나지 마. 밴드를 그만둔 건 그렇다 쳐도 사는 것까지 그만두면 안 돼. 내가 못 견딜 거야."

"오빠가 그만두지 않으면 나도 그만두지 않을게."

"날 믿어. 난 네 곁에 있을 거야."

노라는 상파울루에서 조가 약물 과다로 죽었다는 소식을 들었을 때 얼마나 슬펐는지 생각하며 조에게 안아달라고 했다. 조는 노라의 부탁대로 그녀를 조심스럽게 안아주었고, 노라는 오빠의 살아 있는 온기를 느낄 수 있었다.

"날 구하려고 강에 뛰어들었던 거 고마워." 노라가 말했다.

"뭐?"

"난 오빠가 날 구하려 하지 않았다고 생각했어. 그런데 아니더

라. 사람들이 오빠를 말렸던 거야. 고마워."

조는 불현듯 노라가 무슨 말을 하는지 알아차렸다. 당시 반대쪽으로 헤엄쳐 갔던 노라가 그 사실을 어떻게 알았는지 매우 어리둥절했다. "그래. 사랑한다, 동생아. 우린 둘 다 철없는 바보였어."

둘은 잠시 말없이 앉아 있었다.

"실수였어." 마침내 노라가 입을 열었다. "내가 나한테 한 짓 말이야. 난 눈을 떴어. 이젠 물안경을 쓰고 수영하는 것과 같아. 그러니까 아직 물속에 있을지라도 이젠 앞을 볼 수 있다고. 이해가 돼?"

조는 고개를 끄덕였다. "완전. 계속 수영해, 노라. 언젠가 물 밖으로 나가게 될 거야."

조는 한 시간 동안 자리를 비우더니 노라의 집주인에게 열쇠를 받아 옷과 휴대전화를 가져다주었다. 휴대전화에는 이지의 답장이 와 있었다.

어젯밤/오늘 아침에 연락 못 해서 미안해. 제대로 이야기하고 싶었어! 할 말이 너무 많거든. 하나도 빠짐없이 다 이야기하고 싶었어. 어떻게 지내? 보고 싶다. 아, 그리고 새로운 소식이 있어. 6월에 영국으로 돌아갈까 생각 중이야. 다시 영국에서 살려고 해. 보고 싶다, 친구야. 혹등고래 사진 잔뜩 보내줄게. xxx

노라는 자기도 모르게 목구멍 뒤에서 기쁨의 소리를 냈다.

그러고는 다시 이지에게 답장을 보냈다. 재미있게도 오래 버티다 보면 가끔 인생이 전혀 다르게 보인다고 노라는 생각했다.

노라는 국제북극연구협회 페이스북 페이지를 검색했다. 거기에 그녀와 선실을 함께 썼던 잉그리드의 사진이 있었다. 잉그리드 옆에는 야외 조사팀 리더인 피터가 가느다란 측량 기구로 해빙의 두께를 재고 있었다. 그리고 '국제북극연구협회의 연구에 따르면 지난 10년간 북극 지역 온도가 최고치를 기록했다'는 헤드라인의 기사 링크가 걸려 있었다. 노라는 그 링크를 SNS에 공유하고, 이렇게 적었다. "계속 수고해주세요!" 나중에 돈을 벌면 이 단체에 기부하리라 마음먹었다.

병원에서 퇴원해도 된다는 허락이 떨어졌다. 조는 우버를 불렀다. 그들이 탄 차가 병원 주차장을 빠져나올 때 노라는 병원으로 들어오는 애쉬의 차를 보았다. 오늘 야간 근무인 모양이었다. 이번 삶에서는 다른 차를 몰고 있었다. 노라가 미소 지었지만 애쉬는 그녀를 보지 못했다. 노라는 그가 행복하기를 바랐다. 오늘은 췌장 수술처럼 쉬운 수술만 있기를 바랐다. 어쩌면 일요일에 애쉬를 보러 하프 마라톤 대회에 갈 수도 있다. 그에게 커피 한잔 마시자고 청할 수도 있다. 어쩌면.

뒷좌석에서 조가 프리랜서로 할 수 있는 음악 일을 알아보는 중이라고 했다.

"음향 기사를 할까 생각 중이야. 막연하긴 하지만."

노라는 그 말을 듣고 기뻤다. "그렇게 해, 오빠. 오빠도 좋아하게 될 거야. 이유는 모르겠지만 왠지 그런 느낌이 들어."

"그래."

"세계적인 록스타가 되는 것만큼 화려하진 않지만 더…… 안전하잖아……. 더 행복할 수도 있고."

설득력 없는 말이었고, 조도 그녀의 말을 완전히 믿지는 않았지만 그래도 웃으며 고개를 끄덕였다. "사실 해머스미스에 녹음실이 하나 있는데 음향 기사를 찾고 있더라고. 우리 집에서 5분 거리야. 걸어 다닐 수 있어."

"해머스미스? 그래, 바로 그거야."

"무슨 말이야?"

"그냥 느낌이 좋다고. 해머스미스, 음향 기사. 오빠가 좋아할 거 같아."

조는 웃음을 터뜨렸다. "알았어, 노라. 알았어. 내가 아까 말한 헬스장 있지? 그 헬스장 바로 옆이야."

"좋네. 헬스장에 괜찮은 남자들은 있어?"

"사실 딱 한 명 있기는 해. 이완이라는 남잔데 의사야. 나랑 같이 크로스 트레이닝 수업을 듣더라고."

"이완! 그래!"

"뭐?"

"그 남자한테 데이트 신청해."

조는 노라가 장난친다고 생각하며 웃었다. "아직 게이인지 아닌지도 몰라."

"게이 맞아! 그 사람 게이야. 백 퍼센트 게이야. 그리고 백 퍼센트 오빠에게 관심이 있어. 닥터 이완 랭퍼드. 데이트 신청해. 날 믿어야 해! 오빠 인생에서 가장 잘한 일이 될 거야……."

조는 다시 웃었고, 자동차는 뱅크로프트 대로 33A에서 멈췄다. 노라에게는 아직 지갑과 돈이 없었으므로 조가 택시비를 냈다.

배너지 씨가 창가에 앉아 책을 읽고 있었다.

차에서 내린 조는 놀란 표정으로 휴대전화를 들여다보았다.

"왜 그래, 오빠?"

조는 말문이 막힌 듯했다. "랭퍼드……."

"뭐라고?"

"닥터 이완 랭퍼드. 난 그 사람 성이 랭퍼드인 것도 몰랐는데 정말이네."

노라는 어깨를 으쓱였다. "남매의 직감이지. 그 사람을 추가해. 팔로우해. DM을 보내. 뭐든 해야 할 일을 해. 다만 그쪽에서 요구하지도 않은 알몸 사진을 보내는 일은 하지 마. 그 남자가 오빠 짝 맞아. 이 사람이야."

"그걸 네가 어떻게 알아?"

노라는 오빠의 팔을 잡았다. 오빠에게 제대로 설명해줄 수 없다는 걸 알고 있었다. 하지만 그때 자정의 도서관에서 엘름 부인이 했던 반(反) 철학적인 말이 떠올랐다. "있잖아, 오빠. 인생은 이해하는 게 아니야. 그냥 사는 거야."

조가 뱅크로프트 대로 33A의 현관문으로 걸어가는 동안 노라는 하늘 아래 보이는 주변 테라스 하우스와 가로등, 나무를 모두 둘러봤다. 여기 이렇게 두 발을 딛고 서서 마치 처음인 듯 주변을 바라보니 가슴이 벅찼다. 어쩌면 저 집들 중 어딘가에 또 다른 이동자가 살지 모른다. 세 번째 혹은 열일곱 번째, 혹은 마지막 버전의 자신이 되어서. 노라는 그들을 주시할 것이다.

노라는 31번지를 보았다.

창문 너머로 무사한 노라의 모습을 본 배너지 씨의 얼굴이 차츰 밝아졌다. 배너지 씨는 미소 지으며 소리 없이 '고맙네'라고 말했다. 마치 노라가 살아 있다는 사실 자체가 감사하다는 듯이. 내일이 되면 노라는 돈을 인출해 꽃집에 가서 배너지 씨 화단에 심을 수 있는 꽃을 살 것이다. 디기탈리스. 배너지 씨는 틀림없이 디기탈리스를 좋아하리라.

"아니에요." 노라는 그렇게 대답하며 다정하게 손 키스를 날렸다. "제가 감사해요, 배너지 씨! 전부 다 감사해요!"

배너지 씨의 미소가 더욱 크게 번지고, 눈동자는 친절한 근심으로 가득 찼다. 노라는 누군가를 보살피고 보살핌을 받는 게 어떤 것인지 기억했다. 조를 따라 집 안으로 들어가는 길에 배너지 씨 화단에 핀 한 무더기의 아이리스를 힐끗 바라보았다. 전에는 꽃을 봐도 아무런 감흥이 없었으나 지금은 그녀가 지금껏 본 중에서 가장 강렬한 보라색이 마음을 사로잡았다. 마치 꽃은 단지 색이 아니라 언어의 일부라는 듯이. 쇼팽만큼이나 강렬하고 화려한 꽃의 멜로디 속 음표가 되어 삶의 숨 막힐 듯한 장엄함을 조용히 전달하고 있다는 듯이.

화산

내가 그토록 가고 싶었던 곳이 내가 도망치고 싶었던 바로 그곳임을 깨닫는 것은 꽤 충격적이다. 감옥은 장소가 아니라 관점이었다. 노라에게 가장 이상했던 사실은 지금까지 경험한 극도로 다양한 자신의 모습 중에서 가장 급격한 변화는 예전과 똑같은 삶 안에서 일어났다는 것이다. 그녀가 시작했다가 끝냈던 삶.

가장 심오하면서도 큰 변화는 더 부자가 되거나, 더 성공하거나, 더 유명해지거나, 스발바르의 빙하와 북극곰들 사이에 있어야만 일어나는 게 아니었다. 낡은 소파와 유카 화분, 조그만 선인장 화분과 서가, 아직 따라 해보지 않은 요가책이 있는, 어제와 똑같이 지저분한 아파트에서 어제와 똑같은 침대에서 눈을 떴을 때 일어났다.

어제와 똑같은 디지털 피아노와 책이 있었다. 반려묘가 사라진 슬픔과 실직의 고통도 그대로였다. 불완전한 뇌와 세상도 그대로였다. '앞으로 펼쳐질 미래를 알 수 없다'는 사실 또한 그대로였다.

하지만 모든 게 달라졌다.

모든 게 달라진 이유는 이젠 그녀가 단지 다른 사람의 꿈을 이

줘주기 위해 존재하지 않기 때문이었다. 상상 속 완벽한 딸이나 동생, 애인, 아내, 엄마, 직원, 혹은 무언가가 되는 데서 유일한 성취감을 찾아야 한다고 생각하지 않기 때문이었다. 이제는 그저 한 인간으로서 자신의 목표만 생각하며 자신만 책임지면 그만이었다.

또한 모든 게 달라진 이유는 거의 죽을 뻔했다가 이제는 살아 있기 때문이었다. 그것이 그녀의 선택이기 때문이었다. 살기로 한 선택. 노라는 삶이 얼마나 광활한지 경험했고, 그녀가 봤던 그 광활함 속에서 자신이 해낼 수 있는 일뿐 아니라 느낄 수 있는 감정도 한없이 다양하다는 걸 깨달았다. 그 안에는 다른 음계와 곡조가 있었다. 예전에 느꼈던 다른 감정들을 다시 느끼게 될 것이다. 가끔은 동시에. 그렇다, 절망이 저음의 베이스 드럼을 연주하겠지만 그녀에게는 다른 악기들도 있었다. 그리고 동시에 연주할 수도 있었다.

다시는 자신의 우울한 성향을 부끄러워하지 않을 것이다. 정신과 의사를 만날 것이다. 예약을 하고 계속 상담을 받아서 그들이 어떤 조언을 하든 시도할 것이다. 더는 자신의 고통에서 달아나지 않을 것이다. 자신이 상상하는 완벽한 모습이라는 독으로 스스로를 죽이지 않을 것이다. 자신의 상처를 보고 인정할 것이며 자신에게 박탈된, 한 치의 의심도 없이 긍정적이고 행복한 삶이 있다고 상상하지 않을 것이다. 처음으로 삶의 어두운 면을 받아들일 것이다. 실패가 아니라 전체 중 일부로. 다른 것들을 돋보이게 하고, 성장시키고, 존재하게 하는 무언가로. 흙 속의 거름으로.

노라는 다른 음악을 들었고 절대 그 곡조를 잊지 않을 터였다. (이건 예상 가능한 결말이 아님을 깨달았다. 예상이 불가능한 시작이었다. 어떻게 펼쳐질지 모르는 삶의 서막이었다.) 상황과 뇌의 상태는 그대로일지라도 관점은 바뀔 수 있다. "중요한 건 무엇을 보느냐가 아니라 어떻게 보느냐이다." 그리고 이제 그녀의 관점은 불확실성에 열려 있었다. 불확실성이 있는 곳에 가능성도 있었다. 현실이 어떻게 보이든지 간에. 노라는 그 사실에서 희망을 얻었고, 심지어 여기 있을 수 있다는 것에 진정으로 감사한 마음마저 들었다. 빛나는 하늘과 재미없는 라이언 베일리 코미디 영화를 보고 즐기며, 음악과 대화와 자신의 심장박동을 행복하게 들을 수 있는 잠재력이 있음을 알게 되었다.

또한 모든 게 달라진 이유는 무엇보다도 그 무겁고 고통스러운 《후회의 책》이 활활 타버려 재만 남았기 때문이었다.

"안녕, 노라. 나 도린이에요."

피아노 레슨 수강생을 모집한다는 광고문을 쓰던 노라는 도린의 전화를 받고 흥분했다. "어머, 도린! 지난번 수업 빼먹은 일은 정말 미안해요."

"다 지난 일이에요."

"긴말 하지 않을게요." 노라는 숨을 헐떡이며 말을 이었다. "앞으로 다시는 그런 일 없을 거예요. 만약 제게 계속 리오를 맡긴다면, 제자리를 지키겠다고 약속해요. 다시는 실망시키지 않을게요.

더는 제게 리오를 맡기고 싶지 않다고 해도 충분히 이해해요. 하지만 이것만은 알아주세요. 리오는 정말 재능 있는 아이예요. 피아노를 좋아해요. 그쪽 일을 하게 될 수도 있어요. 나중에 왕립 음악대학에 진학할 수도 있고요. 그러니까 설사 저와 수업을 계속하지 않는다 해도 어디서든 음악 공부를 계속 시켜주세요. 꼭이요. 그 말씀을 드리고 싶었어요."

오랫동안 침묵이 흘렀고, 전화기 너머에서는 숨을 내쉴 때마다 지직거리는 소리만 들렸다. 마침내 도린이 입을 열었다.

"노라, 괜찮아요. 그렇게 길게 말 안 해도 돼요. 사실 어제 리오랑 둘이 시내에 나갔어요. 아이 클렌저를 사고 있었는데 리오가 '나 피아노 계속 배우는 거지?' 그러더라고요. 드럭스토어 한복판에서요. 우리 그냥 다음 주부터 수업 계속할까요?"

"정말이요? 좋죠. 네, 그럼 다음 주부터 다시 시작해요."

전화를 끊은 노라는 피아노 앞에 앉아 한 번도 연주해본 적이 없는 곡을 쳤다. 그 곡이 마음에 들어서 기억해두었다가 나중에 가사를 붙여야겠다고 마음먹었다. 어쩌면 제대로 된 노래로 만들어 인터넷에 올릴 수도 있다. 더 많은 노래를 작곡할 수도 있다. 아니면 돈을 좀 모아서 석사 과정을 공부할 수도 있다. 아니면 둘 다 할 수도 있다. 누가 알겠는가? 피아노를 치면서 노라는 조가 사다 준 《내셔널 지오그래픽》을 힐끗 보았다. 인도네시아 크라카타우 화산 사진이 실린 페이지가 펼쳐져 있었다.

역설적이게도 화산은 파괴의 상징인 동시에 생명의 상징이다.

용암이 흘러내리는 속도가 느려지고 열이 식으면, 용암은 응고되었다가 시간이 흐르면서 부서져 흙이 된다. 비옥하고 영양가가 풍부한 토양이 된다.

노라는 자신이 블랙홀이 아니라는 결론을 내렸다. 그녀는 화산이었다. 그리고 화산처럼 그녀는 자신에게서 달아날 수 없었다. 거기 남아서 그 황무지를 돌봐야 했다.

자기 자신 안에 숲을 가꿀 수 있었다.

끝이 정해지지 않은 결말

엘름 부인은 자정의 도서관에서보다 훨씬 나이 들어 보였다. 예전에 희끗희끗했던 머리카락은 이제 가는 백발이 되었고, 얼굴은 등고선이 그려진 지도처럼 주름지고 피곤해 보였으며, 손에는 노화로 인한 검버섯이 생겼다. 하지만 체스 실력만큼은 여전했다.

오크리프 요양원에는 체스판이 있었지만 먼지가 내려앉아 있었다.

"여기에는 체스를 두는 사람이 없단다. 네가 와줘서 정말 기쁘구나. 깜짝 놀랐다." 엘름 부인이 노라에게 말했다.

"원하시면 매일 올 수도 있어요, 엘름 부인."

"루이스, 루이스라고 부르렴. 일은 어쩌고?"

노라는 미소 지었다. 닐에게 부탁해 스트링 시어리에 피아노 레슨 광고 글을 붙인 뒤 24시간밖에 안 되었는데도 수업을 받고 싶다는 요청이 감당할 수 없을 정도로 밀려들었다. "전 피아노를 가르쳐요. 또 화요일마다 격주로 노숙자 쉼터에서 자원봉사를 하고요. 그래도 늘 한 시간 정도는 낼 수 있죠……. 그리고 솔직히 말해서, 함께 체스를 둘 사람이 없어요."

엘름 부인의 얼굴에 지친 미소가 피어났다. "네가 매일 온다면야 좋지." 부인은 병실의 작은 창문 밖을 내다보았고, 노라도 부인의 시선을 따라갔다. 창밖으로 사람과 개가 지나가고 있었는데 둘 다 노라가 아는 얼굴이었다. 딜런이 불마스티프 샐리를 산책시키고 있었다. 담배로 지진 흉터가 있고, 늘 불안해하며, 노라를 아주 좋아했던 강아지. 문득 노라는 집주인이 개를 키워도 된다고 허락해줄지 궁금했다. 고양이는 키우게 해줬으니까 어쩌면 개도 허락해줄지 모른다. 하지만 일단은 월세를 마련해야 했다.

"여기 있으면 외롭단다." 엘름 부인이 말했다. "게임이 끝나버린 듯한 기분이 들어. 체스판 위에 홀로 남은 킹처럼. 네가 날 어떻게 기억하는지 모르겠지만 학교 밖에서 난—" 엘름 부인이 머뭇거렸다. "난 여러 사람을 실망시켰어. 그렇게 편한 사람은 아니었단다. 지금 생각하면 후회되는 일들을 했어. 난 나쁜 아내였고, 엄마 노릇도 제대로 못 했어. 사람들은 날 포기해버렸지. 당연한 일이야."

"하지만 제게는 친절하셨어요, 엘…… 루이스. 제가 학교에서 힘들 때마다 선생님은 늘 절 위로해주셨죠."

엘름 부인은 거칠어진 호흡을 가라앉혔다. "고맙구나, 노라."

"이제 선생님은 체스판에 혼자 있지 않아요. 폰 하나가 와서 합류했다고요."

"넌 절대 폰이 아냐."

엘름 부인은 비숍을 움직여 유리한 위치에 두었다. 그녀의 양쪽 입꼬리가 살짝 올라가며 미소를 지었다.

"이번 판은 선생님이 이기겠는데요." 노라가 말했다.

엘름 부인의 눈동자가 갑자기 생기를 띠며 반짝거렸다. "그게 체스의 미덕 아니니? 어떻게 끝날지 모른다는 거."

노라는 아직 체스판에 남아 있는 자신의 기물을 내려다보며 미소 짓고, 다음 수를 어떻게 둘지 생각했다.

미드나잇 라이브러리

초판 1쇄 2021년 4월 28일
초판 46쇄 2024년 12월 5일

지은이 | 매트 헤이그
옮긴이 | 노진선

발행인 | 문태진
본부장 | 서금선
편집 3팀 | 허문선 이준환

기획편집팀 | 한성수 임은선 임선아 최지인 송은하 김광연 송현경 이은지 원지연
마케팅팀 | 김동준 이재성 박병국 문무현 김윤희 김은지 이지현 조용환 전지혜
디자인팀 | 김현철 손성규 저작권팀 | 정선주
경영지원팀 | 노강희 윤현성 정헌준 조샘 이지연 조희연 김기현
강연팀 | 장진항 조은빛 신유리 김수연 송해인

펴낸곳 | ㈜인플루엔셜
출판신고 | 2012년 5월 18일 제300-2012-1043호
주소 | (06619) 서울특별시 서초구 서초대로 398 BnK디지털타워 11층
전화 | 02)720-1034(기획편집) 02)720-1024(마케팅) 02)720-1042(강연섭외)
팩스 | 02)720-1043 전자우편 | books@influential.co.kr
홈페이지 | www.influential.co.kr

ISBN 979-11-91056-55-6 (03840)